講談社文庫

烈渦《れつか》

新東京水上警察

吉川英梨

JN259102

講談社

目次

主な登場人物

碇《いかり》　拓真《たくま》　五港臨時署刑事防犯課強行犯係・係長、警部補
日下部《くさかべ》　峻《しゅん》　五港臨時署刑事防犯課強行犯係・主任、巡査部長
高橋《たかはし》　宗司《そうじ》　五港臨時署刑事防犯課・課長、警部
藤沢《ふじさわ》　充《みつる》　五港臨時署刑事防犯課強行犯係、巡査部長
細野《ほその》　由起子《ゆきこ》　五港臨時署刑事防犯課強行犯係、巡査部長
遠藤《えんどう》　康孝《やすたか》　五港臨時署刑事防犯課強行犯係、巡査
玉虫《たまむし》　肇《はじめ》　五港臨時署・署長、警視
有馬《ありま》　礼子《れいこ》　五港臨時署舟艇課配船第二係、主事
上条《かみじょう》　謙一《けんいち》　湾岸海洋ヒューマンキャリア社社長
大沢《おおさわ》　俊夫《としお》　元警視庁海技職員

烈渦

新東京水上警察

プロローグ

ドラム缶詰めの凄惨な死体が東京湾に投棄されたのは、恐らく三ヵ月前に開通したばかりの東京ゲートブリッジからではないか。上司の推理を警備艇デッキ上で聞きながら、日下部峻《くさかべしゅん》は初夏の眩《まぶ》しい太陽が煌《きら》めく青い海面に目を細めていた。

船尾には、黒赤の二重線に二本の力強い柱をあしらった水上警察旗が、潮風を受けてはためいている。海面の太陽の光は反射して白い点となり、キャビンで舵《かじ》を握る女の背中で宝石のように煌めいていた。

二〇一二年、五月。

日下部は女の後ろ姿に見とれていた。有馬礼子《ありまれいこ》。身長百七十センチの八頭身美女。去年、卒配でやってきた日下部よりも二年早く、東京湾岸警察署で海技職員として働く。大卒で今年二十四歳の日下部より、一歳下だった。

「おい。聞いてんのか」

デッキに立つ日下部を、強行犯係係長の和田《わだ》が肘で突いた。彼に刑事としてのイロハを教えてもらっている。優秀だしいい人だが、柔道部に入れとしつこく迫ってくるのが玉に疵《きず》だった。刑事は体力じゃなくて頭脳だ。汗水垂らして現場で犯人と格闘するなんてダサイ。

「てか本気なのかお前」

和田が舵を握る礼子を顎で指し、ひっそりと言った。〝美しすぎる海技職員〟としてメディアにも登場した過去があるほどの女。だが実際は——。

「〝水上安全課一男気のある海技職員〟だぞ。アレは」

気が強い。知っている。上司に楯ついている姿を見たこともあるし、遊泳禁止の海で救助した男性を叱責している姿も見たことがある。そういう女こそ攻略し甲斐《がい》があるというものだ。

四十を前にして未《いま》だ独身の和田に一瞥《いちべつ》をくれ、キャビンに入った。和田がお手並み拝見とばかりに、扉の窓から中の様子を窺《うかが》っている。

日下部は双眼鏡を取った。警備艇あさしおは有明埠頭《ありあけふとう》を越えたところで、右に中央防波堤内側埋立地、左に貯木場を見ながら、一路、東京ゲートブリッジへ向かっている。

ドラム缶詰めの遺体はゲートブリッジのすぐ真下、東京東航路の海底で発見された。掘り下げ済みで水深十メートル以上あり、大型船舶がひっきりなしに行きかう場所だ。東京都港湾局の測量船が海底調査のために付近を航行中、ソナーに異物の反応があり、潜水士を潜らせて調査、遺体を発見した。

「現着まであとどれくらい？」

「まだあと十分はかかります。あれですね」

礼子は日下部に見向きもせず、まっすぐ前を指さした。現場では遺体の引き上げ作業が行われている。水平線を乱すような凸凹の稜線《りょうせん》。何隻かの船が集う。警視庁が保有する最大警備艇ふじ以外にも、業者から借り受けた台船と浚渫船《しゅんせつせん》が現場に出ていた。ドラム缶のコンクリ詰め死体ともなれば重さは二百キロ近くにもなる。人力で引き上げるのは不可能だ。

「それにしても今年は開通、開業ラッシュだね」

礼子は返事をしなかった。

「二週間後には東京スカイツリーが開業だし。二〇二〇年東京オリンピックの誘致が成功したら、このあたりも会場になるらしいよ」

日下部は後ろを振り返った。東京湾からも、竣工《しゅんこう》したばかりの東京スカイツリーの雄姿が堂々見える。空き地が広がる中央防波堤内側埋立地では草原が潮風に吹かれていた。礼子は興味なさそうに「そうですね」とだけ答えた。

「スカイツリー、行く予定は？」

「人ごみは苦手です」

「そういえば、五月二十一日は金環日食が見えるんだってさ。星とか月なら興味ある？　月の満ち欠けは潮位にも関係しているし」

礼子はまっすぐ前を見たまま、苦笑しただけだった。これでデートの誘いをほのめかすのは三度目だが、鈍感なのか交わされているだけなのか、判別がつかない。水上安全課の礼子と刑事課の日下部は同じ所轄署でもあまり接触の機会がない。現着まであと十分、これを機会に一歩、前に進みたかった。

「花火見るのは好き？　夏には船の上から東京湾の花火大会が見える」

「好きですよ。でも寂しいですよね」

ぱっと咲いてぱっと散る。終わったらみなさっさと会場から退散していく。あの感じがあんまり好きじゃないと礼子は言う。

「だから、花火大会見た後は絶対、手持ち花火やるんです」

それが有馬家の花火大会での恒例行事だったと、礼子は懐かしそうに目を細めた。

日下部は手を叩《たた》いた。

「決まり。じゃー夏は東京湾の花火大会鑑賞後に、二人で手持ち花火やろ。でもそれ八月だよね。遠いな。スカイツリーか金環日食どっちかで――」

「日下部さん、私」

礼子が残念そうに遮った。

「時代遅れって笑われるんですけど。目鼻立ちのはっきりした、濃いソース顔の男性が好きなんです」

日下部は思い切り塩顔男子だ。

「男らしい人。マッチョな感じの」

日下部は長身だが、細い。筋肉は申し訳程度についているのみだ。

「父親がずっと転勤で家にいなかったのもあって、若干ファザコン気味なんです。だから、年の離れたオジサンが好き」

日下部と礼子は一歳差だ。礼子はそこまで言うと、日下部を見やった。あなたは全然違うでしょ、という顔。日下部はますます、挑みたくなった。

「そっか。じゃ、うちの和田係長とかいいんじゃない。柔道部でマッチョだし。もうオッサンだ」

「顔がバッタみたい。だめですね」

日下部は思わず吹き出した。礼子も肩を揺らして笑う。笑うときつめの顔が幼く見える。かわいいなと日下部は思った。

「それって、特定の誰かのこと？　彼氏いないって言ってたじゃん」

「いませんし、特定の誰かのことを言っているわけじゃないです」

「大沢《おおさわ》さんて人？」

直球で尋ねた。礼子は図星というより、唐突だったようで困惑顔になった。違うんだと、ほっとした。二年前に定年退職した海技職員、大沢俊夫《としお》と仲がよかったというのを聞いたことがあった。礼子が唯一、尊敬していた海技職員。この手の女は、尊敬する男に純粋な愛情を注ぐことが多い。

「大沢さん――素敵な人ですけど、ちょっと年が離れすぎてますね」

「でも独身だった」

「独身というか、先立たれたらしいですけど――いずれにせよ」

礼子はきっぱり言った。

「日下部さんとデートすることはありません」

「そこまで断言しなくても。だいたい、現れるのかな。白馬に乗った、ソース顔のイケメンマッチョで独身の中年オヤジ」

礼子は腹を抱えて笑った。日下部は手応えを感じ、あえて話を逸《そ》らした。

「――ドラム缶の死体、やばいらしいよ」

「そうでしょうね。体だけコンクリ詰めで、頭だけ出ていたと言ってました」

「誰がそんな残酷なことを」

「暴力団とか暴走族じゃないですか。一般人ではドラム缶を用意することも、大量のコンクリを準備することも、海まで運んで遺棄するのも難しいです」

「なかなかの推理力。女刑事みたいだ」

礼子は鼻で笑った後、言った。

「昔はこの湾岸一帯に縄張りを持つ、『湾岸ウォリアーズ』という暴走族がいたんですよ。足を洗わせてくれず、見せしめの粛清を行っていたことで有名でした」

東京湾岸署発足と同時に解体したが、まだ残党が残っている。

「奴《やつ》らの仕業かな」

「ここから先は、日下部さんのお仕事です」

日下部はため息をつき、あえてそわそわし落ち着かない態度を取った。引き上げ作業をしている船団が、目の前に迫ってきている。

「参ったな。俺、死体苦手なんだよ。たいてい吐く」

礼子は意外そうに「そうなんですか」と尋ねた。

「交番勤務時代に最初にあたったのが電車の飛び込み。轢死体《れきしたい》でさ」

「船酔いのためのエチケット袋、持っていきます？」

「いや。今日はがんばる。絶対吐かない。だからさ――」

顔を近づけ、日下部は礼子に囁《ささや》いた。

「もし俺が吐かなかったら、一緒にスカイツリー行こうよ」

礼子は不思議そうに日下部の顔を見返した。ここまでしつこく男性に誘われたのは初めてなんだろうなと思った。

外からノックの音がして、和田が「着いたぞ」と顔を出した。

日下部は礼子に無言の視線を送ると、デッキへ出た。和田が耳打ちする。

「落としたという顔だな」

「じき落ちます」

本当は、死体など見ても吐かない。初めて対応した死体が轢死体だったのは本当だが、ただの肉の塊だと思えばなんてことはない。

引き上げ作業中の船団に接岸した。同船していた海技職員が、台船のクリートに係留する。東京ゲートブリッジから南へ数十メートルの地点で、橋の遊歩道にマスコミが詰めかけ、上空を報道のヘリが旋回していた。潮風とヘリの風圧で台船上は猛烈な吹き上げがあった。浚渫船のクレーンについたワイヤーが海中に没している。ワイヤーをドラム缶に括《くく》り付け、引き上げる作戦だ。

機動隊所属の潜水士が潜ったり浮上したりを繰り返していたが、やがて準備が整うと、浚渫船の船橋へ向かって引き上げゴーサインを出した。

日下部は台船に立ち、和田やほかの捜査員と共に青いビニールシートの端を摑《つか》んで広げ、引き上げ現場を周囲から目隠しした。だが陸と違って野次馬は橋の上。マスコミのヘリもいるし、あまり意味がなかった。吹き上げる風が何度もビニールシートを舞い上げるので苦心していると、礼子がやってきて一緒に押さえてくれた。真横に立ち、意味ありげな視線を投げかける。日下部が嘔吐《おうと》するのかしないのか、隣で見極めてやるという顔。

ウィンチが低い唸《うな》り声を上げる。海面が揺れ、緑色の物体が浮上してきた。ざばっと波を蹴散らし、それは海中から姿を現した。

ワイヤーでがんじがらめにされたそれは、横に倒された状態だった。日下部の目の前に、頭部が向く。仰向けの状態だが、首が後ろに倒れてゆらゆらと揺れる。皮膚は青白く膨張し、魚に喰われて破れていた。人為的と思われる切り傷も多数見られた。鼻はもがれ、右眼窩《がんか》は空っぽで双方から泥水が落ちる。白濁した左眼球が飛び出し、血管と神経によってかろうじて眼窩からぶら下がっていた。半開きの口から海底の泥や魚がドバドバと出てきて台船のデッキに落ちると、猛烈な腐臭が漂った。

胃の奥底からこみ上げるものがあった。

日下部と礼子は脱兎《だっと》のごとく台船の端に駆けだし、二人同時に海へ嘔吐した。胃の中が空っぽになるころには二人とも涙目で、ただ甲板にうなだれる。日下部はハンカチで口元をぬぐいながら、ため息をついた。ちらりと礼子を見る。礼子もハンカチで口を拭きつつ日下部を見ている。

日下部はがっくりと肩を落とした。負けた——。

礼子は涙目のままちょっと微笑《ほほえ》むと、言った。

「金環日食なら、一緒に見たいです」

第一章　密室

大沢俊夫は耳朶《じだ》を震わす爆音に思わず瞠目《どうもく》した。毎年この日は隅田川に出て船を動かしているが、何度来ても花火の爆音に慣れることはない。まるで空襲だった。

二〇一六年七月三十日、土曜日。隅田川花火大会会場である。

今年も上空にテレビ局の中継ヘリが出て、会場周辺は百万人近い人出が予想されていた。地上に動員される警察官は数千人規模。隅田川を航行する屋形船や観光船も通常の十倍の出で、八メートル級の警備艇も十隻ほどが隅田川に集結していた。

大沢は屋形船の操船を任され、水上観覧の最前線にいた。厩橋《うまやばし》と蔵前橋のちょうど真ん中付近で投錨《とうびょう》している屋形船『ふうりん』。第一規制線付近で、打ち上げ第二会場の目と鼻の先だ。

緑の屋根に赤い欄干を持つ屋形船は、軒先に提灯《ちょうちん》がぶら下がる。花火大会の特等席に陣取る定員三十名ほどの船だが、乗船客は五人の男しかいなかった。時折、上座に座る老年の男から罵声が響く。とても花火観覧の船とは言いがたい、重苦しい緊張感が漂っていた。

二尺玉が上がり、周囲がぱっと明るく照らし出されるのと一歩遅れて、ドッカーンと空気が震える。操舵《そうだ》室の窓を閉めたかったが——大沢は、船内の明かりを消して物陰に隠れ、ひっそりと河川上に停船する一隻の警備艇に注意を向けていた。

警備艇なでしこ。八メートル級の小型船舶。デッキは灰色でキャビンの屋根が赤い。水上警察旗が船尾でだらりと垂れていた。警備のための航行のわりに、じっとふうりんの右舷後方に陣取ったまま動かない。赤色灯も点灯させない。試しにふうりんを第一規制線後方に動かした。一拍おいてなでしこもまた移動し、右舷後方で停船する。

大沢は双眼鏡を取り、一旦操舵室を出た。

「けしからん。全くけしからん!!」

上座の男が怒鳴り散らす声がする。「まあまあ」「いまそれを申されても」と別の男たちがいさめる声が続く。大沢は提灯がぶら下がる狭い通路を横歩きで船尾へ進んだ。怒る上座の男のすぐ目の前に、微動だにせず男の怒りを受け止めている白髪の若い男がいた。

上条謙一《かみじょうけんいち》。湾岸海洋ヒューマンキャリア社の若き社長で、現在の大沢の盟友でもある。かつては大沢もこの社の相談役として役員を務め、上条の右腕として創業五年のベンチャー企業を支えた。大沢の出向で顔を合わせることは少なくなったが、出会ったころのように「謙」「おやっさん」と呼び合って酒を酌み交わす日は増えた。

船尾の機関室へ向かう大沢を、上条が見咎《みとが》めている。大沢は無言で、警備艇なでしこのほうを顎で指した。上条は窓の外に首をもたげた後、無言で立ち上がる。

「おい待て若造、逃げるのか！　この暴走族上がりの半グレ野郎!!」

上座の男が怒鳴り散らす声が上条の背を舐《な》めるが、彼は目もくれず、機関室に入った。油臭いその機関室で、大沢は明かりもつけずに双眼鏡を上条に渡し、言った。

「また奴らが張り込んでる」

上条は舌打ちを返事として、双眼鏡をのぞいた。右舷後方。

「警備艇なでしこ――五臨署か」

正式名称は五港臨時署。東京湾岸警察署に事実上吸収される形で八年前に消滅した水上警察署の機能を持つ。二〇二〇年東京オリンピック開催に伴う水上観光の拡大で、水上警備の拡充が急務となった政治情勢の中、オリンピックまでの五年間の期間限定として、品川埠頭に発足した。今年四月のことだ。

警備艇なでしこもキャビン内の明かりを消しているので、人影が見えるのみで顔が見えない。

「何人いる」

「三人だ。操船者は舟艇課配船第二係の有馬礼子」

上条は鼻で笑った。

「かわいい後輩はシルエットでわかる、か。残る二人は？」

「ノッポのほうが、刑事防犯課強行犯係主任の日下部峻だろう」

目を凝らす。ノッポがハンディカムを構え、レンズをこちらに向けてきた。

「撮ってるようだな」

「もう一人、岩みたいな男がいる」

上条が鼻息荒く尋ねた。

「ああ。碇拓真《いかりたくま》も来ている」

五港臨時署刑事防犯課、強行犯係、係長。碇拓真。

大沢や上条にとって、最大の天敵といっても過言ではない刑事。四十三歳の警部補。いまどき流行《はや》らない濃いソース顔は暗闇でも見分けがつく。いかつい体軀《たいく》で五臨署柔道部主将。警視庁内の柔道大会を連覇しているらしい超武闘派だ。しかもしつこい。驚くほどの執念深さと命知らずの行動で、犯罪者を追い詰める。

「正義のヒーローの登場か。水恐怖症の」

上条は鼻で笑うと、双眼鏡を大沢につき返した。

「客人の顔は見られたくない。障子を閉めてくる」

立ち上がり、機関室を出ていった。大沢はもう一度、双眼鏡をのぞいた。デッキに岩がどかんと置いてあるような存在感を放ち、碇はそこにいた。

大沢は、幼少期の彼に一度、会っている。一九八二年の羽田沖日航機墜落事故。当時海技職員だった大沢も救助に駆けつけた。碇はあの事故の、ある種の生き残りだ。搭乗直前にキャンセルし、乗らなかった。碇が座るはずだった席に座った少年が、あの墜落事故で死亡している。

自分の代わりに泥水にまみれ溺死した少年の屍《しかばね》を前に、震えていた痩せっぽちの九歳の少年。自分の生存を誰よりも責めていたあの瞳――。

それがいま、鋭い観察眼と洞察力、鎧《よろい》をまとったような強靭《きょうじん》な肉体を味方につけて、大沢と上条をつけ狙っている。

「ふざけるな！」

客室から罵声と、茶碗《ちゃわん》が転がるような音がした。「この野郎！」とけんかが大きくなる気配。大沢は双眼鏡を首から掛けたまま、機関室を出て客室に入った。上座の男が立ち上がり、ねずみ色のスラックスを酒で濡《ぬ》らしながら、いまにも上条に摑みかかろうとしている。ほかの三人の男が止めに入った。和テーブルの上の徳利《とっくり》やグラス、せっかくの懐石弁当がひっくり返っている。

上条の膝の先に、お猪口《ちょこ》が転がっていた。顔面に酒を浴びた上条は、顔色一つ変えずにハンカチで顔をぬぐう。白髪の下からのぞく眼に射るような鋭い光が差す。上座側の襖《ふすま》が閉まっているだけだった。日下部が船内を撮影している。まずい状況だった。

「とにかく、工事は進めさせてもらいます」

「だめだ。彼女を汚しやがって。絶対に。絶対に許さん!!」

花火の爆音の隙間に、サイレンが響き渡る。それはあっという間に近づいてきて、障子の向こうに赤色灯の赤い光をまき散らした。とっくに停船しているのに、拡声器で停船を命じ、船長を呼び出す碇の声が聞こえてくる。

「全く、次から次へと。せっかくの花火をぶち壊しにする無粋な輩《やから》がくる」

大沢が対応に出ようとしたが、上条が立ち上がった。「お前は障子を閉めて回って。あのババア好きを黙らせろ」

暗に上座の男をそう揶揄《やゆ》して言うと、上条は左舷側の通路に出た。後ろ手にぴっちりと障子を閉める。その隙間に、警備艇なでしこの右舷ハンドレールに足を乗せてこちらをのぞき込む碇の姿が見えた。

大沢は急ぎ障子を閉め終えると操舵室へ戻った。照明はつけず、じっと息を殺し、窓から外の様子を窺う。上条は赤い欄干に手をつき、仰々しく碇に言った。

「これはこれは、〝オリンピック署〟の碇拓真警部補じゃないですか」

警察関係者がからかう意味で使っている五港臨時署のニックネーム〝オリンピック署〟。五臨署と略されて呼ばれることが多く、それが東京オリンピックまでの期間限定の署ということもあって、〝オリンピック署〟と呼ばれる所以《ゆえん》だった。

碇もまた挑発的だ。

「上条謙一さん。頭から酒をかぶってましたね。かなりアルコールがにおいますよ。おけがは？」

「何のことです」

上条はスーツの懐に手を入れて、純金のシガーケースを出した。一本取り出して鼻と上唇の間に挟み、すうっと滑らせて香りを楽しむ。口に咥《くわ》えて火をつけた。強烈な甘い香りは、操舵室の大沢の鼻まで届いた。花火の打ち上げ音の隙間に、煙草《たばこ》に含まれる丁子がパチパチと弾《はじ》ける音がする。碇は言った。

「ガラムですか」

ガラムはインドネシア産の煙草でタールが四十ミリと、日本で一般に流通している煙草のタール量の四倍近くある。一本どうです、と上条は碇に勧めた。碇は「あいにく警備艇は禁煙だ」と首を横に振った。

「先ほど我々は、あなたに対する暴行を目撃しました。事情をお聞きしたいのですが」

「私は被害届を出すつもりはありません。なぜ警察の聴取を受ける必要が？」

後ろに控えていた日下部が、まどろっこしそうに一歩前に出た。

「とにかく、あなたにお猪口を投げた男性から聴取させていただきます」

日下部の、身長百八十五センチの長身から繰り出される長い脚が、警備艇の右舷レールを飛び越えて屋形船の欄干を捉えた。その焦げ茶色の先の尖《とが》った革靴を、上条は黒い革靴で上から踏みつけた。

日下部が上条を睨《にら》みあげる。しかし上条が睨む相手は、碇だった。

「――てめえも公妨で引っ張るぞ、上条」

公務執行妨害を駆使して逮捕するのも厭《いと》わないと、碇が凄《すご》む。大沢はエンジンキーを回し、屋形船を急発進させた。バランスを崩した日下部は碇にもたれるようにして後ろへ倒れる。碇は若干フラついただけで、その逞《たくま》しい右腕一本で日下部を支える。サイドミラーに映る二人の姿を確認しながら、大沢は屋形船を第一規制線ギリギリのところでUターンさせ、下流の両国橋に向けて航行した。数メートル間隔で観光船がひしめく一帯を、縫航する形になる。引き波が立ち、各船の船長が迷惑そうな視線を投げてよこした。

警備艇なでしこはUターンしたのみで、追ってはこなかった。水上チェイスになるかもしれないと身構えていた大沢はほっとしたが、若干拍子抜けした。

碇は四月、五港臨時署発足に伴う水上観閲式で、東京湾から隅田川まで、壮絶な水上ボートチェイスを繰り広げた。操船していたのは礼子だった。

遠ざかっていく警備艇なでしこのデッキで、岩のような男が仁王立ちしているのが見えた。もう百メートル以上離れているのに、その鋭い眼光から発せられる犯罪者を射貫く威圧感が、大沢の背中を舐めているかのようだった。

追わなくていいと判断した碇に、日下部が猛烈に嚙《か》みついた。

「どうしてですか！」

「花火大会の真っ最中にボートチェイスなど、無粋な真似《まね》はやめておこう」

碇は厩橋を警察の先導で歩きながら花火鑑賞する人の群れを見て、言った。浴衣姿の女性が多いだけに、上空の花火よりもカラフルだ。

日下部が屋形船が残した川面《かわも》の白い航跡を舌打ちして見ながら、呟《つぶや》く。

「四月にここで無謀なチェイスをした張本人に言われても、説得力ないですよ」

碇は肩をすくめてキャビンに入り、礼子の背中に言葉を投げかけた。

「隅田川水上派出所のドックにつけてくれ。俺と日下部はそこで下船する」

両国橋付近に流れ注ぐ神田川、そこにかかる柳橋近くに、湾岸海洋ヒューマンキャリアの本社ビルが屹立《きつりつ》する。恐らく上条は地上に上がって密会の続きをやるはずだ。

碇ら五港臨時署強行犯係はこの数ヵ月、湾岸海洋ヒューマンキャリア社をフロント企業とする半グレ集団『湾岸ウォリアーズ』の銃器強奪疑惑を追っていた。かつては違法薬物の密輪現場を叩いてシノギを上げていた湾岸ウォリアーズだが、その筆頭格を四月、碇が逮捕した。彼らが今度は暴力団の銃器密売現場を叩きはじめたという情報を元に、独自に内偵を進めているところだった。

舵を握る礼子は出船当初から口数が少ない。キャビンに入りひと息ついた日下部が余計なことを言った。

「やっぱり有馬さんには気まずいよね。俺と碇さんが同船してるんじゃ」

碇はげんなりして、ため息をついた。礼子は日下部のこんな態度にもう慣れっこになったのか、完全に無視していた。

日下部と礼子は四月まで恋人同士だった。三年に及ぶ交際期間の末、婚約寸前だったと言われている。しかし、四月の終わりに破局した。礼子が碇に心変わりしたのが原因だった。

キャビンを居心地の悪い沈黙が包んだ。花火が打ち上がる爆音の隙間に、エアポケットのように浮かんだぎこちなさは、花火が開いて周囲がぱっと明るくなるたびに陰影を濃くし、ますます碇を居心地悪くさせた。

今日の昼、上条が何か会合を持つという情報を元に、警備艇を出すように日下部に指示したまではいいが、まさか操船係に礼子を指名するとは思わなかった。警備艇を操船できる海技職員は五臨署だけで百名近くいる。偶然とは思えない。

「そういえば碇さんて、前の二人の奥さんにどうやってプロポーズしたんです？」

日下部がにやつきながら、唐突に投げかけた。何か企《たくら》みがあるのはすぐにわかる。鼻っ柱が強く上昇志向むき出しの日下部。碇はそんな彼をかわいがってはいるが、こういうところは小憎らしい。

「そんなこと、いまする話か」

「あえて質問してるんですよ。俺たち三人がこうして、いわゆる密室で顔を突き合わせることは、プライベートではあり得ないでしょう」

花火の音が遠ざかっていき、ますますキャビンの気まずい空気が濃くなっていく。煙草が吸いたいと碇は思わずジャケットの内ポケットを触ったが、警備艇は禁煙だ。

「俺、結婚しようと思ってるんです。景子《けいこ》と」

碇は思わず「は？」と聞き返した。中堀《なかぼり》景子。東京湾岸警察署の事務員で、日下部の情報屋だった女だ。

「結婚します」

日下部はおもしろそうにそう宣言する。礼子は無言だ。舵を握る手や肩に全く動揺が見て取れなかった。三ヵ月前まで結婚を意識していた男が、別の女との結婚を宣言しても、彼女には何のダメージもないらしい。

「だから二人とも、俺に遠慮してよそよそしいのは本当にもう終わりにしてください」

碇はとりあえず、笑い飛ばすことにした。

「お前、毎度なに意味わかんねぇこと言ってんだよ」

誰も何も言わないので、碇は言葉が多くなった。

「だいたいな、俺はバツ2だぞ。もう二度と結婚しない。こんな若いスレンダー美女がさ、バツ2で娘が三人もいる中年男を本気で相手にするわけな……」

「警備中にこういう話はやめませんか」

礼子はいきなりリモコンレバーを上に上げた。警備艇が急発進し、ハンプ状態になって船首が上に持ち上がる。キャビンの碇と日下部はいすから振り落とされ、もつれあうようにして床を転がった。

礼子はとにかく、気が強い。

恐らく腹が立ったのだろうと碇は思った。日下部の結婚宣言ではなく、碇の態度に。


十一日後。

「船上の密室で腐乱死体が出た。すぐ来い」

事件の一報を知らせるその電話を、碇は埼玉県川越市にある自宅で受けた。今日八月十日水曜日は夜勤で、本来なら午後四時に出勤すればよかったが、二時過ぎには現場の品川区東八潮《やしお》の船の科学館前に到着した。

クイーンエリザベス2号を模した船の科学館本館はそのものが巨大なオブジェのようで、海から見ても目を引く。しかし現在は、その横にちょこんとある別館が細々と展示を続けているだけで、本館は休業中である。

すでに警備艇で現着していた刑事防犯課長の高橋宗司《たかはしそうじ》警部が、駐車場手前で碇を待ち構えていた。まだ帳場も立っていない現場に課長が足を運ぶなどあり得ないことで、碇は驚いた。

「課長自らお出迎えとは」

「日下部にどうしてもと言われてな。お前も夜勤なのに——手、どうした」

ハンカチで額の汗をぬぐった碇の左手を見て、言う。親指の付け根付近が赤ペンで真っ赤になっていた。

「ああ、マル付けしてたんですよ。長女の」

「夏休みの宿題か」

「母親がキッチンに隠した別冊解答を見つけ出して、丸写しでテキトーにやってんのが判明したんです。全く、小五になってから変な知恵つけて」

それで母親が、碇の自宅に別冊解答を送りつけてきた。マル付け係を拝命したというわけだ。あるある、と高橋は柔和に微笑んだ。高橋には中学生の長女と小学生の長男がいる。刑事特有の尖った目つきがない珍しいタイプの刑事だった。

「それにしても現場がここじゃ……もめるでしょう」

「ああ。数で言うと圧倒的にうちが劣勢だ」

五臨署の碇や高橋にとって、この地域はプライベートでもあまり近寄りたくない場所だ。周辺のどの観光施設よりも勝る存在感を発揮して、東京湾岸警察署の庁舎がそびえ立つ。船の科学館の目と鼻の先だ。

「湾岸署からは何人来てるんです」

「刑事課全部かき集めてきているようだ。目の前だからいくらでも呼べるだろ」

五臨署誕生当初から、湾岸署とは管轄の問題でヤマやホシを奪い合ってきた。

五臨署の管轄はその九十九パーセントが海と河川だ。海は京浜港東京区全区、河川は荒川の船堀橋、隅田川の白鬚橋《しらひげばし》下流域などで、陸地は本署並びに水上派出所の敷地《しきち》内、埠頭岸壁部分などごく一部だ。

所轄署として規模が小さい五臨署は、鑑識係も設備がない。強行犯係の藤沢充《ふじさわみつる》が鑑識畑出身というだけだ。なんらかの事件があって鑑識作業が必要となった場合、五臨署は湾岸署を頼らなくてはならない。

規制線の先で、日下部と強行犯係最年少の遠藤康孝《えんどうやすたか》が、湾岸署の刑事課と言い争っているのが見える。

「細野《ほその》と藤沢は？」

「細野由起子《ゆきこ》は強行犯係で紅一点の、三十九歳独身の崖っぷち女刑事だ。「細野は今日非番だが、呼び出しはかけた」

「婚活パーティ中なんじゃないすか。まああいつならドレス姿でも来るでしょうけど」

「藤沢は湾岸署の鑑識に混ざって中で作業をしている」

「よく入り込めましたね」

「湾岸署のつなぎと鑑識帽を勝手に借りて送り込んだ」

高橋は言って、べっと舌を出した。役職者だがお茶目なところがある。

碇と高橋は立ち番の警察官に手帳を示して中に入った。無数のパトカーや面パト、鑑識作業車が駐車してあった。どれも湾岸署のロゴが躍る車両だが、ドックにはずらりと五臨署が誇る警備艇が並ぶ。

警備艇に包囲されるようにして、元南極観測船の『宗谷《そうや》』がどんと佇《たたず》んでいた。その迫力と、老朽船だからこそ漂う独特の威圧感に、ただ圧倒される。全長は百メートル近くありそうで、その周囲を航行する十二メートル警備艇がひよっこに見えた。オレンジの船体に中央のファンネルには青地にコンパスを模した海上保安庁のロゴマークが燦然《さんぜん》と輝く。宗谷は一般公開されており、もう何十年も前からこの船の科学館前のドックに係留されている。

高橋が解説した。

「この係留所に水上バス発着所が新たに作られることになって、宗谷は対岸の南側のドックに移転する予定だ」

「もう工事は始まってるんですか」

「ああ。六月から一般公開は中止、船内や付近は関係者以外立ち入り禁止だ」

警察の規制線以外にも、工事関係者以外立ち入り禁止の規制線があちらこちらに張り巡らされており、宗谷は黄色のテープでがんじがらめになっているように見えた。ドックには足場を組むための鉄パイプが山積みになっている。

「腐乱死体は、この立ち入り禁止の老朽船内の船室で見つかった」

高橋が仰々しく付け足した。

「密室の船室内でな――」

これは大きなヤマになる。碇は直感した。うちでやりたい――そんな熱意を込めた瞳で、高橋を見返した。高橋は一拍置いた後、尋ねた。

「W《ダブリュー》の銃器密売叩きのほうはどうなってる」

W――湾岸ウォリアーズの符牒《ふちょう》である。

「屋形船での密談現場を録画はしてありますが、その場に居合わせた四名の素性が全く判明してない」

「一人も、か？」

「上座で接待を受けていたと思《おぼ》しき人物はそもそも顔を撮影できなかった。そのほか三名については、うちのマル暴とか俺や日下部の人脈で本部の組対にも情報求めたんですけど、組関係の人間ではないと。ありゃいったい何の会合だったのか――」

あくまでフロント企業の堅気の会合だった可能性が高まっていた。

「なら、一旦Wを忘れて――」

高橋の言葉に、碇はうなずいた。

「このヤマ、うちで取りましょう」

二人は颯爽《さっそう》と、刑事たちが集う規制線の奥へ足を踏み入れた。

現場は想像以上にもめていた。

「船の中で見つかった死体なんですよ。船、つまり海の上！　海の上の管轄は五臨署なんだ、陸上担当の湾岸署はすっこんでろ！」

日下部がそう凄むが、スレンダーな体つきに似合わず、迫力に欠けた。

「宗谷は昭和五十四年からずーっとあそこに係留されてんだよ。もう三十七年もだぞ！　桟橋も固定されて陸続きだ。あの船はもはや陸。俺たち湾岸署の管轄だ！」

もめる所轄刑事たちの横を、鑑識係員たちがせわしなく船内を行き来している。初動捜査を行う機動捜査隊の刑事たちと、本部捜査一課の刑事たちが申し送りをしているが、所轄刑事たちの怒鳴り合いを白けた様子で見ている。

湾岸署強行犯係係長の和田が、碇を睨みながらゆっくりと近づいてきた。視線で碇を牽制《けんせい》しながらも、不気味な笑顔で日下部に言い放った。

「よお。海技のスーパー美女に振られて地味な事務員に乗り換えた日下部じゃねぇか」

日下部のワイシャツの肩は微動だにしなかったが、みるみる耳が赤くなっていく。卒配が湾岸署だった日下部は、和田の下で刑事の基本を学んだ。和田も、かわいさ余って憎さ百倍なのだろうが、最近は五臨署強行犯係の面々のプライベート情報をどこからかかき集めてきて攻撃するという卑劣な一面をむき出しにするようになった。

「宗谷はな、桟橋も固定されている上に、船底もドックから伸びたコンクリのこーんな分厚い土台の上に載せられている。つまり、形は船でも海には浮かんでいない『陸地』なんだ！　管轄外のオリンピック署はどうぞお引き取り願いたい」

日下部は和田の挑発に乗らず、淡々と返した。

「宗谷はご覧の通り移転工事中です。船を支えていた土台は初期段階の工事ですでに取っ払われているという話ですよ。つまり、いまは水中に浮かんでいる。これは絶対うちのヤマです」

和田がまた嚙みつこうとする。碇が遮った。

「通信指令本部はどこに至急報を打ったんだ？」

死体の第一発見者から一一〇番通報があったはずで、桜田門の通信指令本部が該当管轄に至急報を入れる。受けた管轄が捜査を担当するのが基本だ。

高橋が正々堂々、答えた。

「もちろん、五臨署だ！　なにせ船の中、海の上で見つかった死体、当然のことだ」

これを言われると湾岸署は分が悪いのだろう、みな咳払《せきばら》いや何かで目を逸らし、反論材料を探そうとする。和田は、矛先を碇に変えて言った。

「これはこれは！　水上署員なのに水恐怖症の碇拓真係長じゃないですか！」

こともあろうにぷっと吹き出したのは、碇の背後にいた遠藤だった。碇の一睨みで、思わず口を押さえる。和田が更に勢いづいて言った。

「現場は船の中ですよ。水の上。入れるんですか？」

「現場は海上の船の中と認めたな。つまりこのヤマはうちのヤマってことだ。行くぞ」

碇は日下部を引き連れ、桟橋に向かって歩き出した。高橋と遠藤がその場に残り、湾岸署の相手をする。「せいぜい船内で迷子になるなよ！」という和田のヤジが飛んできたが、睨み返すにとどめた。

碇と日下部はシューカバーを身に着けて桟橋を渡った。すでに死体は運び出された後で、鑑識作業が船内から甲板に移行しようとしていた。

「先に決定的なブツをあげたほうがヤマ取っていくって感じになりそうですね」

『ようこそ宗谷へ』というアーチをくぐった日下部が言う。碇は船の揺れに合わせて上下に揺れる桟橋を、若干革靴をフラつかせながら先へ進んだ。

「揺れるな、結構」

「今日は風の影響で波高がきついですからね。それにしても和田さん、碇さんの水恐怖症情報までキャッチしてるとは」

「お調子者の遠藤がぺらぺらとしゃべったんじゃないのか」

碇が水恐怖症というのは正しい情報ではなかった。碇は中学から高校時代に水泳部に所属しており、全国大会に出場したほどの腕前だ。そもそも水泳に没頭したのも、水——海に対する恐怖心を、克服するためだった。しかしどれだけプールで泳げても、海の前では足がすくむ。

乗るはずだった飛行機が墜落したという幼少期のトラウマは五臨署に異動したての碇を苦しめたが、あれから四ヵ月、警備艇に乗って東京湾に出ることにはもう慣れ、船酔いもしなくなった。ただ、その海で積極的に泳ぎたいとは絶対に思わない。岸壁を撫《な》でる波の音も心地よいと思えず、仕事以外で海辺の観光施設に足を運んだことなど一度もなかった。

甲板に出た。三十メートルほどの高さがある門型マストや、電動揚錨機が設置された船首部を横切る。キャビン内へと誘うように書かれた『順路』という矢印が狭い階段の上を指している。

「現場はこの順路通りに行けばいいのか？」

「いえ、船尾にあるヘリポートの真下にある船室なんで、デッキをぐるっと回るのが早いんですけど」

日下部が左舷側に回り、手すり越しに船尾方向を見て言う。

「鑑識作業中ですね。そのルートは湾岸署が押さえてます」

「出口への最短距離の場所なら、ホシの逃走経路になっている可能性が高いからな」

碇と日下部は仕方なく、観光の案内図通りに進んでいくことにした。キャビン二階への狭い階段を上がる。

「宗谷は全長八十三・七メートル、総重量二千七百三十六トンの大型船舶で、キャビンは三階建て、船底にある船倉まで含めると地下三階構造になっているそうです」

日下部の説明を背後に聞きながら階段を上がろうとした碇だが、足が止まった。真っ暗で先が見えない。日下部が懐からペンライトを出して碇に差し出し、自身はずっと手に持っていた大型の懐中電灯を点灯させた。用意周到で情報収集も完璧だ。

先へ進む。一メートル先もまともに見えない。空気の流れが滞り、湿気が籠もって蒸し暑い。潮と錆《さび》のにおいが充満し、息苦しく感じた。お化け屋敷《やしき》を練り歩くようだ。

「観光船というよりお化け船じゃねぇか。明かりはつかないのか」

「一般公開時はもちろん通電していたようですが、移転に伴って電気系統は一旦遮断された状態のようです」

日下部が腰を屈《かが》め、首をすくめながら言う。天井は低く配線や配管がむき出しになっている。扇風機がところどころ取り付けられてはいるが、電気が通っていないので沈黙したきり、不気味に首をもたげている。

「この船は昭和十三年竣工だそうですよ。これだけの規模の船ですから、維持費だけで相当税金がかかっているはずなんですけど。水上バス発着所工事と共に移転——じゃなくて、廃船・解体でよかったんじゃないですかねぇ」

不意に船体が右に沈み、船が軋《きし》む音が響き渡る。どこからともなく聞こえる、高音と低音が交錯する金属の音——それはまるで日下部の言葉に対する抗議・悲鳴に聞こえて、碇はぞっとした。無言がちの碇をおもしろがって、日下部は言った。

「あれ、やっぱり水恐怖症ですか」

「違う。ちょっと幽霊系が苦手なんだ。で、ガイシャはどこで見つかったんだ」

「地下一階の船尾近くにある、観測隊員居住室だそうです」

碇のペンライトが、通路の壁に打ち付けられた船内図を捉えた。日下部が指で当該の部屋を指す。「まだだいぶ先じゃねぇか」と碇は舌打ちし、歩を再び進める。

地下一階へ降りる階段を進むうちに、腐臭が鼻をつくようになってきた。夏場、冷房のきかない金属の塊とも言える船内での密室となれば、死後数日で腐乱してしまうだろう。

「で、密室だったって？」

「ええ。鍵は死体のスラックスのポケットの中にあったそうです」

「鍵を持っていたということは、ガイシャは宗谷の関係者か。スペアキーは？」

「ないそうです。一般公開時の昭和五十四年に流通していた古いタイプの鍵なので、まあプロならピッキングで開け閉めできるそうですけど――」

ピッキングされた痕跡はなかったという。

日下部の懐中電灯の明かりが、ガラス扉越しに微動だにしない男を不意に照らし出した。思わず碇は悲鳴を上げて退き、日下部の腕を摑んだ。

「碇さん……。マネキンですよ、あれ」

そこは船長室だった。昭和の香りを色濃く残すモダンな船長室内のソファに、スーツをまとったマネキンが書類を持って座っている。

「だから俺は、幽霊とかそういうのが苦手なんだ」

「だからあれは幽霊じゃなくてマネキンですって」

ようやく二人は死体が見つかった観測隊員居住室に到着した。周囲は鑑識の照明器具が置かれていて明るく、藤沢が二人を待ち構えていた。マスクをしているので平気そうだが、碇と日下部は空気が滞る地下の船室に充満する腐臭に、共にハンカチを口元に当てて耐えた。死体は外に運び出されたが、腐乱して液状化した内臓の一部が体外に流出しており、現場に残っている。

「やっぱり。碇さんたちが一番乗りと信じて待ってたんです」

蒸し暑く息苦しい船内で、藤沢のメガネが何度も鼻からずり落ちる。藤沢はタオルで顔をぬぐった後、説明を始めた。

密室を作っていたガラス張りの木枠の扉は警察によって錠が壊され、開け放たれていた。入り口の手前通路には鑑識札が置かれている。「まずはコレを」と藤沢が手招きした。浸水時などに備えたハッチの枠が通路から突き出ており、そこにべったりと赤黒く変色した血痕が付着している。

「まだ鑑定中ですが、ガイシャの血痕と推測できます。ガイシャの後頭部に、この突起と合致する傷が確認できました」

「場所から推測するに――足を滑らせて、この突起で頭を打ったということか」

「ええ。当初は毛髪も何本か付着してました」

湾岸署の鑑識係が押収してしまったと、藤沢は残念そうに言う。

「後頭部強打が致命傷ということか」

「検視の結果を待ってからですね。腐乱がひどいので小さな外傷は視認できません」

「ほかに何か、特異な微物の検出は」

「ありません。しかし特異な状況ではあります」

密室ですからねぇ——藤沢は言って立ち上がり、観測隊員居住室を振り返った。中をのぞき込んだ碇はぎょっとして、思わず後退して日下部とぶつかった。

「だから、マネキンですって」

「わかっているが、驚くだろ、不意打ちで立ってるんだ、いつも」

居住室は六畳あるかないかのスペースで、その中央にカーキ色の観測隊制服の分厚い上下をはおったマネキンが佇んでいた。フードですっぽりと頭部を隠しており、これまで見たマネキンの中で最も不気味だった。

その傍らに木製のテーブル、背後には備え付けの木製二段ベッドがあった。死体がどこにあったのかは一目瞭然だった。二段ベッドの下段の白いマットレスに、茶色の人型の染みがくっきりと残っている。

「変死体は、この二段ベッドの下段に仰臥《ぎょうが》している状態で見つかりました」

碇は額にじっとりと浮かんだ汗をぬぐい、敷居《しきい》をまたぎながら「人着は」と尋ねた。

「成人男性。上半身裸で、下着……トランクス一丁でした」

「その恰好《かっこう》で展示室内に仰臥していたというのは——」

何を見てほしかったんだと言いたげに、日下部は言った。藤沢が続ける。

「ワイシャツとスラックス、紐《ひも》ネクタイ、肌着、靴下が室内に散乱していました。自ら脱いだのか、犯人が脱がしたのか――」

藤沢は言いながら、首から下げた一眼レフデジタルカメラを取り、碇に差し出した。死体の現場写真をその場で確認する。死体は腐乱が始まって全体的に膨張していた。全身が赤黒い。碇は脱ぎ捨てられたワイシャツを拡大する。

「襟に血痕が付着している」

「後頭部を打った後に脱いだ――犯人が脱がしたとみるのが自然ですね」

「何のために？」

碇の率直な問いに、「それはこれからの捜査で」と日下部は逃げた。

続けて碇は、死体を部分的に拡大した写真を見る。頭髪は薄く、銀髪だ。

「ロマンスグレーの髪に紐ネクタイ。成人男性といっても中高年だろうな」

死体の目は閉じていたが、口をうっすらと開けて苦しみ喘《あえ》いでいるように見えた。

碇は狭苦しい室内を見て回った。小さなデスクが壁沿いにあり、南極観測船として宗谷が利用されていた昭和三十年代当時の世相を反映するランプや鏡が壁に取り付けられている。二つの丸い窓が、西に傾いた太陽の光を取り入れていて、通路より室内は明るかった。ガラスは嵌《は》め殺しになっていて、開けることはできない。

「施錠されていた扉以外に、人が通れる場所はないな」

「ええ。そしてその扉の鍵はガイシャのスラックスのポケットに入ったままでした」

碇はガラス扉の壊れたドアノブに注目した。スペアキーはなく、ピッキングの痕跡もなかったと、藤沢が破壊前のドアノブの写真を見せて言った。内側には鍵穴もサムターンもない。下部三十センチほどが換気のためルーバー状になっていた。各隙間は三センチほど。

「元は鉄の扉だったようですが、展示のためガラス張りのものに換えたようです。中で誰か活動するようなこともないですから、こんな鍵で十分だったんでしょうね」

「扉やドアノブに指紋は？」

「外側には一切ありませんでしたが、内側ではいくつか検出されています。鑑定はこれからです」

「遺体はいま？」

「上のデッキ、ヘリコプター発着甲板上で、検視が行われています」

碇は日下部と藤沢を引き連れ、検視が行われているデッキへ上がった。

こぢんまりとしたヘリポートにも、船首にあったのと同型の門型マストがそびえ立

っていた。当時を再現するためか、必要もないのに救命艇が両舷にぶら下がってい
る。

ドックを見下ろす。規制線の外は碇が到着した時分より野次馬が集まり、層をなしていた。野次馬たちの好奇心を刺激しているのは、刑事同士のけんかだ。いまは高橋と湾岸署の刑事課長が言い争いを繰り広げている。「そのうち署長クラスがくるんじゃねぇの」と碇は肩をすくめた。

もめる男たちの輪を遠巻きに見ている、由起子の姿が見えた。黒のパンツスーツに、ボリュームのあるレース飾りがついたワイシャツを着ていた。地味な顔が完全にワイシャツのヒラヒラに負けている。碇は彼女に電話を入れた。

「係長。どちらです？」

「船内だ。あんたはそこにいて、野次馬を撮影しておいてくれないか」

犯人が現場に戻り、警察の捜査を遠巻きに見る——というのはよくある話だ。

電話を切ると、碇は再びデッキに目を向けた。日本国旗が掲げられた最後端のすぐ目の前に真新しいビニールシートが敷かれ、マスコミや野次馬の目から遺体を隠すため、簡易テントが張られていた。

テント脇では、現場で脱ぎ捨てられていた衣服が広げられた状態で並び、撮影が行

われている。腐乱した遺体はテント内で、うつぶせの状態で横たわっていた。潮風の隙間に時折、腐臭が鼻を突く。検視官が後頭部の傷を舐めるように見ていた。碇は検視官に声を掛けた。

「どうです、致命傷はやはりその傷ですか」

検視官はちらりと声の主である碇を見た。彼は湾岸署の人間だが、強行犯係の刑事たちのようにあからさまな敵対心を見せることはなかった。証拠品と淡々と向き合う鑑識係は、職人肌の人間が多く寡黙で実直だ。検視官はあっけなく答えた。

「いや、この程度で死ぬかなあ。せいぜい、脳震盪《のうしんとう》を起こす程度じゃない」

「それじゃ、死因は？」

検視官は部下に指示し、遺体を仰向けにさせたのち、首を傾《かし》げた。

「ほかに外傷はないし、ちょっと解剖しないとわからないな」

監察医務院で司法解剖しないと、はっきりしたことはわからないようだった。「どうぞ足元に気を付けて、こちらです」という男の声が聞こえてきた。碇と日下部がテントを出る。和田が、紺色のつなぎを着た男性を手招きし、テント横に広げられた遺留品を確認させていた。

和田は碇と日下部を見て形相を変えたが、警察以外の人物を招き入れている手前か、あからさまな攻撃は控えた。男性のつなぎには『船の科学館』と刺繍《ししゆう》があった。誰が尋ねるまでもなく、職員は遺留品を見てこう断定した。

「ああ――。これは福本《ふくもと》さんのだ。福本宗助《そうすけ》さんです」

紐ネクタイの金具部分を指さして、そう言った。真鍮《しんちゆう》で青い塗料が塗られ、コンパスの彫金が施されていた。海上保安庁のシンボルマークで、宗谷のファンネルにもある。

「この紐ネクタイを愛用していた？」

「ええ。福本さんが職人に作らせたオリジナルですよ。宗谷と同じマークをつけたかったんでしょう」

「その福本さんというのは、船の科学館の職員ですか？」

碇が続けて尋ねた。和田が、お前が前に出るなという顔をしている。

「いいえ。観光ボランティアを長年務めてくださった方です」

「観光ボランティア……？」

碇と和田が同時に訝《いぶか》しんでそう発言し、互いに牽制の瞳をやり取りした。

「彼は宗谷の構造やその歴史に大変詳しい方で、我々職員の知識を凌《しの》ぐほどですよ。宗谷の生き字引と言う人もいました」

現在の職員の誰よりも長く宗谷に関わっており、新米は赴任してすぐに福本のもとへ挨拶に行くほどだという。当然、守衛室にある宗谷船内の鍵を持ちだすことも可能だった。正規職員ではないので許可されるべきではないが、誰も咎めなかったようだ。福本が宗谷を傷つけるはずがないからだ。

観光客の姿がほとんどないこの船の科学館で、観光ボランティアなど必要なのか――誰しもが同じ疑問を持った。職員は刑事たちの空気を察し、尋ねられる前に応えた。

「まあ、実際に観光客が宗谷に入るのは日に十人いるかいないかです。ほとんどが海外の方で、福本さんは英語ができるわけでもないので……」

観光ボランティアというのは名ばかりで、毎日宗谷を眺めてのんびり過ごしていたというのが実情らしい。和田が尋ねる。

「最後に福本さんを見かけたのはいつですか」

「七日の夕方だったと思います。移転工事が始まってからは宗谷が心配で毎日来ていましたから。昨日一昨日と姿を見せなかったので、変だなと思ったんですが」

正規職員ではないため、特に本人に連絡をしようとは思わなかったようだ。

「それにしても、なぜそこまで福本さんは宗谷に入れ込んでたんです？」

碇の質問に、職員は大きくうなずいて答えた。

「福本さんはこの宗谷で生を受けたんです。だから、名前もその一字をもらって〝宗助〟になったとか聞きました」

宗谷は戦後の一時期、外地からの引き揚げ船として活用されており、およそ二万人の日本人を本土へ送り届けた。そのさなか産気づいた妊婦がいて、福本が誕生したという。

和田は思わず、敵と忘れたように碇と日下部の顔を見た。この事実がどう、目の前の変死体と絡んでくるのか――。

碇は立ち上がると、潮風と西日を一身に浴びながら、独り言のように言った。

「するとこのガイシャは、宗谷で生まれ宗谷で死んだ、ということか――」


八月十二日、金曜日。

午後九時、有馬礼子は警備艇なでしこで晴海《はるみ》埠頭周辺を微速走行していた。

晴海埠頭に係留された世界一周旅行中の大型豪華客船内で、窃盗事件が起こっていた。その捜査補助のため、刑事防犯課盗犯係の捜査員を乗せている。埠頭に係留された左舷側は陸から捜査できるが、海側の右舷側は警備艇を出さないと無理だ。

礼子が舵を握る後ろで、盗犯係の捜査員二人が推理しあう。

「埠頭の防犯カメラに不審者はなかったし、やっぱり内部の人間の犯行じゃないの」

「乗船客は世界中の大金持ちですよ。億万長者が金品一千万相当盗むってぇのもケチ臭い話だよ」

「スタッフじゃないか？　船員やコックなんかも含めて、四百人以上雇われてんだろ」

礼子は一旦停船すると、盗犯刑事に「あの、ちょっといいですか」と意見した。

「三年ほど前から時折、似た事件が発生しています。いわゆる船上荒らしです。どれも陸に一切の痕跡が残っていませんでした。もしかしたら連続窃盗事件かもしれません。湾岸署の刑事課に行けば当時の資料が――」

刑事二人はどこか白けた様子で話を聞いていた。排他的な空気を感じる。

「情報ありがとう、有馬主事。ただあんたは、警察官じゃないだろ」

「――はい」

「海技が刑事の仕事に口出しするな」

反論しようとして、もう一人の刑事がにやつきながら言う。

「俺たちはさ、あんたをかわいがっているお隣の係長とは違うんだよ」

刑事防犯課フロアにある盗犯係の横は、強行犯係だ。「もうあいつとヤッたのか、え？」と卑猥《ひわい》な質問を投げかける刑事を、もう一人が「やめろよ」とたしなめるが、顔がにやついている。

碇は目立つ。存在しているだけで人の注目を集める独特のオーラがあった。強行犯係の面々は彼を慕っているが、ほかのシマの刑事から見たらその圧倒的な存在感は嫉妬と嫌悪の対象となるのかもしれない。

一旦五臨署に戻れと命令され、礼子は怒りを飲み込み、エンジンをかけた。荒々しい感情は舵捌《さば》きに出てしまう。最高速度で、夜の東京湾を駆け抜ける。途中、大型コンテナ船とすれ違ったが、引き波回避の減速をしなかった。船は一メートルの波高上を滑り、宙に飛んだ。直後に海面に叩きつけられ、白い水飛沫《しぶき》が舞う。五臨署のドックへ入るためにレインボーブリッジのループ下を急旋回すると、船の傾斜は四十度にもなった。

ドックに到着したとき、デッキにいた二人の窃盗犯刑事は両舷のハンドレールにつかまり、恐怖に震えあがっていた。頭から波をかぶってびしょ濡れだ。

礼子はすでに係留されている同型警備艇すみれの横になでしこをつけると、揃《そろ》って嘔吐している盗犯刑事二人を横目に、船伝いにドックに降り立った。

別館の舟艇課フロアに入りながら、潮風で乱れた髪を結び直そうと、ヘアゴムを引っ張り取る。ロングストレートの漆黒の髪が湿気を併い肩を打つ。

目の前にどんと座った男と目が合い、礼子ははっと立ち止まった。碇だ。舟艇課の誰かと話をしていたようで、受付デスクに足を投げ出して座り、腕を組んで厳しい顔をしている。本当に、いるだけで人目を引く圧倒的な存在感があった。

「ああ、有馬君」と課長が礼子に気が付いて、尋ねた。

「宗谷で死体が見つかった件だけど。被害者は宗谷の観光ボランティアだったそうなんだ。海技の誰かがガイシャと接点がなかったかと碇君が聞きにきている」

礼子はちらりと碇を見た。碇は静かな瞳で礼子を見ている。

「すいません。私も初めて聞く名前でした」

碇は「そうか」と膝を叩き、デスクから飛び降りた。

「課長、手間をかけました」

「こちらこそ、お役に立てず」

「どんな些細《ささい》なことでも構いません。何かあれば、いつでもお願いします」

いかにも事件関係者に言いそうなセリフを最後に、碇は礼子の横を通り過ぎ、舟艇課を立ち去った。礼子は髪を束ねながら、課長に尋ねた。

「やっぱりうちに帳場が立つんですか？」

「いや、まだ決まらないらしいけど、初動は大事でしょ。碇さんたちは先行して捜査開始してるんだ。苦戦しているようだけどね」

五臨署の刑事防犯課には鑑識係がない。少しでも情報が欲しい――それで、碇は舟艇課を訪れたのだろう。

礼子は廊下を引き返した。本館へ向かう通路の扉を開けたところで、碇は厳しい表情で煙草を吸っていた。喫煙所ではないため、礼子を見て見つかったという顔をして、ちょっと笑った。礼子は咎めず、碇の笑顔の残像が残る顔に言った。

「あの、宗谷の事件ですが――青海埠頭界隈《かいわい》を出入りする港湾工事関係者とかに話を聞いてみましょうか」

「助かる。しかし舟艇課はいまが繁忙期だろう、大丈夫なのか」

「うまく暇を見つけてやります」

ありがとう、と碇はぼそりと言って、煙草を吸った。生ぬるい潮風が二人に吹きつけてくる。礼子は言った。

「帳場、うちに立つといいですね」

碇は意外そうな顔をしつつも、目を細めて礼子を見た。

「海技でそんなこと言うのは、有馬ぐらいだ。夏は海難事故が多いし、台風とか水害のほうもな」

「確かにいまの時期は忙しいですけど——」

碇の役に立ちたい、という言葉を、礼子は飲み込んだ。そして、話を逸らした。

「それにしても、事件発生から二日も経《た》つのに未だに帳場が立たないなんて……」

五臨署の管轄なのか湾岸署の管轄なのか、双方の署長がそれぞれの主張を繰り返し、法律の専門家を呼んで管轄権を精査すべきという話まで出たらしい。結局、警視庁本部の刑事部長の鶴の一声に任せるということになったらしいが——碇が肩をすくめて言った。

「いまの刑事部長がなんとも優柔不断な人物らしい。〝俺が勝手に決めていいことじゃない〟と決定を幹部会議に丸投げしたんだ」

警視総監をはじめとする各部長が出席する幹部会議は、毎週月曜日に行われる。決定は来週にずれ込むようだ。碇が説明しながら、煙草を携帯用灰皿の中で丁寧に潰した。まだ半分も吸っていない。煙草の残量が、まだ話していたい礼子の気概をそぐ。

「じゃ、さっきの件、よろしく」

碇はそれだけ言って、大きな逆三角形の背中を見せた。礼子は慌てて呼び止めた。

立ち止まった碇は、「わかってる」と、自分の肩に話しかけるように言った。

「忘れてない。八月十四日だったな――。もう明後日《あさって》か」

最後は自嘲するような声音だった。

「あの――」


碇は刑事部屋に戻る前、近所のコンビニに立ち寄った。

生ぬるい潮風を頬に受けながら、昼も夜も人の気配が少なくトラックばかりが行きかう品川埠頭の道路を一人歩く。ふと〝八月十四日〟に思いを馳《は》せる。

五月ごろ、礼子は碇への想《おも》いを断ち切ろうと一人もがいている様子だった。廊下ですれ違っても目も合わせない。挨拶もしない。近隣の食堂やコンビニで偶然出くわしたら、碇の姿を認めた途端に逃げていく始末だった。

あるとき、とうとう五臨署のエレベーターで二人きりになってしまったことがあった。

礼子は蠟《ろう》人形のように固まったまま、みじろぎ一つせず、じっと回数表示を睨みあげていた。拳をぎゅっと握りしめて。碇はおかしくなって、つい、礼子の顔をのぞき込んで揶揄するように微笑みかけた。礼子は目が合うと、緊張の糸が切れたようにそこでわっと泣き出してしまった。

「どうして。一生懸命、碇さんへの気持ちを鎮めようとしているのに、どうしてそんな優しい顔で私のこと見るんですか!!」

ちょうどエレベーターが一階に到着した。扉が開いて署員がどっと箱に乗り込もうとしたが、痴話げんかと過剰に察した彼らはざーっと階段へ引き返していったのだった。

礼子が突然、碇に愛の告白をしてきたのは、その一週間後のことだった。

ムード作りなど一切なく、凛《りん》としたたたずまいで直球できた様子は、不器用だが現代を必死に生きるサムライのようだった。かわいいや美しいという言葉を通り越して、神々しいほどだ。だが、自分をこれまで通り過ぎていった女たちとあまりに違いすぎて、碇はどう対応していいのかわからなくなってしまった。

「返事は急ぎません。碇さんの立場や状況を、理解しているつもりです」

バツ2で娘が三人もいること。礼子が日下部の元恋人だということ——。

「だけど、リミットが欲しいです。一ヵ月後とか」

「いや——。たぶん、俺たちに必要なのは時間なのかなと思う」

「時間？　それじゃ、二ヵ月後でいいですか」

礼子は意味をはき違えたようだが、碇は説明しそびれてしまって、そのまま八月十四日に返事をするということになってしまったのだった。

碇はコンビニで夜食のカップラーメンを買うと、署の本館三階にある刑事防犯課の大部屋に戻った。時刻は午後九時半を回り、夜勤の数人が残っている程度で閑散としていた。真ん中の強行犯係のシマに残っているのは由起子だけで、遠藤は非番。日下部と藤沢は碇のいぬ間にさっさと退社したらしい。

碇はデスクに着くなり「何だよ、お前だけとは」とぶつくさ言った。由起子は宗谷の観光資料を眺めながら、コラーゲンドリンクを飲んでいるところだった。

「藤沢君のところ、赤ちゃんが熱出したんですって」

「子守なんて妻に任せとけよ」

流行りのイクメンかと、碇は鼻で笑い飛ばした。由起子から反応がない。見ると、そんなんだから二度も離婚されるんだという白い目が碇を捉えている。

「ところで、日下部は？」

まだ帳場が立っていないとはいえ、誰よりも上昇志向が強い日下部が事件捜査をほっぽらかして九時前に退勤など珍しいことだった。

「デートだそうですよ、婚約者と。帳場が立ったら会えなくなるからって」

「結婚したらうんざりするほど一緒なのに」

言いながら碇は、宗谷の船内図を見つけて、眺めた。密室がどう完成したのかが、事件解明の鍵だ。

「日下部君のことだから、ついでに湾岸署の情報取ろうと思ってるんじゃないかしら」

「取れたらありがたいが、中堀は前にその件でだいぶ刑事課から絞られたはずだ」

「でもあの子、献身的だからね〜。やるんじゃないの」

献身的と言えば――と意味ありげに呟いて、由起子は突然チェアを勢いよく滑らせてきた。藤沢のデスクを越え、上座の碇の横までやってきた。

「係長のほうこそ、舟艇課の献身的な彼女とどうなってるんです」

碇は「首を突っ込むな」と、由起子のチェアの背もたれを勢いよく押し返した。よりによって礼子は、〝恋愛経験が豊富すぎて婚期を逃した〟と自称する由起子に恋愛相談をしていた。六月に礼子が突然、碇に愛を告白したことも、碇が返事を二ヵ月先延ばしにしたことも、どうやら知っているようだ。

由起子はチェアごと自身のデスクに戻りながら呟く。

「もう日下部君と破局して半年ですよ。係長、そう頑《かたく》なにならなくったって」

「まだ四ヵ月経ってない」

「あら、ちゃんと数えてらっしゃる」

碇は咳払いし、由起子を一睨みして言った。

「野次馬の解析は済んでんのかよ」

事件発生時に宗谷周辺に集まった野次馬の撮影を由起子に任せていた。

「特に不審者はいませんでしたよ。最も、顔認証システムにかけないと前歴者なんかとの照合はできません」

顔認証システムは本部鑑識課が持っている高度解析システムで、所轄の鑑識係にはない。帳場が立たないと使えないのだ。

「参ったな――。帳場が立つ前に湾岸署を出し抜きたいが、何も情報がない」

碇は天を仰いだ。ナシ割り捜査も、福本の携帯電話も含め遺留品はすべて湾岸署にあるので不可能だ。地取り捜査といっても周辺に住宅などは一切なく、人の出入りがある最も近い建物は湾岸署という皮肉。付近の防犯カメラ映像も、一歩早く湾岸署が押収してしまった。

「鑑取り捜査しかすることがねーってか。福本の家族、明日あたり当たってみるかな」

碇は給湯室でカップラーメンに湯を注ぐと、応接スペースのソファに座り、テレビをつけた。三分待つ。「それにしても——」と由起子が、資料をせわしくめくりながら向かいのソファに座った。

「湾岸署時代も含めて、この地域の所轄署員になってもう二年以上ですけど、宗谷のことを全然知らなかったんだなぁと改めて思いました」

「ただの南極観測船だろ」

宗谷が係留され続けているのは、映画『南極物語』のモデルにもなったタロとジロの逸話も相まって、一般的になじみがあるからだと思っていたが、由起子は激しくかぶりを振った。

「海に生きる人々からは〝奇跡の船〟と呼ばれていたらしいですよ」

「だから、タロとジロだろう？」

由起子は船の科学館が発行する資料ガイドブックを碇に突き出した。あちこちに付箋がはってあり、ラインマーカーが引かれている。由起子はこういった事件関連資料を毎度丁寧に読み込む。

「私、この宗谷の奇跡に触れて、福本が宗谷に愛情を注いだ理由がちょっとわかる気がしましたよ。宗谷に起こった奇跡の数を数えたら、十もあったんです」

宗谷が建造された造船所についても感動的なエピソードがあるという。

時は昭和十一年。後に宗谷を建造することになる川南《かわみなみ》工業は新たな造船所を建設すべく、閉鎖されたままの松尾造船所に目をつけた。荒れ果てた造船所に社長の川南が入ろうとしたところで、ぼろをまとった老人がそれを阻止した。「ここは松尾さんの工場だ！」この老人は松尾造船所の守衛長をしていた人物で、閉鎖されてからも恩ある松尾社長のため警備に来ていたのだった。ボロボロになった服は、守衛の服だった。

「こんな人たちの手で再建すれば、必ずよい造船所になる。そう直感した川南社長は一発でここの造船所を買い取って、再びこの守衛を雇ったという話よ。泣けるじゃない。これが、第一の奇跡」

「奇跡というほどの話か？　そもそもその逸話は密室殺人を解くカギになるのか」

由起子はロマンがないと怒った。そんなんだから奥さんに二度も逃げられるんだと、すぐに碇の離婚歴をやり玉にあげる。碇は『十の奇跡』の続きを促した。

「最初は地領丸という名前で、商船として荷物なんかを運んでいたらしいですけど、耐氷型というところに目をつけた当時の海軍が買い上げて、北方《ほっぽう》での測量船として使用しはじめた。いわゆる特務艦ね。ここで名前が地領丸から宗谷に変わった」

碇はカップラーメンをかき混ぜ「へー」と適当に相槌《あいづち》を打つ。

「戦局が厳しくなってくると、南方への物資運搬船としても酷使されるようになった。ここで第二の奇跡。前線基地のトラック島に入港した夜に、米軍による激しい空襲があったのよ。だけど、宗谷には一発も爆弾が落ちなかったんですって」

「ほぉ。米軍が外したというわけか」

「不思議と宗谷には爆弾が当たらないらしいの。ミッドウェー海戦で敗戦色が濃くなってきた後にも、ラバウルで空襲や対空砲火、迎撃戦闘機、機銃掃射にやられて次々とほかの船が沈没していくのに、宗谷だけがなぜか被害を受けない」

「なんで」碇がラーメンをすすりながら言う。

「だから、これが〝奇跡の船〟と言われる所以なんです」

ラバウルの空襲を生き延びたことが第三の奇跡だったようで、由起子は次にページをめくると「次の、第四の奇跡が本当にすごいの」と前置きして、説明した。

「ブカ島の泊地で測量中に、アメリカの潜水艦に見つかって四発も魚雷を撃ち込まれた。うちの一発が宗谷の船体に直撃したんだけど、なんと、不発弾！」

「本当か！」碇はラーメンを喉に詰まらせ、咳き込みながら言った。

「命中しなかった三発は全部、サンゴ礁に直撃して大爆発したらしいんだけどね。その後、宗谷がパラシュート付きの爆雷を落として立ち去ったら、これが運よく米軍の潜水艦にあたって撃沈したそうよ」

「たいしたもんだな。ただの測量船が米潜水艦を撃沈とは」

「ここまでで五つ。奇跡はまだ続くのよ」

由起子が調子づいて言った。

「宗谷は再びトラック島で米軍の激しい空襲を受けることになるの。早朝から百機、午後五時過ぎまで合計九回、延べ四百五十機にも及ぶ大空襲に遭遇してしまった。宗谷は回避行動中に大トラブル発生。座礁してしまったのよ」

「絶体絶命じゃないか」

「ええ。多くの艦船が撃沈されていった。宗谷も艦長は重傷、砲術長以下も十名が戦死。離礁作業もできずに銃弾も尽きてしまい、とうとう総員陸上退避が言い渡された」

翌日も空襲を受け、艦船の沈没は四十一隻、損傷九隻、大変な数の死傷者が出た。けれどその翌日、陸地に退避した隊員が泊地に戻ってみると、一隻だけ沈没せずに残っていた船があったという。

「宗谷か！」

「そうなの!!」

碇はカップラーメンを忘れ、すっかり宗谷の奇跡に夢中になった。

「それはすごいな。本当にすごい」

「航行にも問題ないとかで、二ヵ月後には横須賀《よこすか》に戻ったというんだから本当にたいした船だわ、宗谷は」

続いて宗谷は三陸沖でもほかの艦船が魚雷の命中で沈没する中、不思議と一発もあたらずに難を逃れ、やがて終戦を迎えたという。

「終戦後は確か引き揚げ船として活躍したんだったな」

「ええ。そこで第八の奇跡」

「新しい命――福本宗助が生まれたことか」

由起子はうなずく。第九の奇跡は、南極観測隊が南極に置きざりにせざるを得なかったカラフト犬タロとジロの生還。海上保安庁の巡視船として活躍したのを最後に、昭和五十三年に引退。船の科学館で保存、一般公開されることになった。

「全部で奇跡は十あるんじゃないのか。最後の一つは？」

碇の問いに、由起子は含みを持たせるようにゆっくりと言った。

「オンボロになって観光客が激減して、係留地が水上バス発着所に成り代わろうとしても、廃船・解体されずに移転先で保存され続ける——これもまた、一つの奇跡」

宗谷の奇跡に酔いしれる由起子をけっと笑った碇は、つけっぱなしだったテレビを見た。気象情報で、予報士が神妙な面持ちで台風七号の発生を伝えていた。

第二章　発生

「いよいよ台風シーズンの到来だな。七号が発生したそうだ」

汗と油にまみれて作業をしていた礼子の眼前に、天気図が突き出された。直属の上司である舟艇課配船第二係の係長、磯部《いそべ》が上架設備の整う乾ドック内のファックスで気象庁から送られた天気図を受け取ったところだった。

八月十三日、土曜日。

礼子ら舟艇課配船第二係は朝から、全身汗まみれになって乾ドックで清掃作業を行っていた。警備艇を上架し、船底にこびりついた苔《こけ》や貝をそぎ落とす。バールを持つ手を一旦休めて、礼子は「規模は？」と尋ねた。

「現在、パラオ沖四十キロの地点を、進路を北北東に向けて北上中。中心気圧九七八ヘクトパスカル」

礼子の下で、ゴミを袋に放り込んでいた後輩の君原《きみはら》が「たいしたことないですね」

と笑った。今年は台風の発生個数が少なく、八月中旬のいまになっても日本列島に上陸した台風はなかった。

「甘く見ないほうがいいわ。ここのところ小笠原《おがさわら》近海の海水温が異常に高いから、北上するにつれて勢力を拡大していく可能性がある」

厳しく後輩にそう言って礼子は上司に尋ねた。

「東京湾に接近しそうなんですか」

「いまのところ、銚子《ちょうし》沖を通過する予想だが、東から張り出している高気圧の勢力によってはもっと進路が西寄りになるかもしれない」

「だとすると、首都圏直撃ですね」

「来週の十七日から十八日くらいかな」

君原が「十六から十九まで夏休みなのに」と慌てる。「台風次第だな」と磯部も肩をすくめて笑ったが、礼子だけは厳しい表情を崩さずに言った。

「十七か十八。思い切り大潮期じゃないですか」

大潮とは、一日の干満差が最も大きくなる時期のことで、特に大潮期の満潮時は潮位が高くなり、二メートルを超すこともある。礼子は嫌な予感にさいなまれながらも腐食防止用の亜鉛ねじを手早く取り換えた。ねじを淡々と回しながらふと考える。

台風が接近するころには、決着がついているはずだった。明日十四日、碇から返事をもらうことになっている。いまはただ審判の日を待つのみだった。

礼子は午前中の作業を終えると、昼休憩を返上し、警備艇を出した。おにぎりを齧《かじ》りながら、青海埠頭の反対側に位置する、有明フェリーターミナル付近の運河へ向かう。赤札を垂らした警戒船三隻が停泊していた。その先に潜水士が付近を潜っていることを示す青と白のA旗と形象物を下げた船を見つけ、礼子はゆっくりと近づいた。

運河にかかる橋の修繕工事を行っている船だった。水中で潜水しながらの溶接作業であり、船からは潜水士に酸素を送り込む管が何本も水中に垂れる。東京都港湾局からの依頼を受けて、八宝組《はっぽうぐみ》という大手ゼネコンが修繕工事を請け負っている。船長は八宝組の港湾工事部の係長・下田《しもだ》で、もう六年も東京湾を警備し続けている礼子と顔見知りだ。

警備艇が近づいてきたのを見て、下田がキャビンからひょっこり顔を出した。昼食中だったらしく、こちらもおにぎり片手にもぐもぐと顎を動かしている。

「礼ちゃんか。このあたりで水難か？」

「いえ、ちょっと今日は聞き込みで」

礼子は係留ロープを掴み、上目遣いに下田を見る。下田は係留ロープを受け取り、自船のビットにもやい結びで括り付けた。

「聞き込みだなんて礼ちゃん、刑事みたいなことを言って」

「先日、宗谷で死体が見つかった件、ご存じですか」

「ああ、福本さんだろ」

礼子は感激して天を仰いだ。昨日から港湾関係者に電話をかけたり、直接聴取をしたりして福本について尋ね回って、やっと知っている人物に行き当たった。「詳しく聞かせてください！」と右舷を飛び越え、下田の船に乗り移った。

「いやあ、常日頃から口癖みたいに言ってたからさ。宗谷で死にたいって。まさか本当にとは思わなかったけどな」

よく日に焼けた肌に深い皺《しわ》を寄せて、下田は複雑に笑ってみせた。まあ座んなと、冷房がよく効いたキャビン内に礼子を誘い入れた。礼子は白帽を脱ぎ、首に掛けたタオルで顔の汗をぬぐった。

「下田さんは、福本さんとはどんなお知り合いだったんですか」

「もう三十年以上になるんじゃないか」

礼子は更に前のめりになった。「そんなに!?」

「まだ俺が八宝組に入社したてのころだよ。宗谷が一般公開されるころで、八宝組が栈橋や足場の設置工事を請け負ってな」

「そうだったんですか。そのころから福本さんは宗谷に？」

「ああ。やれ船体に傷をつけるなだの、やかましく言う男がいると思ったら、船の科学館職員でも都の人間でも何でもない、観光ボランティアだと聞いて驚いたよ」

当時、福本はまだ三十代くらいで、宗谷とは全く関係のないサラリーマンだった。

「聞くと、引き揚げ船だった宗谷の中で生まれたんだというからさ。母親は産褥熱《さんじょくねつ》で、日本の土を踏まずして亡くなったらしい。それで、福本さんは宗谷こそが母親と思って生きてきたらしいよ」

礼子は一心にメモを取りながら、ふと言った。

「それなら、今回の移転工事でも福本さんはいろいろと工事関係者に口出ししていそうですね」

「してたと思うよ、定年退職してからは、朝から晩まで宗谷にべったりだったみたいだからね」

「下田さんは宗谷の移転工事に関わっていないんですか？」

「工事は太陽建設が請け負った。うちは入札で負けたんだ」

礼子は「太陽建設……？」と首を傾げた。有名な大手ゼネコンだが、東京湾で港湾工事をしているのを見たことがなかった。港湾工事——通称マリコン事業は、その部署を持つゼネコンしか参入できないはずだ。

考え込んだ礼子を、下田はにやりと見つめる。

「礼ちゃん。本場モノの女刑事みたいだ」

「いや——でも、何だか変な話だなと」

「だろ？　うちも宗谷の移転工事の落札を逃したと聞いたときはひっくり返ったよ。うちは四十年前の桟橋建設工事に携わってるんだよ。実績があるうちが絶対落とすと思ったのにさ。よりによってマリコン事業の実績がない太陽建設っていうんだから。なんか裏があるはずだって、みんな陰口を叩いていた」

日下部と碇は面パトで、福本宗助の妻である弓枝《ゆみえ》が住む江東区東雲《しののめ》の都営住宅へ向かっていた。碇は車内で、由起子から聞いた話そのままに〝宗谷の十の奇跡〟について話して聞かせたが、日下部は最後まで「へえ」「ほお」を繰り返すのみだった。

「お前、妙に冷めてるな」

「何人救ったか知りませんが、いまは税金を食い潰す東京都のお荷物でしょう」

「そんな身もふたもない言い方するなよ」

「だいたい、奇跡なんて――」

日下部はそれきり、口を閉ざしてしまった。どうも最近、様子がおかしい。

五臨署発足時に初めて会ったときから、日下部は器用に振る舞おうと常に上から目線でクールなふりをしていたが、根は感情豊かな熱血漢だ。だからこそ、こんなもやしのような体でも所轄刑事として体を張ろうと、碇の柔道場通いにも根気よく付き合っている。それがここ最近、こんな冷めたような投げやりな言動が増えてきた。

中堀景子と結婚するなどと言った件も含めて、碇は何か引っかかるものがあった。

「日下部。式の日取りとか、決まってるのか」

「まだプロポーズもしていないんですよ。どんなシチュエーションがいいかと……」

日下部はハンドルを握りながら、少し笑った。悲痛な色が笑顔に張り付いている。

礼子に未練があるのだと、碇は心痛した。

「お前――。くれぐれも、心の傷の上塗りに結婚するようなことはやめておけよ。中堀がひどく傷つくし、なによりお前自身が……」

「また礼子の件を持ちだすんですか」

「そういうわけじゃない」

「ぶっちゃけ、碇さんに心奪われて俺を振った女に俺が未練たらたらだと思い込んでいる碇さんそのものが、気持ち悪いですよ」

理解するのに少し時間がかかってしばし黙りこんだ。碇は慌てて答えた。

「そうか。いや別に、そう思い込んでいるわけじゃ」

日下部は軽く笑う。

「明日がリミットなんでしょう？　礼子と付き合うのかどうか、の」

碇は一瞬沈黙した後、叫んだ。

「なんで知ってる!?」

「みんな知ってますよ」

「細野か」

「彼女も含めてまあ、方々からいろいろと。エレベーターでの痴話げんか話とかね」

あれは違うんだと言いかけて、碇は面倒くさくなって口をつぐんだ。察したように日下部が言う。

「礼子はあの見てくれで目立ちますけど、恋愛慣れしてないのは確かですよ。その上、アドバイザーが細野さんですからね。混乱の極みというか……」

碇はただ無言で、肩をすくめただけだった。

「ぶっちゃけ明日、なんて返事をするんです」

「…………」

「元カレ特権で、教えてくださいよ」

「イエスと言おうかと」

碇はそう言って、横目で日下部を見た。日下部はハンドルを握っていたせいか、眉毛と両手の親指を同時に上へ上げて、肩をすくめる仕草をした。まるで他人事と言った様子だ。未練はないようだが、かつて愛した女が上司と関係を持つことに嫌悪感を持たないのかと、碇は不思議に思った。若者特有の軽さと柔軟性がなせる業なのか。

「――嘘《うそ》だよ。正直、迷ってる」

「なかなかの優柔不断男ですね、碇さん」

「恋愛なんてな、その場の空気と流れなんだよ。ある日突然リミットを決められて、白黒はっきりしろと言われても……」

「でもその場の空気と流れに身を任せた結果、失敗してバツ2になったんですよね」

反論できぬうちに、目的地の都営住宅に到着した。

福本の妻・弓枝はタワー型の都営住宅二十四階に住んでいた。3DKの室内は北向きで、一日中薄暗いようだ。玄関には女性モノの靴が何足も散乱するように置かれている。福本の靴は一切なかった。三十過ぎの娘との三人暮らしだったという。

「娘さんはいま?」

「仕事ですよ、朝から晩までずっと家にいません」

大手電気機器メーカーの総合職についており、いつ結婚するんだかと弓枝は少し微笑んでみせた。若い日下部を見て「うちの娘をどう」と軽口を叩いた。

「ずいぶんと朗らかですね」

キッチンで茶を淹《い》れる弓枝の背中を見て、日下部が碇に耳打ちした。夫の不審死が明らかになってまだ三日だ。弓枝はバブルのころを彷彿《ほうふつ》とさせる、肩パッドが入った紺色のシャツにそろいのスカートをはいていた。生地はよさそうだが、形が古すぎてあまりセンスがいいとは言いがたかった。テーブルには葬儀屋のパンフレットが並ぶ。

弓枝が居室に入る。

茶を出すその手が皺だらけで乾燥しているのを観察しながら、碇は尋ねた。

「葬儀の日程はもう決められたんですか」

「ええ。主人の遺体が司法解剖を終えて、今日夕方にも自宅に戻ると、昨晩連絡があったものですから」

司法解剖はすでに終わっている——五臨署には全く報告がなかった。恐らく湾岸署が情報を独占しているのだろう。目の前の弓枝には死因が知らされているようだが、聴取にやってきた刑事が知らないとは恰好がつかない。日下部は碇に促され、「ちょっとお手洗いを借りてよろしいですか」と言うと、トイレに立ち、即座に監察医務院へ連絡を入れた。日下部がトイレに閉じこもっている間、碇は雑談を投げかけた。

「それにしても、タワー型の都営アパートとはすばらしいですね」

「どこがすばらしいもんですか」

弓枝が吐き捨てるように言った。

「北向きだし、洗濯物を干せないから乾燥機フル稼働で、もう電気代がすさまじいんですよ。おまけに朝は一階まで新聞を取りに行かなきゃならないし、湾岸道路のすぐ近くだから、窓を閉めていたって騒音が」

福本が定年退職したころ、少しでも宗谷の近くにいたいからと引っ越してきたという。元は多摩ニュータウンに住んでいたらしい。

「閑静な住宅街から、湾岸地域のタワー型アパートとは。思い切ったんですね」

「まあね、あのニュータウンも若い人がみな出ていってしまって、すっかりさびれてしまったのよ。娘も、家賃を出すからこっちがいいと言い出したものだから」

弓枝は深いため息をついた。マイホーム神話が根強く残る日本で、ローンを払い終えた戸建てを捨てて湾岸地域の賃貸住宅に移住するなど、たとえ利便性がよいとしても心許ない気持ちになるのだろう。

日下部が戻ってきた。碇と無言で視線をやり合った後、「それにしても」とため息まじりに弓枝に投げかけた。

「まさかの熱中症で亡くなるとは、何と申し上げたらよいか」

――死因が熱中症だと!?

碇は絶句を必死で心の中に押しとどめた。日下部が続ける。

「ちなみにご遺体の傷みが激しかったため、死亡日時が不明とされているのですが、奥様が最後にご主人と会われたのはいつでしょうか」

「七日の朝です。私が夜勤明けで自宅に帰ると、これから宗谷に行くと言って出かけていくところで……全くあの人、船の中で何をしていたんだか」

弓枝は清掃会社の派遣スタッフをしており、主に有明界隈のビルの清掃を担当しているという。夫の行動に呆《あき》れつつも若干の理解を示し、続ける。

「けれど、あの人は常々申しておりました。宗谷の中で死ねたら本望だと――。こっちに越してきたのだって、毎日用もないのに宗谷へ通うためでしたから」

東雲から船の科学館まで、都営バスに乗ってしまえばものの十分。自転車でも通える距離だ。弓枝の言葉は、暗に福本の死が自殺だったと言わんばかりだった。

碇は断片的にしか与えられない情報をなんとか整理しながら、あたかもすべて把握しお見通しという刑事の余裕を見せて言った。

「ただ、現場が密室だったという謎が残っています。鍵は一つしかなく、福本さんが持っていた。内側から鍵を掛けることはできません」

「それを私に言われても……」

「もう一つ、後頭部に打撲痕がありました」

「聞きましたわ。でも、致命傷ではなかったと」

「ええ。脳震盪を起こす程度だろうと。その後、福本さんは船室内に入り、なんらかの形で鍵がロックされて出られなくなり、熱中症で死亡した――」

弓枝が即座に否定した。

「出られなくなるなんて、あり得ませんわ。扉はガラス張りだったんですよ。死の危険を感じたら、ガラスをけ破って外に出ればいいだけじゃないですか」

全くその通りだった。

「故意にしろ偶然にしろ、福本さんはあそこから出られなくなって熱中症を起こしたことは間違いないですよね。だから衣服を自分で脱ぎ捨てたんでしょう」

日下部が言ったそばから、碇が疑問を呈した。

「暑かったから自ら脱いだ——つまり、死にたくなかったということだよな。ならどうしてガラスをけ破って脱出しなかったんだ」

日下部も弓枝も、碇の指摘に黙り込んでしまった。沈黙を嫌ったのか「お茶のお代わりを」と弓枝がキッチンに立った。すかさず、碇は日下部にひそひそ声で言った。

「参ったな。死因が熱中症とはどういうことなんだいったい」

「そんなのこっちが聞きたいですよ」

死因がわかれば捜査は先に進むと思ったが、先に進むどころかこんがらがっただけだった。足が痺《しび》れた碇は、正座の足をほどいた。靴下の足が、ガラステーブルの下の新聞を蹴った。下から海外旅行のパンフレットや旅行雑誌が多数、顔をのぞかせた。碇は雑誌の発売日を確かめた後、日下部に耳打ちした。

「発売日は昨日だ」

夫が不審死を遂げて数日経たぬうちに、旅行の計画を立てる妻——。

弓枝が茶のお代わりを持ち、戻ってきた。碇は朗らかに尋ねた。

「七日の朝にご主人の姿を認められて、十日に遺体が発見されるまで、特に捜索願などは出してらっしゃらなかったようですが」

「私は仕事が夜間なものですから、朝しか主人と顔を合わせることがないですし、夫が早くに家を出れば会うこともありません。主人が帰宅していないと気が付いたのが九日の朝だったんです。近所を探し回ってもみたんですが、見つからず、警察に行こうとした矢先でした」

「近所を探し回った？」

「ええ」

「なぜ、宗谷の船内を探し回らなかったんですか」

弓枝は言葉に詰まった。

「ご主人は毎日宗谷に通っていたと知ってらっしゃったんですよね」

「――宗谷にいて何か事件・事故に巻き込まれたのなら、工事関係者や船の科学館の職員の方が気が付いているだろうと思って」

「それで、あえて宗谷には行かなかった？」

弓枝は苦しそうに「はい」とうなずいた後、ぎろりと碇を睨みつけた。

福本の自宅を出た。

日下部は弓枝の勤務実態を調べるため、りんかい線で有明へ出かけた。

面パトに残った碇は都営アパート前で弓枝の動向を張った。彼女は夕方、古臭い柄のワンピースをまとってエントランスに姿を現した。オーストリッチのバッグを肩から下げ、両手一杯のゴミ袋を抱えていた。それらを乱暴に共用ゴミ置き場に放り投げると、東雲駅方面へ消えた。

碇は弓枝が捨てたゴミ袋をすべて面パトのトランクに詰め込んだ。

午後五時、日下部は五臨署に戻った。碇ら強行犯係は四階の小会議室にいた。弓枝が捨てたゴミを、一同がテーブルに並べている。一般ゴミではないことは明らかだった。福本がため込んでいたらしい宗谷に関する資料やグッズが次々とゴミ袋から顔を出す。昭和五十年代の一般公開記念に発売されたプラモデルやマグネット、かつて土産物として流行ったペナントなど。碇が手を動かしながら、日下部に問う。

「どうだった、弓枝の勤務実態は」

「福本弓枝、真っ黒ですよ」

日下部は手うちわで首もとを扇《あお》ぎ、ペットボトルの水をひと飲みすると、汗を拭きながら続けた。

「まず、福本が最後に目撃された七日夕方以降。確かにその日の午後九時に弓枝は出勤していましたが、十時に早退しています」

「早退？」

「ええ。夫が急病でどうしても行かなくてはならないと、電話で上司に頼み込んでます。上司もひどい奴で、なら代わりに入れる清掃員を自分で確保しろということで、当夜に弓枝は二十人以上の同僚に電話をかけまくっていました。やっとシフトを代わってくれる人を見つけて、早退したそうです。有明を出たのは十時半ですね」

「夫が急病で会社を早退。で、その後のアリバイはなしか」

「いまのところは」

「有明界隈の防犯カメラ映像を辿《たど》るか。早退した後、どこへ向かったのか」

「船の科学館駅で下車しているのが確認できたらもう一発なんですけどね」

藤沢がため息まじりに言った。肝心の、船の科学館駅周辺の防犯カメラ映像は、湾岸署が押さえてしまっている。「ちなみに」と日下部が付け加えた。

「弓枝はその日を最後に出勤していません。翌日には退職願を出しています。前日にシフト交代者を自分で探させた上司によほど腹が立っていたようです。〝夫の保険金が入るから、重労働安月給のこんな仕事は金輪際お断り〟と捨て台詞《ぜりふ》を吐いてます」

碇は思わず腰を浮かせた。

「ちょっと待て。その発言は八日ということか。あり得ない。福本の死体が発見されたのは十日だぞ」

日下部が碇に言った。

「これで十分じゃないっすか。弓枝を引っ張って絞りましょう」

「勇み足は禁物だ。いまの情報だけでは、密室の謎も全く解けていない。そもそも死因は熱中症なんだ。弓枝に殺人罪をどう適用するんだよ」

ゴミを並べていた由起子が「あらこれ、私が欲しいくらい」と立派な額縁に入った白黒写真を取り出した。造船所の写真で、工員が見守る中、職人が宗谷のキールに最初のリベットを打ち込んでいるところを写したものだった。

藤沢はクリップ留めされた書類をめくり、言う。

「これは今年の資料みたいですね。宗谷移転工事の入札経過を記した書類です」

遠藤が、細かい数字がずらりと並ぶ資料をのぞき込む。

「入札資料まで集めるなんて、とんでもないオタクっぷりすね」

「これを夫の死後一週間も経たぬうちにゴミ袋に詰めて投げ捨てたところを見ると、弓枝は相当、夫の宗谷オタクっぷりに業を煮やしていたと見ていいかもね」

由起子の発言に、動機は十分だと、日下部は意気込んで言う。

「福本の頭部の傷がカギになります。恐らく、弓枝と福本はあの通路でもみ合いになった。福本は後頭部を強打して脳震盪を起こし、気を失った。弓枝は、福本をこのまま置きざりにして熱中症で死亡させようと、船室に閉じ込めた」

「スペアキーはないし内側から鍵を掛けられないんだぞ。どうやって扉を施錠して、鍵を船内の福本のスラックスのポケットに戻したんだ」

遠藤が「そうかわかった！」と手を叩いて言った。

「福本のスラックスは床に投げ捨てられていたんですよね。外から施錠した後、扉のルーバー部分からスラックスごと中へ落としたんじゃないですか」

「ルーバー部分の隙間は三センチ。埃《ほこり》がびっしり積もっていた。スラックスを通した痕跡はない」

日下部が遠藤を白い目で見て言う。

「だいたい、手間をかけて鍵の入ったスラックスを部屋の中に戻したとして、何の意味がある？　内側から鍵を掛けられない密室じゃ自殺を装えない。それなら密室を作る意味はないんだ」

推理を巡らせれば巡らせるほど、袋小路《ふくろこうじ》だった。藤沢はゴミ袋から淡々と福本の私物を取り出し、長机に並べながら呟いた。

「うちに集まる証拠や情報があまりに少なすぎます。こんな状況で湾岸署を出し抜くなんて無理です」

長机には福本の愛用品と思しき徳利とそろいのお猪口が並べられていた。七種類ほどあった。福本は酒好きだが弓枝は飲まないと日下部は想像した。

「未来の奥さんから情報取れないんですか？」

遠藤が遠慮なしに尋ねてきた。日下部は肩をすくめた。

「あまり彼女に無理は言えない」

「へー。案外日下部さんって、大事にするんですね、彼女さんのこと。何でも利用するタイプかと思いましたけど」

「変だな」

碇も言う。「何が変なんすか」と日下部は反論したが、碇の視線の先を追って自分のことではなかったと気づいた。

「徳利とお猪口。全部揃いのもんだ。だとしたら、お猪口が一つしかないのは変だ」

「確かに。だいたい徳利一つにお猪口は二つとか三つとかですよね」

「いや、一つだけでセット売りしているのだってありますよ」由起子が言う。

「残りのお猪口は弓枝がまた使うと思って自宅に取っておいてるとか？」

藤沢が「それなら徳利を捨てないだろ」と碇は反論する。碇のスマホがバイブした。ディスプレイを見た碇は無言で会議室を出た。一分ほどで戻ると、碇は珍しく慌てた様子で一同に言った。

「すまない。ちょっと家族が急病だから一旦帰らせてもらう」

日下部は「親父《おやじ》さんですか」とすかさず声を掛けた。碇の父・勇作《ゆうさく》は元捜査一課刑事で、日下部ももう何度も酒を一緒に飲んだ。

「違う。二番目。ヘルパンギーナだとよ」

藤沢がうなずいた。

「いま流行ってるんですよね。うちの息子も昨日からやってますよ」

由起子が目を丸くする。

「碇さんが子どもの熱で仕事切り上げるなんて。明日は槍《やり》でも降ってくるわ」

「子どもじゃなくて、母親のほうだよ。双子が連続感染してとうとう本人がぶっ倒れたらしい。頼みの実母は海外旅行中だとよ。またすぐ連絡を入れる」

「なんだかんだ、二番目の奥さんとは頻繁に会ってますよね、碇さん」

遠藤がはやしたてるように言うのを一瞥するにとどめ、碇はジャケットを摑んで廊下に出ようとした。礼子がそこに、神妙な表情で立っていた。

空気が気まずく一変する。

「――あの。事件で情報が」

「日下部に」

碇はそれだけ言って、礼子の横をすり抜け、立ち去った。礼子が傷ついた顔をしているのは明らかだった。日下部はつい、フォローした。

「まあ、あくまで看病だと思うよ。まだ双子も小さいし」

礼子は困惑気に、日下部を見返した。元恋人のフォローは場の空気に奇妙な影を残しただけだった。礼子になんと声を掛けるべきか迷う強行犯係の面々を順繰りに見た礼子は、必要以上に疲弊した顔をし、目礼だけして会議室を立ち去った。

八月十四日、日曜日。

二番目の元妻・里奈《りな》の看病を徹夜でしていた碇は、あくびが止まらない状態で、双子の娘たちを近所の公園で遊ばせていた。

今日が返事のリミットだった。礼子とは昨晩、電話で話した。夕方に品川で落ち合う約束だ。礼子の声には覇気がなかった。惚《ほ》れた男が元妻のところにいる現実に、戸惑っているのだろう。

つい礼子のことを考えてぼんやりしていると、次女の佳穂《かほ》が傍若無人に頭から滑り台を滑って地面に顔をぶつけ、大泣きした。顔についた泥を払い落としてやっているうちに、三女の莉穂《りほ》がふらりと公園の外に出ようとして危うく自転車と接触しそうになった。

双子の世話に右往左往しながらも、碇は電話で部下に指示を飛ばした。日下部と藤沢は有明の弓枝の元勤務先の防犯カメラ映像を押収・解析し、由起子と遠藤は福本の葬儀を取り仕切る葬儀屋から聴取を行っていた。

日下部からの報告で、弓枝は確かに七日の夜、午後十時過ぎに退勤して有明駅十九分発のゆりかもめに乗車していた。どこで下車したのか。船の科学館駅の防犯カメラ映像を確認するのが手っ取り早いのだが、湾岸署が情報を独占している。

消去法でいくしかなかった。ゆりかもめの、船の科学館駅以外のすべての駅の防犯カメラ映像を解析し、どの駅にも降り立っていないことが証明できれば、必然的に弓枝が船の科学館駅に降りたことを証明できる。

昼食を食べに双子をファミレスに連れていったところで、由起子から捜査報告が入った。話をしている間も、莉穂はおしっこを漏らし、佳穂はジュースを零《こぼ》す。碇はあたふたするばかりだ。

「何だかずいぶん電話の向こうがにぎやかですけど」

育児におろおろする強面《こわもて》の上司がおもしろくて仕方ない様子で、由起子は笑う。しかしすぐに声音を引き締めて、神妙に報告した。

「葬儀屋の話ですけど、弓枝は格安で済まそうとしていたそうですよ。とにかく一円でも安いプランを、棺桶《かんおけ》なんかベニヤ板張ったのでいいとまで口走ったらしくて」

「長年連れ添った妻に最期、ベニヤ板でいいと言われるとは……」

碇は大きくため息をつき、電話を切った。

里奈の自宅マンションに戻ると、里奈はもうベッドから起き上がり、夕食の支度を始めていた。

軽やかなショートボブのうなじから伸びる細い首は頼りなく、また一回り痩せたように見えたが、熱にうかされた昨晩よりはずっと顔色がよかった。

「起きてて大丈夫なのか」

「大丈夫、もうすっかり熱は下がったわ。署に戻るんでしょ。早めに夕食作るから、食べていって」

「いや、いい。もう支度して出る」

汗まみれの顔を洗面所で洗い、タオルで拭いていると、背後に里奈が立っているのが鏡越しに見えた。

「私のカレー。好きだったでしょ。今日はカレーにするわ」

「――ああ。お前のカレーは最高だよ」

新婚当初は、里奈の手作りカレーを帳場に差し入れさせたこともあった。

「本当に、食べていってほしいわ。事件捜査のときもカレーを食べた日はいい情報が入るって。ゲン担ぎにしていたでしょ」

「いや。あっちで食べるからいい」

「久々に家族水入らずで夕食をって、楽しみにしてたのに……」

「悪い」

碇のそっけなさに、里奈は失望したように下を向いた。次に顔を上げたとき、そのかわいらしい顔立ちからは想像もできない険しい瞳で、鏡越しに碇を睨んだ。里奈はこうして一瞬で豹変《ひょうへん》する。この顔を見るのが碇は本当に嫌だった。結婚前には一度も見せなかった顔だ。

「有馬礼子。これから会うんでしょ?」

碇は鏡越しに、里奈を無言で見返した。昨晩、熱にうかされながらも、隣室での電話の会話をしっかり盗み聞きしていたようだ。里奈は鼻で笑うように言った。

「嫌な目。刑事ってかっこいいのはドラマの中だけね」

「なんなんだよ、さっきから」

「むかついてるの。私を女から母親に降格させたあなたにね。そして次にまた新しい女と――」

碇は無言で、里奈の横を通り過ぎ洗面所を出た。碇の背中に「一人で幸せになるなんて私は絶対に許さないから」という強烈な捨て台詞を投げ捨て、里奈はぷいとダイニングへ立ち去った。「今日はパパとご飯なの～?」という佳穂と莉穂の嬉《うれ》しそうな声が聞こえてきた。里奈の鬼のような声がそれを遮った。

「パパは食べないって。パパは別の女とデートなんだって!!」

「おい、里奈!」

思わずそう怒鳴った碇に驚いて、佳穂と莉穂が同時に泣き出した。碇はしゃくりあげる娘たちを抱きしめ「ごめんな、ごめんな」と必死に謝り、逃げるように元妻のマンションを出た。碇がいると、娘たちを不幸にする。

午後五時過ぎ、碇は神経がピリピリしたまま、品川駅港南口に到着した。いつもより早足で、すれ違う人と何度も肩がぶつかった。帰省客で駅構内は連日人であふれており、通常の三倍近く利用客がいた。混雑は更に碇の神経を逆撫でした。

礼子が指定した駅前の喫茶店に、碇は初めて足を踏み入れた。入国管理局行きの巡回バスの始発バス停が目と鼻の先にある。

店内は思った以上にゴミゴミしていて、テーブルは満席だった。

礼子は通路側の席に座り、碇が来るのを待っていた。窓際に行けと言うと、少し困ったような顔をしたのち、重い腰を上げて移動した。店員がオーダーを取りに来たが、碇はすぐに出ると断った。

「ずいぶんとせせこましい店だ」

すぐ左隣には、入管で用事を済ませてきたと思われる南米系の男女がやかましくスペイン語で会話をしていた。右隣は保険勧誘のセールスマンと若い女性。愛の告白の返事をするには、あまりに他人との距離が近かった。礼子は毅然《きぜん》と言った。

「碇さんの迷いや事情は、理解しているつもりです」

「——だからこの店を？」

「言い訳やフォローは一切無用、ということです。イエスかノーかだけ、聞かせてください」

やはり彼女はこれまでの女とは違う。色気で迫ることも駆け引きも一切なく、ただ不器用に碇を想う。わっとこみ上げる感情があった。碇は水を飲み干し、火がついた感情を必死に鎮火した。

「ノーだ」

礼子は、静かに碇から視線を外した。大きく一つうなずいてみせると「はい」と小さく返事をした。碇は立ち上がった。謝罪もしなかった。彼女には意味のない言葉だ。懐のスマホがバイブする。日下部だった。

「碇さん、すぐ署に戻れますか!?」

声音に強い焦燥の色が出ていた。嫌な予感がして、思わず碇は声を荒らげた。

「いま品川駅だ。何だ、どうした」

「やられました――懇意にしている地裁の令状部の裁判官が、連絡くれたんです」

「湾岸署か」

ついさっき弓枝への逮捕状請求があり、まもなく受理されるという。「畜生！」喫茶店の中だというのも忘れて、碇は悪態をついた。

「公防でも何でも、弓枝をうちで引っ張るぞ」

碇は通話を切り、すぐにテーブルから立ち去ろうとした。礼子はもう立ち上がっていた。海技職員の顔で言う。

「場所はどこですか。場合によっては警備艇を出したほうが――」

碇は、首を横に振った。

「今日はいい」

礼子は小首を傾げて、碇を見た。

「今日は、いいよ。今日だけは……」

俺のほうが無理なんだ――碇はその言葉を飲み込み、礼子を置いて喫茶店を出た。


「今回ばかりは、俺たちの完敗だ」

東京湾岸警察署の地下一階通路にぽつんとあるベンチに腰かけた碇は、横でうなだれて座る日下部の肩を叩いた。

現在、目の前の第五取調室で福本弓枝の聴取が始まっているが、碇と日下部が何度申し出てもマジックミラーの部屋にすら入れてもらえない。廊下で粘っているうちに、日付が変わる時刻になっていた。

「おやおや。まだいたんですか、オリンピック署のお二人」

廊下の向こうから、湾岸署の強行犯係長・和田が姿を現した。勝ち誇った顔の和田は、腕時計を見て言った。

「あれ、オリンピック署なのにリオオリンピック見なくていいんですか。今日はそろそろ男子テニスシングルスの三位決定戦が始まるころですよ」

碇も日下部も無反応で、和田を通せんぼする。日下部が気を利かせて言う。

「和田さんの聴取、もう一回見たいっすよ。新人のころ、痺れたんだよなぁ、和田さんの落としのテクニックに」

ただのおべっかだとわかっているはずだが、和田はまんざらでもない顔をして、マジックミラーの部屋に碇と日下部を通した。深夜の取り調べは一般的に禁止されているため、ほかの見学者はいない。弓枝は相変わらず時代遅れのタイトスカートのスーツをまとっていた。眠たげな様子一つ見せず、興奮状態で落ち着きがない。

和田は廊下で打ち合わせをしているようで、なかなか聴取室に入ってこなかった。

「そんなにすごいのか、和田の聴取は」

碇が尋ねると、日下部が肩を揺らして笑いながら言った。

「いや……前に、湾岸ウォリアーズの残党の大男を任意で引っ張ったんですけど、聴取室で鎖ちぎって大暴れしたことがあって」

「どんなヤマだったんだ」

「東京ゲートブリッジの真下で、ドラム缶詰めのリンチ死体が発見されて。湾岸ウォリアーズの粛清だったという証言をいくつか得られたんですけど、最後まで死体の身元がわからなくて迷宮入りです」

「あったなそんな事件。ゲートブリッジが開通してすぐだったか」

「ええ。二〇一二年で……」

日下部はふと黙り込んだ。懐かしげに、宙を見て目を細めたのち、続けた。

「あのとき必死に礼子を口説いていたなぁ」

へえ、と碇は目を逸らした。日下部が碇をたきつけるように言う。

「大変だったんですよ、彼女全く落ちなくて。デートに応じてくれるようになるまで半年もかかったんですから」

目鼻立ちのはっきりしたマッチョな中年男が好きだとあのころから豪語していたという。

「最初は俺の誘いを断る口実だと思ってたんですけど」

日下部は碇の頭のてっぺんからつま先まで舐めるように見た後、笑った。

「本当だったんだ」

「で、和田はどんな取り調べを？」

淡々と尋ねる碇を見て、日下部はひと息ついた後、続けた。

「そのドラム缶死体に関わっていると思しきWの怪力男を聴取室にぶっこんだんですけどね、和田さんも逆ギレして、相手を牽制しようとデスクを壁に投げつけたんですよ。方角が悪くてマジックミラーを割ってしまった」

碇はおもしろくもないのに、吹き出してみせた。

「そのうち、揃って怪力自慢みたいになっちゃってもう、聴取室の備品壊しまくって、署長から大目玉ですよ。俺、非番だったのに呼び出されて——」

また話が、礼子とのデート話に逆戻りする。

「あの日は東京湾の花火大会の日で、船上で二人で花火鑑賞してたんですよ。でも本当は礼子、花火が終わった後に、手持ち花火を二人でやるのを楽しみにしてた」

碇は無言を貫き通した。日下部が「気が強くて男以上に男なのに。変なところでかわいいですよね」と呟いた。碇は徹底して無反応を通した。日下部は腕にはめたデジタル時計を見て、「日付変わりましたけど」と碇の顔をのぞき込む。無言で見返す。

「——断ったんすね」

碇はやはり、答えなかった。日下部が「まあ」と仕切り直すように言うと、話の続きを口にする。

「そういうわけで和田さんが大暴れしたから、手持ち花火はできなかった。でも、大男は和田さんに心を開いて、彼の聴取にだけは素直に応じることになったんです」

怪力男はドラム缶の運び屋を引き受けたのみで、死体遺棄罪で逮捕、送検した。被害者の身元が最後まで判明しなかったため、殺人容疑での立件は断念したようだ。

「今回の相手は怪力自慢が通じる相手じゃないだろ」

碇は苦笑いで、聴取室に一人座る弓枝を見た。すでに半落ち状態で、七日夜に仕事を抜け出して宗谷の船内に入ったところまでは認めていた。だが、殺害についてはあいまいな供述に終始しているらしい。和田がようやく聴取室に入ってきた。その体の大きさと迫力に、弓枝はかなり動揺した様子を見せた。

突然腰を浮かせると、絶叫してヒステリックに喚《わめ》く。

「男だからって威張って、何する気⁉　やれるもんならやってみなさいよ、殴れるもんなら殴ってみなさいよ！」

日下部が目を眇《すが》め、碇を見た。碇も首を横に振る。聴取室の和田やほかの捜査員も同じで、突然パニックになった弓枝に目が点だった。

「奥さん、ちょっと落ち着いて――」

「さっきまで女性の捜査員だったのに、いきなりこんな図体《ずうたい》のでかい刑事をよこして！　殴るのね。私を殴って、罪を着せようとしてる。男なんてみんなそうでしょ、暴力で自分の好き勝手を貫き通すんだから……！」

和田は言い返さず、静かに尋ね返した。

「奥さん、殴られてたのか」

弓枝の顔がわっと歪《ゆが》む。

「酒に酔うと……特にひどくて」

口にして、弓枝はおろおろと泣き出した。

「人はみんな、福本さんはおもしろい人だ、いい人だ、愛情深い人だなんて言いますけどね、それは宗谷に対してだけ……！」

宗谷で生まれ、宗谷を愛し、宗谷のためなら身を粉にして働き、宗谷を守るためなら命を投げ出す覚悟があったほどだという福本。

「朝から晩まで宗谷、宗谷、宗谷……！　私や娘のことを顧みたことは一度もない。宗谷を守るためなら家庭なんかどうだっていい。そういう人だった。あの人の給料と私のパートでやっとローンを払い終えた家だって、私の承諾なしにあっという間に売り払ってしまって。娘のために一生懸命貯《た》めた三百万の学資保険だって、宗谷が廃船の危機にあったときに全部、保存のための費用にと寄付してしまった」

碇の隣で黙って様子を見ていた日下部が「そりゃひどい」と肩をすくめた。

「ああ。ベニヤ板の棺桶でも文句は言えまい」

碇も後頭部をかきながら言った。マジックミラーの向こうで弓枝が続ける。

「老後の生活も、都営アパートの家賃支払いや生活費で、年金と私のパート代だけじゃ苦しいのに。あの人は仕事もせずに毎日宗谷でボランティアだなんて——。ちょっとでも言い返そうものなら、お猪口を顔面に投げつけたり、蹴ったりして」

「身勝手な旦那さんだ。それで殺意が湧いてしまったんだな」

和田がいっきに畳みかけたが、弓枝は首を横に振った。

「だからって、人殺しなんてしません！　ただ、助けなかっただけです」

「助けなかった？」

「あの晩——主人から何度も電話があったのは、助けを求めるもので」

「急病だと言っていた件か？」

「何がどうなったのかはよく知らないですけど、恐らくいつもの調子で宗谷の中をうろついていたら、鍵が壊れたか何かのトラブルで、船室に閉じ込められて出られなくなっていたんです」

碇と日下部は聞き耳を立てて、マジックミラー越しの弓枝を凝視した。

「船の科学館事務室に何度か電話をしたらしいですけど、もう職員の方も出払った後で繋《つな》がらないから、来てくれと。扉の下がルーバー状になっていて、そこから鍵を落とすから、開けてくれと」

「それで、あなたは宗谷に向かったんですか」

「最初は断りました。あそこはだってガラス扉ですよ。閉じ込められたのなら、ガラスをけ破って出ればいいだけじゃないですか」

「ええ。でもご主人がそれをしなかったのはなぜです」

弓枝は吐き捨てるように言った。

「宗谷を傷つけたくないから――ですってよ」

この福本の発言が余計、弓枝の怒りに火を注いだのは言うまでもない。

「こっちだって簡単に仕事を早退できないことを言うと、お前なんかができるようなくだらない仕事、ほかに代わりがいるだろうと」

和田が同情するようにうなずいている。定年後の生活を支えようと、必死にやっていた仕事をそんな風にジャッジされるのはたまらなかっただろう。

「何度断っても電話がかかってきて、激しく罵られ、怒鳴られて――。仕方なく、方々に謝罪をしながらやっとシフトを代わってくれる同僚を見つけて、宗谷の中に入りました」

福本は電話で話していた通り、地下一階の観測隊居住室に閉じ込められていたという。

「暑かったようで、洋服を方々に脱ぎ散らしてぐったりとベッドに横たわっていました。ベッドに血がついていたので、けがをしているんだと思って驚いて……」

「ご主人は船室の中で生きていたんですね」

「ええ。どうしてこうなったのか尋ねたら、そんなことどうでもいい、いまからキーを落とすと――だけど立ち上がった直後に倒れたんです。体は真っ赤なのに、顔面は蒼白《そうはく》で、泡を吹いて……」

恐らくそのときにはもう、熱中症の症状が出ていたのだろう。

「そのまま気を失ったようで、何度呼びかけても返事がなくて。救急車を呼ぼうとしたんです……でも」

弓枝はごくりと唾を飲み込み、上目遣いに刑事たちを見て言った。

「このまま死んでくれたらいいのになと、ふっと思ってしまって」

鏡越しに見ていた碇は独り言のように、小さく呟いた。

「未必の故意――か」

朝になり、改めて東京湾岸署を訪れた碇は、和田の発言に仰天した。

「嘘だろ。あれで送検するつもりか」

「するさ。昨晩ゲロった瞬間をあんたも見ただろ。俺が落とした」

徹夜で供述調書を作成中の和田があくびを嚙み殺しながら答えたが、その顔つきは自信に満ちあふれていた。

「だからって、密室の謎はまだ解けていないぞ。どうして福本があそこに閉じ込められたのかも」

「閉じ込めたのは弓枝だ。後頭部の傷を見ただろ。恐らく通路で夫婦げんかになって、弓枝は夫を突き飛ばしたんだ。で、このまま熱中症で死んだように見せかけようと、ベッドに運んで現場からトンズラした。どうして閉じ込められたのか言わないことで、暗に別の殺人者がいるようなことをにおわせて罪が軽くなればいいと思ってるんだ」

もっと絞れば完璧な自供を引き出せると思っているようで、和田は淡々とキーボードを打ち込む。

「だとしても、密室の謎が残る」

「鍵が壊れたんだろ。あのガラスの扉は昭和五十四年に一般公開されたとき以来、一度も取り換えられていないそうだぞ。壊れて当然」

「福本が渋る嫁にしか助けを求めなかったっていうのも気になる。閉じ込められた、でも宗谷の備品は壊したくない。なら、警察を呼べばいいと思わないか。目と鼻の先に湾岸署がある」

「だから、実際にはそんな暇もなく頭を打って気を失って、熱中症で死んだんだ」

「それならなんで福本は服を脱いだんだ」

「弓枝が偽装するために脱がしたんだろ」

会話は以上と言わんばかりに和田はエンターキーを押して、碇を見上げた。碇はふてぶてしい顔で、差し入れのサンドイッチとコーヒーが入った紙袋をテーブルの上に置いた。和田は嬉しそうな顔をしたが、途端に顔を曇らせた。

「何のつもりだ」

「あんたがたがこの四日間で集めた捜査資料を、コピーさせていただきたい」

「オリンピック署は暇でいいな。オリンピック期間くらいゆっくりスポーツ観戦でもしてろよ」

言いながらも和田はいすを鳴らして立ち上がり、捜査資料がぶち込まれた段ボール箱を顎で指した。碇は「どうも」とぶっきらぼうに礼を言って、段ボール箱を抱えて立ち上がった。和田が問う。

「そういえば、日下部は？」

なんだかんだ言って、自分が育てたかわいい部下の動向は気になるようだ。

「今日は非番」

帳場が立っていれば非番だろうがなんだろうが日下部にも出勤してもらうが、今回ばかりはもう五臨署の出番はなさそうだった。碇はまだ密室にこだわっていたが、日下部も和田同様に、すべては弓枝の犯行と思ったようだ。「せっかくの非番なんで、休ませてもらいますよ」と言って深夜のうちにさっさと帰っていった。

碇は庶務係に顔を出し、コピー室を借りることにした。段ボールに投げ込まれた大量の捜査資料をコピーしていく。待つ間、別の資料をめくって読んでいると、「あれ、碇さんですか」と背後から声がかかった。

八時半になるところで、事務員の中堀景子が出勤してきたところだった。黒いおかっぱ頭に小柄で控え目な顔つきの彼女は、全体的にこぢんまりとしてかわいらしい。お土産屋に並んでいるこけしみたいだと時々思う。

「中堀。今日出勤だったのか」

「もちろんですよ、平日ですから」

　言って景子は「コーヒー淹れましょうか」と給湯室で手早く準備を始めた。六月ごろ、景子と付き合うことにしたと唐突に報告した日下部と三人で一度、夕食を共にしたことがあった。景子と顔を合わせるのはそれ以来だ。

「てっきり日下部とデートかと。仕事上がってからか」

　景子は「いえいえ」と控え目に笑っただけだった。もともとあまり前に出てしゃべるタイプではない。しかし碇にコーヒーを差し出しても、景子はなかなかデスクに戻ろうとしなかった。何か話したいことがあると直感して、碇から尋ねた。

「どうした。日下部のことか」

　景子はちょっと情けない表情で笑って、コピー室までチェアを引っ張ってくると、パイプいすに座る碇の前に向き直った。

「──彼、私と結婚するとか言ってません？」

「言ってるが──。違うのか。まさか、断るのか」

「えっと……」

「いや、あいつはちょっとやってることが違うだろってときもあるけど、すべては要領よく立ち回ろうとして失敗しているだけであって、根はいい奴だぞ。真面目だし、昇進も速いタイプだ」

「知ってますよ。でもどう考えても私のこと、好きじゃないじゃないですか」

そんなことはないと即答しようとしたが、碇が言うことではなかった。

「いまのこの結婚話はちょっとした茶番なんです。あまり真に受けないでください」

「話が見えない。どういうことだ」

景子はまじまじと碇の瞳をのぞき込んだのち、ため息をついた。

「やっぱり。碇さんは知らないんですね」

碇が知らないのなら、たぶん五臨署の誰も知らないんだろうなと前置きして、景子は言った。

「彼のお母さん、この六月に病気で倒れて……」

コピーが終わり、室内は痛々しい沈黙に包まれた。

「秋までもたないと宣告されてます。末期の子宮ガンだそうです」


段ボール箱一杯の捜査資料を抱えた碇は五臨署に戻ると、強行犯係のデスクに座る面々に次々と捜査資料の束を突き出して言った。

「読め。読め、読め、読め！」

夜勤明けで帰宅しようとしたところを碇に足止めされた遠藤は「なんなんすかもう

唐突に」と恨み節だ。

「湾岸署の捜査資料だ。追いつくぞ」

藤沢がぶうたれた。

「もう弓枝で決まりでしょう。何をいまさら捜査するっていうんです」

「まだ密室の謎が解けていないし、福本がどうして閉じ込められたのか、なぜ警察を呼ばなかったのか。謎は山積みだ」

「だからって、うちでやったってどうせ湾岸署に持っていかれるネタでしょう」

遠藤があくびをしながら抗議する。由起子だけが淡々と捜査資料をめくりはじめた。こういうときは女刑事のほうが手柄を気にせずによく働く。

「遠藤休ませて、日下部呼んだらどうです」

藤沢が言うが、碇は「あいつは今日非番だ」と却下した。

「うちで捜査を続行するなら、非番もくそもないじゃないっすか」

「とにかくあいつは非番で忙しい」

碇は捜査資料をめくった。仕事に没頭しようとしても、景子との会話で初めて知った日下部の母の病気について、どうしても思いを馳せてしまう。

日下部とは五臨署発足以来、ときに反発しあいながらもよき相棒として過ごしてきたつもりだ。ほぼ毎日一緒で、週に何度も昼食や夕食、夜食を共にする。サシで飲みに行くことも月に何度かある。だが日下部の口から親の話を聞いたことがなかった。

景子はこう説明していた。

「お父さんとは日下部君が三歳のとき、離婚で生き別れになったみたいです。お母さんは女手一つで日下部君を育てて、苦労したらしいです。日下部君も高校時代からバイトに明け暮れて、お母さん、昼は保育士で夜は居酒屋でバイトしてたとか聞きました。やっと大学を出て、公務員の道を選んだのも、お母さんを安心させたかったからだと思います」

そして景子は、自嘲気味に続けた――日下部の母親は、礼子との結婚を心待ちにし、孫の誕生を楽しみにしていた。日下部が礼子との破局を告白したその日の晩に、母親は倒れたらしかった。

「それで、慌てて私と結婚しようとしてるんですよ。私が指摘しても絶対違うって言い張るんですけどね――」

日下部を突き放しきれない景子のため息が、コピーされた書類に残っているようだった。

藤沢がはたと立ち上がった。

「碇さん！　この件、どう思います」

藤沢が添付資料の途中のページを開き、碇に突き出した。直接の捜査資料ではなく、湾岸署の盗犯係が作成した調書だった。

「——盗難事件？　宗谷でか」

碇は捜査資料を奪い取り、詳細に目を通しながら独り言のように言った。

「どういうことだ。宗谷で盗難事件など、そんな情報どこからも——」

事件を処理した管轄名を見て、碇はため息をついた。船の科学館職員が被害届を出したのは湾岸署刑事課盗犯係だった。一一〇番通報と違い、所轄署に直接、被害届が出た場合は、よほどのことがない限りそのヤマは受理した所轄署が捜査権を持つ。

「湾岸署がこの情報をうちに出すはずないですし、湾岸署が弓枝一本に容疑を絞っている以上、こっちの盗難事件は福本の件と無関係と見ているということですよ」

「全く、船内で窃盗事件ならどう考えても管轄はうちだろ」

言って碇は、隣の盗犯係のシマを見た。強行犯係と同じ、係長一名主任一名、ほか三名という人員でやっているが、そういえば最近いつも出払っていてデスクは空っぽだ。

遠藤が言う。

「こないだ、晴海に停泊していた豪華客船で一千万円相当の金品が盗まれる窃盗事件があったんですよ。船は出港してしまって、いま横浜港に停泊してるらしいんですけど、捜査継続中なので盗犯係も横浜に飛んだようですよ」

船内に犯人がいると睨んでのことなのだろう。

碇は宗谷での盗難事件資料の詳細を読んだ。被害届は五月に初めて出され、六月には二日連続で出ていた。盗品は主に年代物の宗谷の備品で、船室内に展示されていた煙草ケースや、当時の海上保安庁長官との書簡、『SOYA』の文字が入った救命浮環、時計やスピーカー、ランプ、操舵室のテレグラフなど、マニア受けするものばかり、合計十一点に上った。

「犯人は意外なところで足がついたみたいですね。盗品を捌いていた業者が別件で摘発され、芋づる式に犯人が見つかった」

由起子が捜査資料に添付された事件番号をパソコンの照会画面に入力し、詳細を確認しながら言った。

「すでに検挙済みか」

「指名手配までですね。盗犯係が自宅に踏み込んだときに逃げられたみたいです」

軽犯罪だけに、盗犯係がいまでも執念で追跡している事案ではなさそうだ。

「被疑者は山崎大輔《やまざきだいすけ》、三十歳——。宗谷の移転工事を担当していたとあるぞ」

「どうりで。六月の移転工事以降に盗難事件が頻発したわけです」

由起子は早速H号照会で山崎大輔の名前を検索した。ずらりと、何度もスクロールしないと終わらないほどの前科が出てきた。どれも船内での窃盗事件だった。フェリー船内や豪華大型客船内での盗みなど、船上荒らしを生業としているらしかった。マリーナや埠頭に係留している船舶に、船で近づき船で去る。どの事件も湾岸署の盗犯係が処理していた。

「これって……。もしかして、お隣のヤマも山崎の仕業なんじゃ？」

一同の視線が、空っぽの盗犯係を捕らえる。管轄権争いから生じる所轄署同士のいがみ合いが、共有すべき情報の流れを滞らせ捜査を遅滞させるという、最悪の具体例を見ているようだった。

碇はふと盗難品リストに目を奪われた。昭和時代に流通していた煙草のピース缶。元は観測隊居住室のテーブル上に置かれた備品と注意書きがある。

「——観測隊居住室。福本の死体が見つかった場所だ」

碇の独り言に振り返ったのは、由起子だけだった。ピース缶の盗難は六月二十五日深夜。通報後の現場鑑識写真を碇はつぶさに確認した。

「出入り口はガラス扉のみ。扉をこじ開けたり、ピッキングしたような痕跡はないが、通報時は確かに部屋は施錠されていた――」

碇が顔を上げる。今度は藤沢も遠藤も、強い瞳で碇を見ていた。

「盗難事件があったときも現場は密室だったということですか」

問う遠藤に、碇は答えた。

「というより、窃盗犯の山崎が合い鍵を作っていたとみるのが自然だ」

港湾工事担当者なら、宗谷周辺や船の科学館事務所に出入りがあってもそう不自然ではない。合い鍵を作るチャンスはいくらでもあったはずだ。

「つまり、合い鍵を持っている山崎なら密室を作ることができる、ということだ」

山崎大輔の現住所は、台東区柳橋となっていた。メゾン浅草橋という名の古いマンションの四〇一号室。通路から、神田川沿いに立つ湾岸海洋ヒューマンキャリアのガラス張り本社ビルがよく見えた。

「Wの本社ビルの目と鼻の先に住んでいるとはな」

表札の出ていない、四〇一号室のチャイムを鳴らした遠藤に、碇は言った。

「久々にWの名を聞きました」

「宗谷の件のせいでWの銃器密売叩きは手が付けられていなかったからな。山崎は湾岸海洋ヒューマンキャリアの派遣社員ではないんだよな？」

「マリーナコンプレックス工業株式会社の契約社員となってましたよ」

碇は眉をひそめた。

「宗谷移転工事を落札したのは確か、大手の太陽建設だったはずだ」

福本が集めていた資料の中に、宗谷移転工事入札の経過を記したものがあった。

「でも太陽建設って、港湾工事やってるイメージないですけど」

「落札した太陽建設が、移転事業をこのマリーナコンプレックス工業に丸投げしてるんじゃないか」

「丸投げするならなんで落札したんでしょう」

「下請けに格安でやらせてマージン取っているのか――」

扉の奥から「はい」とけだるそうな女性の声が聞こえた。警察であることを名乗ると、ドアチェーンが外れる音の後、扉がほんの少し開いた。捜査資料によると、ここに峰岸華絵《みねぎしはなえ》という三十五歳の女性が住んでいる。山崎の女らしい。

現在午前十一時だが、華絵は部屋着姿だった。レース使いが荒々しいショッキングピンクの上下で、下はホットパンツ。むっちりとした太腿《ふともも》があらわになっている。隣の遠藤が生唾を飲み下す音が聞こえてきた。

華絵は渋々刑事を迎え入れると、ペットボトルの麦茶を水垢《みずあか》が残るコップに注ぎ、乱暴にテーブルの上に置いた。派手なネイル、美容液でてかった素肌。眠たげでやさぐれた態度。夜の仕事に就く女独特の空気を醸し出し、華絵は答えた。

「山崎とはもう二ヵ月前に別れた。まさか、窃盗癖があったなんて知らなくて」

2DKの間取りの部屋の方々に、碇は素早く視線を飛ばした。台所の洗い籠の中にある茶碗の数、箸の本数。トイレを借りる。ユニットバスになっていて、小さな洗面台がトイレとバスタブの間にあった。歯ブラシの数は二本。髭剃《ひげそ》りが出しっぱなしになっている。突然やってきた刑事を前に、処分する暇がなかったか。

居室に戻ってきた碇に視線をやった華絵は、髭剃りを見たかと探るような目つきだった。時々、心臓でも悪いのか、胸の中心を押さえて深呼吸する。碇は何も言わず、小さなちゃぶ台にあぐらをかいて麦茶をもらった。

「本当に、大ちゃんがいまどこにいるのかは知らない。私も何度も刑事さんがやってくるから、迷惑しているの。職場にまで来られて、せっかくついたお客さんがびびっちゃって……。あ、クラブで働いてるんで」

華絵は口を閉ざしたが、それで顧客を失ったと言いたいのはわかった。いまは風俗業界も厳しく、同伴やアフターで顧客から搾り取らないと生計を立てられない。

「山崎さんとここで同棲《どうせい》生活を送っていたことは、間違いないんですね。いつごろから？」

「去年だったか、おととしだったか……」

「彼と出会ってどれくらいですか」

再び山崎がここに戻るかどうか見極めるための質問だった。遠藤は横に座ったまま一切口出しをしなかったが、捜査資料を膝の上でめくり、該当箇所を指ではじいて碇に示した。山崎と華絵は同郷の幼馴染《おさななじ》みと、湾岸署の盗犯係が作成した資料にはある。

「――三年くらいです」

華絵が碇の目を見て、まっすぐ、挑むように答えた。また手が、胸元に行く。何かを確認するような手つきだった。

「お店の常連さんが大ちゃんを連れてきたのが最初で」

碇はあえて無言で華絵の瞳を見返した。無防備なノーメイクの瞳の奥に、涙が光る。いかにも幸薄い雰囲気で決して碇から目を離そうとしない。何が何でも話さない、彼は私が守り抜く――そんな意思を、その瞳から読み取った。誰かに似ている気がして、碇はつと目を逸らした。いまの碇にはやりにくい相手だ。

碇は名刺を差し出した。

「山崎が戻ったら、連絡をもらえますか」

「彼とは別れたの。戻ることはないわ」

華絵は受け取ろうとしなかったが、碇は華絵の手を取って名刺を握らせた。

「何か困ったことがあったら――でもいいんです。いつでも遠慮なく」

華絵は少し驚いたように、上目遣いで碇を見た。その細い腕は幽霊かと思うほど冷たい。華絵の見送りはなく、碇と遠藤は無言で部屋を出た。

マンション前の路肩に駐車した面パトに乗り込む。

「山崎はここに戻るはずだ。張り込むぞ」

「もうちょっと彼女を絞りましょうよ。碇さんの迫力でどやせばすぐ折れそうな弱々しい感じだったじゃないですか」

「そうか？」と答えたきり、助手席から動かない碇を見て、遠藤はため息をついた。

「なんか、碇さんの弱点を見た気がしました」

「何だよ、弱点て」

「胸の大きいコが好き」

「はあ？」

「だって華絵、かなりだったじゃないですか」

遠藤は両手で胸が大きいという仕草をして「碇さん、何度も華絵の胸元を見ていた」と笑いを堪えた。

胸を見ていたのではなく、彼女の手が何度も胸元に行くのを目で追っていただけだ。言い訳しようとして、「例の彼女もなかなかコレですからね」とまた、胸が大きいというジェスチャーをしてみせた。礼子のことを言っているらしく、続けた。

「昨日、〝審判の日〟だったんですよね」

無言を貫く碇の顔を見て、遠藤は手を叩いた。

「は〜。ようやくくっついたか。おめでとうございます！」

「お前のその洞察力――刑事失格だ、バカ！」

日下部の爪の垢を煎じて飲めと悪態をつきながら、碇は由起子と連絡を取った。福本の遺体発見時、宗谷の周囲に集まった野次馬を撮影した動画がある。それを転送するよう伝えた。山崎が映っているかもしれない。碇がその映像を確認するのは事件発生以来、初めてのことだった。

届いた動画を再生する。湾岸署周辺の公共施設やオフィスビルで働くサラリーマンたち、通りすがりの観光客の姿が並ぶ。

山崎の姿はなかった。

碇は見逃しがないかもう一度、動画を見直した。〝ＯＤＡＩＢＡ〟と刺繍が入ったいかにも観光地に売っていそうな赤いキャップをかぶった中年男に、碇は注目した。青いワイシャツと赤いキャップという組み合わせに違和感を持つ。目深にキャップをかぶっているので人相がわかりにくいが、見覚えがある気がした。

野次馬の肩の間から顔をのぞかせていた男だが、五分ほどでその場を立ち去った。青いワイシャツに紺色のスラックス。やはり赤いキャップが不自然だ。観光客らしい手荷物も一切持っていない。その代わり、手に畳んだ何かを摑んでいた。碇は動画を停止して、拡大した。ネクタイのようだ。

元はサラリーマンのような恰好をしていたが、途中で土産物品のキャップを購入してかぶり、人着を変更してまでここにやってきた――。

マンションの前を通り過ぎるまばらな人の流れを見ていた遠藤が「何か見つけました？」と声を掛けた。碇は答えず、キャップの男の顔が最もよく見える一瞬を捉え、動画を停止して拡大。その人相を凝視した。

「――屋形船の男だ」

「屋形船？」

碇はすぐ、藤沢の携帯電話に連絡を入れた。隅田川花火大会で日下部が撮影した屋形船の動画は、藤沢が管理していたはずだ。

「これから送る画像の男を、屋形船の客と照合してくれないか」

「はい？　屋形船――どの屋形船ですか」

唐突だったため、藤沢は隅田川花火大会のものとピンとこなかったようだ。碇が説明すると、藤沢はそれをなぞるように、隣にいる由起子にハンディカムの動画と照合するように指示を出した。結果を待つ間、碇はほぼ独り言のように言った。

「お猪口の件も説明がつく。徳利とお猪口。弓枝が捨てた福本の私物の中にあったろ。足りないお猪口は、割れて壊れたんじゃないか」

藤沢は沈黙を挟んだのち、恥ずかしそうに言った。

「碇さん、全然その推理の速さについていけません」

藤沢は弓枝の聴取を見ていないから仕方ない。

「弓枝は福本からたびたび暴力を受けていた。酒を飲むと特にひどく、お猪口をよく投げつけられたと――屋形船でも、最後まで顔が確認できなかった上座の男が、上条にお猪口を投げつけていた」

「つまり——あの屋形船でWから接待を受けていたのは、福本ということですか!?」

「ああ。あれは銃器密売叩きの会合じゃなかったんだ！　どうりで、その筋で調べても乗船者の素性がはっきりしなかったわけだ」

運転席の遠藤は何か思うところがあったようで、スマホでひたすら何か検索していたが、目を丸くしてその画像を碇に見せた。

湾岸海洋ヒューマンキャリアのホームページだ。主な派遣先企業名が百社ほど並ぶ中に、マリーナコンプレックス工業株式会社の名前があった。山崎と上条が繋がった。

電話の奥で、由起子が叫ぶ声が聞こえた。

「ビンゴ、やだビンゴよ、係長！」

藤沢から強引に受話器を奪ったのだろう、激しい雑音の後、由起子の大きな声が碇の耳をつんざいた。

「この赤いキャップの男、確かに屋形船に乗船していたわ！　禿《は》げ頭だったから全然ピンとこなかった。上条の目の前のテーブルに座っていた男よ……！」

福本の周辺で起こった全く無関係と思えた糸が次々と、湾岸海洋ヒューマンキャリア——海を荒らす半グレ集団、湾岸ウォリアーズに繋がっていった。

第三章　談合

「うるさい蠅《はえ》がまた騒ぎ出した」

上条謙一は両手を水平に広げた状態のまま、訪ねてきた大沢にそう吐き捨てた。

八月十六日、火曜日。

台東区柳橋の神田川沿いに本社ビルを構える湾岸海洋ヒューマンキャリア。最上階の社長室で、上条は出張してきたテーラーに身を任せ、仮縫いしたスーツを試着しているところだった。生地はイタリアから直輸入してきた高級なものらしいが、ずっと海で生きてきた大沢にその価値はよくわからない。

上条は革張りのソファに座る大沢に話しかけたのに、テーラーが答えた。

「そりゃあ、急成長中の御社と関わりたいと思っている企業はゴロゴロいるでしょうからねぇ。あれ、もしかして私もその一人だなんて思ってませんか」

上条は老齢のテーラーに調子を合わせた。太陽建設社長御用達《ごようたし》の職人で、紹介がないとその繊細な手仕事を依頼できないほど、腕が立つらしい。

「まさか。こんないい生地を探してこられるのは東京であなただけだ」

大沢はソファの背もたれに指を置き、トントンと意味もなく指を突き続けた。上条が「せっかちな客人がすいません」と断ると、テーラーはすぐに仮縫いのスーツを脱がせた。筋肉質な上腕筋はワイシャツに隠れて見えないが、スラックスを脱ぐと逞しい大腿筋がボクサーパンツの下からのぞいた。

小学校のころからけんかっ早く、サシの決闘では負けなしだったという。鉄パイプ片手に暴れていた中高時代を時々思い出しては、碇をぶちのめしてやりたい、あいつと一度やり合ってみたいと上条はよく口にした。

しかしあの筋肉では、碇とまともにやり合ったら確実に負けると大沢は思った。

初めて上条と出会ったときは、もう少し体つきはしっかりしていて、屈強なイメージがあった。二〇一〇年の夏の日のことで、上条は東南アジアの人間かと思うほどによく日に焼け、いかにも船乗りといった風情を醸し出していた。実際、フィリピンに二年ほど住んでいて、日本に帰国したばかりだった。それが湾岸ウォリアーズの総帥だった黒木《くろき》謙一と同一人物だったなど、知る由もなかった。当時、陸で暴れていた暴走族と、海を守る海技職員だった大沢は接点がない。

テーラーが社長室を出ていった。大沢はため息まじりに言った。

「呼び出すならテーラーがいないときにしろ」

「あの人は口が堅いから問題ない」

「なら正々堂々と、いつもの粛清話をしたらどうだ」

上条は「機嫌が悪いなおやっさん」とかつてのように大沢をそう呼ぶと、向かいのソファにどすんと座ってガラムに火をつけた。

「うるさい蠅というのは、仲間内のことじゃない。北の窓、見てみろ。路地裏」

大沢は立ち上がり、ブラインドの隙間から北側の路地裏を見た。黒の乗用車が一台、路肩に停車して沈黙している。フロントガラス越しに、二人の男の太腿が見えた。顔までは見えないが、雰囲気と話の流れで悟った。

「五臨署がまた尾行を？」

「そうだよ。あいつらも暇人だな」

「それならなおさら、粛清など言ってる場合じゃないだろ」

上条がガラムの香りを堪能《たんのう》しながら、にやりと笑う。

「警察の尾行がある中で、どうやって人を殺すんだ。テーラーを呼んでスーツを仕立てている場合か」

「場合だよ。天は俺に味方してくれた」

大沢は、ソファで紫煙に包まれる上条を振り返った。

「台風」

上条は一言そう言って、ガラステーブルに揃えられたリモコンを取った。壁に据え付けられた4Kテレビの電源を入れ、二十四時間気象情報を流しているCS番組にチャンネルを合わせた。

「——七号か。いま小笠原近海か」

「ああ。東の高気圧の張り出しが予想より強かったおかげで、東京湾から新潟沖へ日本列島を横断するコースを辿るようだ。しかも、小笠原近海の海水温度が高い。発生時に中心気圧九七八ヘクトパスカルだったのが、いまじゃ九五〇まで下がっている」

大沢は無言で、ソファに戻った。上条が前のめりになって、目を細めた。

「伊豆七島《いずしちとう》近海の海水温も二十八度前後で推移している。この台風、東京湾を直撃する前にもっとでかくなる」

興奮気味に話す上条から、大沢は静かに目を逸らした。

「しけた顔すんな。出会ったころ、よく話してくれたろ。台風警備の話」

「——ああ」

「警備艇緊急派遣要請。これがかかったら、警備艇は管轄外の海や川へ行かされる。五臨署全体が災害対策に追われることになるはずだ。五臨署は、空っぽになる」

上条は不思議と優しげに見える垂れた目尻に皺を寄せ、言った。

「台風直撃の日に、決行だ」

大沢はただ咳払いし、眉間を指先でこすった。

「ほかに方法はないのか」

「ないね」

上条は軽く即答した。考えていないのは明らかだった。まだ若く精悍《せいかん》な顔つきなのに、頭髪はその苦悶《くもん》を表すように真っ白だ。初めて会ったころは黒かった。フロント企業の社長として表の社会で勢力を伸ばすうち、どんどん白くなっていった。

堅気の世界はまどろっこしい――上条はよくそう言う。裏切り者や不愉快な人物がいたとしても暴力で従属させられないいら立ち。人脈と根回しで動く政財界が上条の性に合ってないのは確かだった。

上条は東京拘置所内にある病院で生まれた。母親は薬物中毒者だったらしく、父親のことは何も知らないと言っていた。何年か前、一緒に住んでいた女が妊娠し、ひどくうろたえていたことがあった。どうやって父親をやればいいのかわからないと言って、結局女に大金をつかませて中絶させ、捨てていた。

「俺はおやっさんの、そういう慎重なところ、好きだよ」

小さな子どもが甘えるような目つきで、上条は言った。下手な演技だと、大沢は鼻で笑い飛ばして蹴散らす。

「でもさ。子どもというのは、親に反抗するものなんだ。親の言うことは聞かない生き物なんだよ」

「――俺は子どもがいたことがないから、わからない」

「俺だって、父親がいたことがないから、わからない」

長い沈黙の後、笑ってしまったのは大沢だった。上条は満足げに一つうなずいた。


五臨署強行犯係に詰めている碇は夜通し、捜査資料を読み込んだり隅田川花火大会での屋形船映像を再確認したりで、ほとんど寝ていないようだった。

日下部は碇と署に残り、刑事防犯課長の高橋の戻りを待っていた。早急に、宗谷事件に湾岸ウォリアーズが関与していると報告をあげ、五臨署に帳場を立てるように進言する必要があった。

藤沢と遠藤は、湾岸海洋ヒューマンキャリア社で上条の動向を張っている。由起子は屋形船ふうりんに乗船していた客人たちの身元をはっきりさせるため、港湾関係者へ聞き込みに行っていた。

「まさかW絡みでしかも屋形船の件とも繋がりがあったとは――わかった時点で呼んでほしかったです」

「大事なデートの邪魔をしたらまずいと思ってな」

さらりと言う碇の肩は幾分強張《こわば》っているように見えた。夏場で薄着だからこそ肩の動きがよく見える。碇は湾岸署の膨大な捜査資料を湾岸署でコピーしたと言っていた。大量コピーは庶務課のコピー室でやるものだ。景子がいる庶務課。彼女がしゃべったんだと日下部は直感したが、何も言わなかった。

昨日一日、日下部はずっと母の病室にいた。

ふくよかだった母の体は、まるで水分が蒸発していくかのように小さくなっていた。同時に生気も奪われるようで、母は目を閉じ寝ている時間が多くなっていた。治療の過程で髪は抜け落ち、ずっとニット帽をかぶっている。好物だったドーナッツすらもあまり食べなくなってしまった。

この一ヵ月、急激に症状が進行していた。覚悟は決めている。ただ残された時間がどれくらいなのか、ガン患者はあいまいだった。明日あっけなく死んでしまうかもしれないし、医者の宣告通りに秋口に亡くなるかもしれない。二、三年生き延びる人もいれば、生還できた人もいる。

景子とは年内に式をあげると母に話してある。それまでがんばると母が嬉しそうに笑ってくれたことが、何よりもいまの日下部を支えていた。

母の病気について署の誰にも話さなかったのは、碇に知られたくなかったからだ。碇の前では泣いてしまう。思いを抑えきれない。小さな子どものように泣きじゃくってしまいそうな気がした。碇が尋ねずにいてくれることは日下部にとってある種の救いでもあった。

強行犯係の電話が鳴った。張り込みをしている藤沢で、日下部が電話を取る。

「大沢は湾岸海洋ヒューマンキャリア社を出た後、中野に本社ビルがある太陽建設に入っていきました」

日下部が碇に伝えると、碇は受話器をふんだくって藤沢と話す。やがて「出向!?」と声を荒らげた。電話を切った碇に、日下部は尋ねた。

「どういうことですか」

「この七月から、大沢は太陽建設の業務管理課へ出向していたらしい」

マリコン事業部を持たないのに宗谷の移転工事を落札した、太陽建設に――。

課長の高橋が「すまんすまん、遅くなった」と刑事部屋に入ってきた。

宗谷事件の帳場が五臨署と湾岸署、どちらの管轄が担当するのかもめはじめてから、高橋は彼の人脈の限りを尽くして奔走しており、ほとんど五臨署に戻っていなかった。当然、碇たちが事件に湾岸ウォリアーズの影を見出《みいだ》そうとしていることなど知らぬ様子で、ただ申し訳なさそうに言う。

「やっと刑事部長が判断を下したよ。被疑者逮捕を執行したのが湾岸署だけに、あの一件は五港臨時署でというわけにはいかなくなった。すまない。私の力不足で」

管轄の件を言っているようだ。碇はついにやけて、うなだれる高橋の肩を叩いた。

「構いませんよ。どうやら事件の裏に別のトラブルが見えてきましたから」

「何だって」

「今度こそ、上条を潰すきっかけを作れるかもしれない」

「宗谷の一件は湾岸ウォリアーズ絡みなのか」

高橋は驚愕《きょうがく》の末、喜ぶどころかがっくりとうなだれた。

「どうしたんです。別件で、うちで帳場を立てられるでしょ」

「湾岸ウォリアーズ絡みとなると、事件規模も大きくなる」

「ええ。本部捜査一課だけでなく、二課絡みのにおいもするんです」

高橋は即座に首を横に振った。

「無理だ。うちで回せる案件じゃない」

日下部は慌てて前に出た。

「ちょっと待ってください。まさかまた湾岸署に譲るなんて言い出しませんよね」

これまでも何度か、五臨署では回せないという理由でヤマを湾岸署に譲っている。昇進にこだわる日下部にとってそれは死活問題でもある。

「そうは言われても、台風がな」

高橋と碇はほぼ同時に、窓の外を見た。青空で、台風の影は少しもない。

「やっぱりうちに災害対策本部が？」

「ああ。警備部から今日中にも正式に玉虫《たまむし》署長に打診があると思う」

碇と日下部は思わず顔を見合わせた。自然だけはどうしようもないという思いが日下部にはあったが、黙っていられるほど寛容ではなかった。

「どうしてうちに――」

高橋は日下部の気持ちを十分汲《く》むように大きくうなずいて言った。

「十八日、東京湾は大潮期を迎える。台風が関東に最接近するのはちょうどそのころだ」

碇は鼻でため息をつき、言う。

「満潮時刻と重なるとまずいですね」

「ああ。高潮発生の危険がある」

かつての日本での高潮被害で最も有名なものが、伊勢湾台風《いせわん》だ。高潮の発生で伊勢湾に水が押し寄せ、この地域を中心に五千人近くが死亡し、罹災者は約百五十三万人に及んだ。津波とよく似た被害を出す高潮の発生は、まだ東日本大震災での津波被害が脳裏に根強く残る日本人にとって、必要以上の恐怖を煽《あお》るものだ。

聞き込みに出ていた由起子が刑事部屋に戻ってきた。意気揚々とした雰囲気に、全部突き止めてきたという自信が漲《みなぎ》る。

「屋形船の乗船客の身元、全員確定しましたよ」

由起子が高橋を認めちょうどよかったと、スリープ状態のノートパソコンを持って高橋のデスクに置いた。隅田川花火大会当日、日下部が撮影したハンディカム動画を再生する。

「まず、この色黒のいかにも海の男っぽい人物は、マリーナコンプレックス工業の社長・広坂直紀《ひろさかなおき》でした」

碇は大きくうなずいた。

「となると、残りの登場人物たちは——」

由起子が、宗谷移転工事に関する入札資料の束を碇に突き出して言った。

「ええ。福本が遺《のこ》した資料がヒントです。この屋形船にひっそりと集まっているのは、宗谷移転工事の入札に関係する人物だったんです」

パソコン上に動画を再生しながら、秘撮映像の登場人物を一人一人指さして由起子は言った。

「上座に座っていたのは福本宗助とみて間違いないです。広坂の向かいに座る男は、太陽建設業務管理課長の田尾則之《たおのりゆき》」

碇と日下部は「太陽建設」という言葉に、意味ありげに視線を合わせる。

「そして、上条の真向かいに座るこの禿げた男は、仲井幸人《なかいゆきと》。東京都港湾局港湾整備部の建設調整課係長です。事件後、宗谷周辺の野次馬に紛れていた」

仲井は薄い頭髪を刈り込んでいるため、スキンヘッドのように見える。面長ののっぺりした顔は確かに宗谷の事件現場に現れたキャップの男と同じだ。

碇は満足げにうなずいた後、自身のデスクの引き出しから一枚の写真を取り出し、パソコンの画面に張り付けた。

「最後に、この屋形船を操船していたのが元警視庁海技職員の大沢俊夫。現在は、太陽建設業務管理課に出向」

　由起子が絶句した。

「湾岸ウォリアーズから出向してたの!?」

「——ある種の天下りだろうな」高橋が厳しい顔つきで付け足す。

「湾岸ウォリアーズを経由しての、な」

　日下部は碇を強く見返した。

「役者は揃いましたね。マリコン事業部を持たない太陽建設が宗谷の移転工事を落札できたのも。この面々が顔を突き合わせて密談した上、福本を激怒させたのも——」

「ああ。宗谷移転工事入札の際に、談合があったと推測できる」

　小さなため息の後、碇は鋭く言い放った。

「福本は、この談合絡みのトラブルに巻き込まれ、命を落としたのかもしれない」

　八月十七日、水曜日。

　接近する台風七号の影響で前線が刺激され、朝から猛烈な雨が東京都心に降り注いでいた。

　すでに五港臨時署本館四階大会議室では、台風七号接近に伴う災害対策本部の設置が進んでいた。玉虫署長による指揮のもと、本部警備部から捜査員もやってきて関係各所とスムーズな連携が取れるような体制を整える。気象庁の高潮対策部、都港湾局、第三管区海上保安本部、関東地方整備局などの関係者から連絡が殺到しており、朝から本館の電話は鳴りっぱなしだった。

碇ら強行犯係も、夜間から特別配置に就くことになっていた。碇、日下部と遠藤はお台場海浜公園の警備に。由起子と藤沢は氾濫が予想される海抜零メートル地帯の江東区、小名木川へ繰り出す八メートル警備艇に同乗し周辺警備に向かう。本部より警備艇緊急派遣要請が出ていることもあり、管轄外ではあるが氾濫が予想される多摩川、神田川、目黒川へも八メートル艇が出動することになっていた。

夕刻までになんとか談合の実態だけでも把握し、証拠のかけらでも見つけておきたい。時間がなかった。

碇と日下部はまず、福本死亡の現場に現れた港湾局の仲井幸人からあたることにした。しかし、朝九時に都庁を訪れたにもかかわらず、仲井は不在だった。いつまでたっても戻ってこず、部下の誰も行き先を知らないと言う。デスクに置かれたままのマグカップのコーヒーはなみなみ残っていて、生ぬるい。

碇は「逃げられた」とため息をついた。一階の受付で五臨署の碇と名乗っていた。

その時点で仲井は逃げ出しただのろう。

「恐らく――上条がこっちの動きを察知したんだ」

談合関係者は警察の捜査を察すると途端に雲隠れするのが常套手段《じょうとう》だ。やれ長期出張だの休暇だの、会社ぐるみで担当者を逃げ回らせたり、医者に金を積んで入院し、面会謝絶と言い張ったり。絶対に捜査できないようにする。

仕方なく碇と日下部は、入札額第二位の八宝組を訪れることにした。

落札の大本命だった建設会社で、港湾局が発注する水上バス建設業務をこれまで一手に担ってきた、日本屈指のゼネコンだ。創業百年、特に東京湾岸エリアの港湾工事のほとんどを担い、存在感を示してきた。

恐らく八宝組は談合には絡んでいないが、警察が入札の記録を調べているとなれば担当者は警戒してしまう。碇はあくまで殺人捜査であることを強調し、ロビーの喫茶店で担当者から話を聞くことができた。

入札担当課長の平山《ひらやま》はロマンスグレーの髪をきっちり七三で分けて、神妙な面持ちで日下部が渡した福本の写真を置いた。

「ええ、存じ上げていますよ。福本さん。宗谷の観光ボランティアで、港湾局主催の事前入札説明会のときも、アドバイザーとして同席していました」

そのときの映像が残っていた。平山は持参したパソコンで説明会の様子を撮影した動画を再生してみせた。

「毎度、説明会の様子を撮影するんですか」

碇が素朴な疑問をぶつけた。

「ええ。どういった規模の工事になるのか、説明会後に本社のほうで検討する必要がありますし、見学会に足を運んだ面々の分析が必要です」

入札にどの企業が顔を揃えるのかある程度予測するのは必須だと平山は言う。

説明会は司会の仲井を中心に行われていた。福本は分厚い資料を膝の上に載せて座り、スクリーンの横で出番を待っている。説明会参加者は全部で三十名ほど。

碇は隅田川花火大会での屋形船に乗船していた面々の写真をデスクに並べた。

「この中の人物で、説明会にいた人物は?」

平山は一人一人じっくりと写真を見ていく。仲井や太陽建設業務管理課の田尾、実際に工事を行っているマリーナコンプレックス工業の広坂社長はもちろんだが、平山は自信を持って、上条と大沢の写真も指さした。

「ここに写っている方全員、見学会にいらっしゃいました。確か、このマリーナコンプレックス工業の広坂社長と、湾岸海洋ヒューマンキャリアの上条社長と当時相談役の大沢さんは、最後までどこのゼネコンの人間か判明しなかったので、分析を担当した社員が首を傾げていたのを憶《おぼ》えています」

「でしょうね、上条や大沢はゼネコンの人間ではないからそもそも入札の資格はないし、マリーナコンプレックス工業は入札事業に参入できるほどの資金はなさそうです」

日下部が言った。マリーナコンプレックス工業は資本金一千万円、正従業員五名の中小企業だ。

「ええ。何しに来たんだろうというのが関係者の間の感想でしたが——加えて、太陽建設の課長が出席していたという情報についても、もっと考慮に入れるべきでした」

「太陽建設は港湾事業の実績がないんですよね」

「はい。ただ、新たに港湾事業部を立ち上げる準備を昨年からしていたんですよ。まずは人員や工船など設備を固めてからだろうと思っていたら——どうやら違ったようですね。外注で下請けに太陽建設名義で仕事をやらせて実績を作ってからという戦略だった」

平山は焦燥を隠せない様子で言った。東京湾の港湾工事は八宝組がそのシェアの八割以上を占めているが、大手ゼネコンの太陽建設が参入してきたとなると、今後東京オリンピックに向けて発注される都港湾局からの湾岸工事のシェアを、奪われる可能性が高い。

「こうなってくると、向こう五年の売り上げ見込みを下方修正せざるを得なくなる。その責任はすべて、仕事を取ってこれない入札担当者——つまり私の責任になりますから。胃が痛いです」

平山がビール腹でボタンがはち切れそうな腹部をせわしなくさすり、言った。

「だからこそですね、警察さんや検察さんにはがんばっていただきたいんです。あまりみんなやりたがらないでしょう。談合は証拠を摑みにくい上に、捜査開始から逮捕、送検までかなり時間がかかる。その上、裁判で無罪にひっくり返ってしまうことだって多いし……」

平山は碇と日下部を上目遣いに見てブツブツと言う。談合が明らかになれば発注はやり直しになる——それを期待している瞳だが、実際は談合をしておらず正々堂々と入札している企業なんて皆無と言われている。この発言は平山にとっても諸刃《もろは》の剣だ。だからかどうも声音がどんどん小さくなっていく。

特に大手ゼネコンに至っては、官僚や自治体職員を大手を振って天下りさせ、その人脈をつたって入札情報を得るのが常套手段だ。ここに捜査メスを入れたがらないのは警察も検察も同じだ。身内と天下り先にはどうしても甘くなる。

「やはり平山さんも――太陽建設と都港湾局で談合があったと見ているんですね」

「でないと、こんな僅差で勝てないですよ。港湾事業の実績がない太陽建設が」

碇は入札資料に目を落とした。落札額は五億五千万円。二位の八宝組は五億六千万円で、一千万円しか差がない。日下部が身を起こした。

「だいたいいつも落札者と二位の間ってどれくらい差があるものなんですか」

「事業規模にもよりますし、談合に関わることが事実上不可能な外資系が入ってきたりするともう、とんでもない差になります。それこそ、数十億円単位とかね」

それだけ差がついてしまうと、落札できたとしてもその入札は失敗だと平山は解説する。確かに、百円で買えたものを一万円で買ってしまうのも同然で、落札者はできる限り二位と僅差で勝つほうが〝いい落札〟をしたことになるのだ。

「まあ私の経験上、日本企業だけの入札でこの規模の事業なら、せいぜい一億円の差が一般的じゃないかな。五千万円の差とかだと、いい入札だったと言える」

「とすると、一千万円というのは突出して僅差ですね」

碇が言って、声音を落として平山に尋ねた。

「落札大本命の八宝組の入札額が、太陽建設側に漏れていたということですか」

「漏れたというより、王道でいくと読まれた結果でしょうな」

「王道？」

「ええ。一般に、港湾局ＯＢからの情報で予定落札価格情報を手に入れて、そこに五パーセント上乗せするのが入札必勝法と言いますか――」

言った途端に、しまったと平山は口をつぐんだ。ＯＢから情報をもらう……談合していると口走ったも同然だ。

「いやいや、決してうちは情報を買っているわけじゃないですよ。あくまで」

碇は「聞かなかったことにしましょう」と安心させて、続きを促した。談合の仕組みについてここまで詳しく話してくれるのは、もはや入札に負けた平山だけだ。

「つまり、八宝組は入札企業に目をやって、ほかに敵なしと見込んで、王道パターンの金額を入札額としたというわけですね」

「ええ。まさか太陽建設が港湾局の情報を取れるとは思わないでしょう。だって湾岸工事の実績はゼロ、東京都港湾局からも天下りＯＢがいないとすでに調査済みだ」

平山の失敗は、入札事前説明会で湾岸海洋ヒューマンキャリアの上条、大沢が太陽建設とタッグを組んでいると察知できなかったことだ。

「聞けばこの大沢という人物、元警視庁職員だそうじゃないですか」

ちろりと、同じ釜の飯を食っていた碇や日下部を見る。そして平山は言った。

「まさか、談合の口止めに殺人犯にまで堕《お》ちたなんてことは――」

感じた。

八宝組本社ビルを出た。雨はやんだが、低い雲が立ち込めて昼とは思えないほど薄暗く、そして異様な湿気がある。台風が刻一刻と近づいてきているのだと、日下部は感じた。

小笠原諸島を直撃していた雨が、現地で大規模土砂災害を引き起こしたという速報が面パトのラジオで流れていた。幸い、民家や観光地からは離れた場所でけが人などはいないようだが、一時間の雨量は百三十ミリ、この二日間での累計雨量は千八百ミリに達したらしい。

これは、平成二十三年に紀伊半島《きいはんとう》で七十人以上の死者を出した台風十二号に匹敵する雨量である。勢力を保ったまま首都圏を直撃したら、尋常でない被害が起きることが予想された。

助手席の碇はスマートフォンのボタンを押す間も惜しい様子で、急ぎ由起子や藤沢、遠藤と連絡を取り、午前中の捜査で集めてきた情報を整理しようとした。相手が通話に出る間も、忙しく日下部と会話する。

「福本が船室に閉じ込められた際、なぜ警察に助けを求めなかったのか謎が解けたな」

「はい。恐らく福本は宗谷の談合に感づいて調べていたとみていいですね」

「奇跡を連発する宗谷。その船が談合の舞台になるなど、福本は耐えがたかったはずだ。そしてその関係者筋に元警視庁の海技職員が一枚噛んでいたと知った」

「その事実が警察不信に繋がったんですかね。下手に通報すると消されると勘繰った。妻の憎悪に気が付いていなかったのが失敗というか」

由起子が電話に出た。碇は通話をスピーカーにした。

由起子は湾岸署に出向き、鑑識係に保管された宗谷及びその周辺の防犯カメラ映像を確認していた。宗谷の移転工事に伴い、栈橋や船内にあった防犯カメラは取り外されて機能していない。陸上での直近の防犯カメラ映像はゆりかもめの船の科学館駅出口のもので、海上には青海埠頭の係留所に三台の防犯カメラがある。福本も、後にやってくる弓枝も、陸から宗谷に乗り込んだだけに、付近の海上を映した防犯カメラ映像は捜査対象から外されていたらしい。

「青海埠頭係留所の防犯カメラが一瞬、プレジャーボートを激写していたわ」

解析の結果、操船者は山崎。デッキには女性が同船していたという。

「女性のほうは恐らく、同棲している峰岸華絵ね」

碇は目を剝《む》いた。

「あの女、グルだったのか」

山崎の犯罪を黙認しているとは思っていたが、まさか共犯者だったとは。

「恐らく華絵は見張り役でしょうね。けれど二人揃って、たったの十五分で埠頭から沖へ戻っているわ」

山崎は宗谷船内で再び盗みを働こうとしたのだろう。しかし、船室内で福本がなんらかのトラブルに巻き込まれているのを目撃したのか。船室の鍵を掛け密室を作り出せたのは、いまや山崎以外にいない。なぜ鍵を掛けて福本を閉じ込める必要があったのだろう。

「ほかはどうだ？　W船籍の船は通っていないか」

「それは見当たりませんでした」

「陸のほうはどうだ。オービスやNシステムで、Wの車は引っかからなかったか」

「湾岸ウォリアーズが事件前後この付近を通過した記録はないわ。これから、ゆりかもめ利用客の分析に入ります。もしかしたらその中にいるかも」

あの上条が電車を使う——考えにくかった。

碇は電話を切り、藤沢に電話を入れた。藤沢は湾岸署が押収した現場の遺留品を再度、精査している。上条や大沢の痕跡があるかもしれない。藤沢は電話を取るなり、興奮した様子で言った。

「ありましたよ。福本が頭部を打った通路の隙間に、ボタンが落ちていたんです。白い小さなボタンで、残った糸から見るに、引きちぎられたもののようです」

「ワイシャツのボタンだろうか」

「恐らく。弓枝が持っている衣類の中にこのボタンに該当するものはありません。ボタンから二つの部分指紋が検出されたそうですが、照合には厳しい。大量生産されたもののようで、購買ルートから犯人を探し出すのも難しいとか」

碇は一旦電話を切り、日下部の意見を求めるように視線を運転席へ向けた。

「そのボタンの持ち主、上条ではなさそうですね」

「ああ。あいつは毎日ブランドものの高級ワイシャツを身に着けている」

「まさか、大沢――」

碇は激しくかぶりを振った。

「彼は殺人を犯すような人間じゃないだろ」

日下部は怪訝《けげん》に思い、フロントガラスからちらりと視線を外して碇を見た。

「碇さんまで、大沢をかばうんですか」

「までとは、どういうことだ」

「いや、礼子もそう言ってたんで」

碇は返答に窮したのか、黙り込んだ。

「四月の観閲式で、礼子が湾岸ウォリアーズに警備艇を乗っ取られるミスを犯したじゃないですか。あのきっかけを作ったの、大沢ですよね」

碇は日下部から再び視線を外した。

「俺も報告書は読んだが、そんな一文はどこにも……」

「礼子が報告していないからですよ。本部の監察官が当時の様子を調べたそうなんですけど、五臨署の前の防犯カメラ映像に、確かに大沢の姿が映っていた。ただそれ以上追及して、観閲式の騒ぎが実は元海技職員が仕掛けたものと世間に露呈したら、警視庁もまずい。それでうやむやになっただけで」

碇は無言を貫く。日下部は続けた。

「礼子はいまでも大沢を尊敬しています。しかしいまや上条の片腕で、とうとう業界第二位の大手ゼネコンに出向ですよ。談合の手柄を受けてのことで、もう犯罪者です」

碇は助手席の扉に肘をつき、左手の指先で唇をいじりながら長らく無言でいたが、不意に言った。

「飛行機事故のとき——」

碇が言う飛行機事故とは、八二年の羽田沖日本航空機墜落事故のことだろう。

碇はぽつりぽつりと、六月の雨のように静かな調子で続ける。

「俺は夕方やっと現場に駆けつけたんだが……父親と対面したのは救護所になっていたC滑走路でな」

「病院じゃなかったんですか」

「刑事だったから、自分は後回しでほかの乗客を優先させたんだろう。親父は一刻を争うようなけがではなかったし——離れがたかったんだろうな、息子の代わりに死んだ少年の屍をずっと抱いていた」

俺が声を掛けたとき——碇は暗い調子で続けた。

「親父は俺を咎めるような顔をしていた。あのときは親父もパニックになっていただろうし、俺はもっとパニックになっていたから、ただの被害妄想だったのかもしれないが——どうしてお前が生きているんだという顔をしていた気がするんだ」

「そんなはずないですよ。それは、碇さんの罪悪感がそう見せただけだと思います」

碇は寂しそうに微笑んだ。

「大沢もそう言ったんだ」

日下部は何も言えなくなった。

「親父に付き添ってた大沢もそう声を掛けてくれた。よく生きていたなと。助かったことを素直に喜べと、最初にそう言ってくれたのが、大沢だった」

同じく救助にかけつけた玉虫と碇の父は親しくなり長いつき合いとなったが、大沢とは接点がなく、四月に現れた上条の側近が大沢だと、碇はすぐに気付かなかったという。

「こんな形で再会したくなかった」

追う者、追われる者として——という言葉を、碇も日下部も口にはしなかった。

碇と日下部は五港臨時署に戻った。大量の防犯カメラ映像の解析を続ける藤沢や由起子、遠藤の輪がわっと盛り上がっている。

足早に近づき、「ホンボシを見つけたか！」と碇が問う。振り返った三人の部下たちは嬉々《きき》として、碇と日下部をパソコンの前に迎え入れた。

いすに座る藤沢が、防犯カメラ映像を巻き戻した。

「八月七日、午後九時一分。ゆりかもめ船の科学館駅、下りホームの映像です」

この時刻ともなると乗車人数も少なく、降車したのはたった二人だった。うち一人。ワイシャツにスラックスで、仕事鞄《かばん》を手に持ち、一見すると仕事帰りのサラリーマンのように見える。面長の顔に薄い頭髪。

「やっぱり。港湾局の仲井だ！」

興奮で、日下部が叫ぶ。藤沢が次の映像を出した。

「ちなみに同人は、同日午後十時五十四分、お台場海浜公園駅からゆりかもめに乗車し、都心へ戻っています」

お台場海浜公園駅は平日の夜でも利用客が多い。映像の中の仲井はかなり焦燥している様子で、バッグを胸に抱え、広い額を伝う汗をしきりに拭き、そして防犯カメラを気にして目を背けるようなそぶりが見て取れた。

「行きと帰りで利用駅も異なる上、精神状態も雲泥の差がある。期せずして福本を殺害してしまい、焦って逃げようとした結果か？」

碇の言葉に大きくうなずき、日下部がデスクから令状請求書を引っ張り出した。

「仲井に逮捕状取りましょう。今日も職場に戻りませんでしたし、逃亡されたらまずいです」

碇は由起子に「あんたが書け」と言うと、日下部に忙しく命令した。

「地裁の令状部に知り合いがいるだろ。すぐに逮捕状が発行できるような態勢を整えるように伝えておけ。俺は課長と署長を確保してくる」

令状請求には課長と署長の押印が必要だ。大部屋を出ようとした碇の前に、思いがけない人物が立ちはだかった。

東京湾岸署強行犯係の和田だ。八名の部下を引き連れて、苦虫を嚙み潰したような顔をしている。高橋が、眉間に皺を寄せて一同の最後尾につけていた。

睨み合う強行犯係のトップ同士を牽制するように、高橋が言った。

「碇。すまない。談合の件も含めてすべて、湾岸署が引き継ぐことになった」

碇は爆発しそうな感情をぐっと抑え、低い声音で投げかけた。

「――冗談を。ホンボシがあがってこれから令状請求するところなんです」

「ならば、その件も湾岸署に託すんだ」

「ふざけるな……！」

思わず上官に喰《く》らいつきそうになった碇を止めたのは、和田だった。勝ち誇った顔はどこへやら、まるで敗者のような顔で碇を見返し、言う。

「文句があるなら上司や俺たちではなく、台風に言え」

和田は天を指さし、続ける。碇が口出ししようとすると、もう一度天を指した。

「それから、すべての捜査を湾岸署に引き継ぐと判断した玉虫署長に」

四階の災害対策本部に詰めている玉虫を指しているつもりらしかった。

「しかし、まさか事件の裏に談合があったとは――もうちょっと早く教えてくださらないと。碇係長」

和田は改めて、肩越しの向こうで茫然自失《ぼうぜんじしつ》の日下部たちを見て、投げかけた。

「で、福本殺害のホンボシが上がったとか？　誰だったんです」

日下部も、藤沢も遠藤も由起子も、口を真一文字に結び、和田を睨み返していた。失望の中にも、直属の上官である碇がどう抵抗するのか、期待を寄せる瞳を見せる。

和田が察したように、碇に投げかけた。

「我々だってね、あんたたちのお零れを捜査するなんてのは情けない話だと思ってるんです。今後、談合事件の主導権は我々が握ることになりますが、ぜひとも台風警備が終了次第、碇係長らにも捜査の手伝いをお願いしたい」

碇は含みを持たせて和田を見た。これまで散々敵対してきたが、今回ばかりは碇に同情しているようで、和田は黙って視線を受け止めている。

「俺は、これと目をつけたホシは絶対に自分の手でワッパを掛けなきゃ気が済まない性質なんだ。悪いが湾岸署のサブに回るつもりはない」

碇はぴしゃりと言って、階段を五段抜かしで駆けあがっていった。日下部が慌てて碇の後を追った。

四階に設置された災害対策本部は会議の真っ最中だった。舟艇課の海技職員たちが集められ、スクリーンに映し出された東京湾海図を元に、配置と留意点を述べている。

碇はあえて上座の扉を選び、不愉快なほどに音を響き渡らせて扉を開け放つ。ずかずかと歩いてひな壇中央に座る玉虫署長の眼前に立った。

よく日に焼けたてかった頬に、太鼓腹を窮屈そうにデスクの下に隠し、玉虫は言う。

「――碇君。会議中なんだが」

「湾岸署にネタ売っておいてそれはないでしょう、玉虫署長」

それがどれだけ刑事の気概をそぐ行為なのか、長く海技職員としてやってきた玉虫には、とうていわからない心情だった。

「そうは言っても、あと数時間で東京も強風域に入る。降水量だって――」

碇はデスクを叩き、怒鳴り散らした。

「あんた、何のために水上署を復活させたんだ！」

ぐっと玉虫に顔を近づけて、更に迫る。

「水上警察が消滅した二〇〇八年以降、海を牙城に急成長を遂げた湾岸ウォリアーズはいま、フロント企業の役員どもが揃って政財界に足を踏み入れている。奴らの息の根を止めるのは、復活した水上署員じゃなきゃだめだろう。湾岸署にはいどうぞと譲っていいのか。水上署署長としてのプライドはないのかよ！」

毎度、碇の迫力を飄々《ひょうひょう》とやり過ごす玉虫は、今日は逃げ場がなかったのか、パイプいすごとひっくり返るのではないかと思うほど体をのけぞらせている。碇が更に畳みかけようとしたところで、会議室の最後列から、毅然とした女の声がした。

「碇さん。それは違います。プライドの問題ではありません」

礼子だ。

すっと波が引くように、熱しかけた会議室の空気が冷えていく。碇は静かに、彼女に向き直った。

「台風警備を、舐めないでください」

碇が反論しようとしたが、礼子はひな壇に近づきながら遮った。

「碇さんが死ぬ気でWを追い詰めようとしているその覚悟はわかっています。殉職したって構わないくらいの気概を持ってる。私たちだって最大限犯人逮捕に協力したいと思っています。でも碇さん――水上署はこれまで何人の殉職者を出していると思いますか」

碇は返答に詰まった。日下部は一種異様な会議室の空気に、ただ息を呑《の》んだ。碇と礼子が、つい最近までくっつくのかくっつかないのかで周囲をやきもきさせていたあの二人なのかと思えない。いまの衝突が、その延長線上にあるものではないのは一目瞭然だ。刑事と海技、それぞれのプライドと矜持《きょうじ》が正面衝突している。

無言の碇に、礼子が答えた。

「二十一人。うち、十五人が、水害発生時に殉職しています」

現在のように性能のよい警備艇が整備される前は、毎年のようにこの台風シーズンに、海技職員の殉職者を出した。礼子が淡々と説明する。

「そして次の台風は、大潮期の東京湾を直撃します。満潮時刻、潮位は二メートルを越える。そして現在の台風の中心気圧は九三〇ヘクトパスカル。下がり続けているんです。一ヘクトパスカル下がるたびに、吸い上げ効果で海面が一センチ上昇する。暴風の吹き上げ効果で更に潮位は上がる。この勢力のまま、満潮時に台風が上陸したら何が起こるか。想像つきますよね、碇さん」

碇も、誰も答えない。

「私たち海技職員はそんな海の中、警備艇を出して各拠点に待機することになる。文字通り、命がけで高波が襲う沖に出ます」

ため息をつく碇に、礼子は止めを刺すように言った。

「この会議は、海技職員の命を左右するものです。刑事は入ってこないでください」


午後五時半、礼子は夜間巡回に向けて警備艇の出航チェックをしていた。十二メートル艇だいばで、ほかに二名の海技職員を乗せ、中央防波堤外側埋立地まで出る。東京オリンピック会場設立に向けて工事が急ピッチで進む中央防波堤界隈は港湾工事関係の船舶が多く、工期の遅れを気にしてギリギリまで作業をしている船が多数ある。そのため船舶の陸揚げ作業の手伝いや、沖への停泊の呼びかけが必要だ。すでに昨日から海技職員は二十四時間体制で、周辺を航行する船へ注意喚起の巡回警備を行っていた。

嵐の前の静けさというのだろうか。

今日一日、雨が降ったりやんだりで天気は不安定だったが、いまはすっかり晴れ渡り、西の空に夕陽《ゆうひ》が輝く。入道雲は赤い稜線に彩られていた。雨が降る気配はないが、風は強い。風速十メートル近い風が海上を吹き荒れ、海はうねりはじめていた。現在、八丈島付近で猛威を振るう台風七号の影響で、風速とは比例しないほどの波高があった。

所狭しと並んだ警備艇を風が揺らし、フェンダー同士が擦れる音がする。乾ドックへ繋がる栈橋がうねりに持ち上げられるたびに悲鳴のような金属音を発した。耳元で暴れる風の音と、船や上架装置が織りなす高低様々な金属音。壮絶な嵐の到来を予感させる不気味なハーモニーだった。

「礼ちゃん！」

不意に声を掛けられた。強行犯係の由起子が、八メートル艇で小名木川に向けて出航するところだった。警備のため、制服姿で手は合羽を持っている。

「これから夜間巡回？」

「はい。由起子さんも出発ですか」

由起子はうなずき、そういえばとおもしろそうに尋ねた。

「さっきもめたんだって？　礼ちゃんが係長を言い負かしたって」

礼子は苦笑いにとどめた。

「相手が私だったから、あの人は気を遣って言い返さなかったんだと思います」

そういう態度が余計に腹立たしいと礼子は思いながら、乱暴な手つきでエンジンオイルのチェックをする。由起子は少し笑って言った。

「そうかな。反省してたような顔してたけど」

「――そうなんですか？」

由起子は沈黙を挟んだのち、「結局、十四日の件はどうなったの」と遠慮がちに尋ねてきた。礼子は無言で首を横に振った。由起子は神妙な顔で、視線を外した。

「でも、振られた腹いせに今日盾ついたわけじゃないですよ」

「わかってるわよ。係長だって、誰よりも礼ちゃんのそういうところ理解してると思うわよ。だから、これまで積み上げてきた捜査資料を全部湾岸署に託して、いまは黙々と警備に向かう準備してる――ていうか、理由はなんなの。どうして係長はノーって？」

礼子はただ、首を横に振った。

「どうして理由を聞かないの」

「理由を聞いたって、黒が白に変わることはないです」

由起子は呆れたようにため息をつき、曇天の空を仰いだ。

「礼ちゃん。恋愛においてそのサムライスピリットみたいなのはやめなさい」

母親のような、ぴしゃりとした物言いだった。由起子にここまできつく言われたのは初めてで、礼子はたじろいだ。

「係長はいまいろんな意味で気持ちがグレーなのよ。バツ2って自称してネタにして笑い飛ばしているけど、そうでもしないとやってられないくらい傷ついてるのよ。二度も家庭を壊して娘たち三人を傷つけて、平気でいられるような人じゃないくらい、礼ちゃんだってわかるでしょ」

「………」

「そんな碇さんに、ただ自分の気持ちだけ押し付けてリミット決めて、一人で考えて答え出してくれって、それじゃあ係長は一人で猛烈に苦しむだけじゃない」

礼子は愕然《がくぜん》と、由起子を見返した。傷ついているのは自分だけだと思っていた。

「係長が、時間が必要だと言ったのは、そういうことなんじゃないの。一人で考えろじゃなくって、二人で一緒に時間をかけてわかりあっていきたいって、そういうことだったんじゃないの？」

警備艇わかちどりに乗り込んだ海技職員が、由起子を呼んだ。由起子はただ礼子に向かって肩をすくめただけで、ドックを蹴り立ち去ってしまった。

礼子はすぐに本館へ引き返した。碇は強行犯係にはおらず、非常階段にある喫煙所で煙草を吸っていた。装具がついた帯革や防刀ベストはつけていないが、肩に青のエポーレットと腕に警視庁のワッペンが縫い付けられた制服をまとっていた。

碇は礼子に気が付いたが、少し首を横に振ってみせる。電話中だったようだ。礼子は一歩退いて、電話が終わるのを待った。

「大丈夫だ。そっちこそ気を付けろよ。川に近づくな」

電話はすぐに終わった。「娘だ。上の」碇は礼子が尋ねるまでもなく、答えた。

「すいません、お邪魔しちゃって」

「がんばっても長電話にはならない」

碇は自嘲気味に肩をすくめた。指に挟んだままの煙草はもう根元まで灰になり、燃え尽きようとしていた。煙草を水のはった灰皿に投げ入れながら「どうした」と碇は礼子を見た。礼子は途端に言葉が出なくなった。勢いでここまで来てしまって、全くの丸腰だった。探るような調子でやっと言葉を出した。

「あの――さっきの会議室では、すいません」

「いや、あんたが正しいよ。今回ばかりは仕方がない」

碇は弱々しく笑った。碇のほうこそが礼子を気遣う瞳をしていた。

「あんた、巡回警備気を付けろよ。いつも無茶する」

もう碇は歩き出し、非常階段を出ようとした。礼子は慌てて後を追った。礼子のひとりよがりで、碇を二ヵ月も苦しめてしまった。いまさら前言を翻せないが、だからこそ仕事の面で碇を助けたかった。力になりたい。礼子は、ふと思い出した。

「碇さん。そういえば、報告しなければならないこともあって」

「何だ？」

「前に、福本の情報を集めていましたよね。私それで、港湾工事関係者何人かに話を聞いて回っていたんです」

碇は神妙な表情でちらりと礼子を振り返った。足を止めようとしない。

「八宝組の現場係長が、福本さんのことを知っていたんです。それで、宗谷の移転工事の入札でトラブルがあったんじゃないかと」

碇は突然歩みを止めた。礼子は碇の広く逞しい背中にぶつかってしまった。慌てて数歩退く。振り返った碇は、つい数秒前とは全く違う顔で礼子を見ていた。目を血走らせて眉をひそめ、眉尻は額を貫くほど上がる。般若《はんにゃ》のような面だった。

「――あんた、その情報をいつ摑んだ」

「……いつだったか。えっと、確か数日前」

「いつだ。はっきり思い出せ！」

碇の剣幕に、礼子は慌てて記憶を辿って答えた。

「――碇さんが早退した日でした。前の奥さんが熱を出したとかで、言いそびれて」

碇は愕然とした顔で礼子を見据え、「で？」と挑発するように迫った。

「翌日、俺たちは顔を合わせたよな。確かに、別件でそれどころじゃなかったかもしれないが――」

礼子は黙り込んだ。「別件」という言葉が脳裏を駆け巡っていく。

「あの時点で入札の件を調べていたら……!! 畜生っ」

碇は壁を殴った。コンクリの壁が崩れ落ちるのではないかと思うほどに強い力だった。礼子は捜査がどこまで進展していたのか全く知らない。戸惑った視線を送る礼子に、碇はまるでマシンガンのような早口で捜査経緯をまくし立てた。

福本の死には宗谷移転工事の談合が絡んでいるらしいこと。落札した太陽建設と都港湾局を繋いでいたのは、湾岸ウォリアーズの上条と大沢だったこと。その大沢はいま、太陽建設へ出向していること――。

礼子が掴んだ情報は、真相に近づく最短距離だった。もしもっと早く礼子が報告していたら――湾岸署にネタを取られることもなく、台風警備の前に碇自身の手で犯人を逮捕できたのかもしれない。だが礼子はどうしても、謝罪の言葉が出てこなかった。

二人の関係を「別件」という一言で片づけた碇を、強い瞳で見返す。

「別件って――。ひどすぎませんか」

「別件だろ。もう終わった話を蒸し返すな」

まだ癒えぬ傷口に塩を擦り込まれたようだった。碇は容赦なく、礼子を責め立てた。

「海技こそ、刑事の殺人捜査を舐めてかかってるんじゃないのか、え!?」


とっくに面会時間は過ぎていたが、日下部は受付に無理を通して、母親へ会いに行った。台風七号が、列車の遅延や多少の浸水被害で終わってくれればよいが、甚大な被害が起こったら現場に缶詰状態になる。どうしても今晩中に会っておきたかった。

母は新宿区内のがんセンターに入院している。最近、見舞いにいっても寝ていることが多かったから、今日もとっくに寝ていると思っていた。

個室の明かりがついていた。母はベッドの上で身を起こし、凛と背筋を伸ばしてこちらを見ている。まるで、日下部が来るのを見越して待っていたかのような顔だ。

「母さん。寝てなくて大丈夫なの」

「大丈夫。今日はだいぶ体が楽なのよ。珍しいね、こんな時間に来るなんて」

日下部は煎茶とコーヒーを淹れた。丸いすに座り、母と向き合う。

「台風が近づいているの、知っている？」

「そうなの。ぜーんぜん」

いつもやせ細った喉から絞り出すようにしゃべる。今日はそんなことはなく、口調は滑らかだった。

「こんなところでずっと寝ていると、娑婆《しゃば》で何が起こってるのかさっぱりよ」

気っ風がいい江戸っ子みたいな口調で言うと母は笑った。昔から母はこんな感じだった。強く逞しい。女手一つで家計を支え息子を育ててきたから、そうせざるを得なかったのかもしれない。

「今日はだいぶ調子いいね」

「ガン消えたのかな？」

「母さんを宿主にすると厄介だと思ったのかも」

何言ってんのよと母は日下部の腕を叩いた。力強い。本当に、ガン細胞が小さくなっているのではないかと思った。最近担当医と話していないから、状況がわからない。台風警備が終わったらすぐに話を聞かねばならないと思った。

「仕事はどうなの」

「台風警備のせいで、いろいろとゴタゴタしているよ」

「そんなに大きな台風なの」

「海は荒れると思う。新宿界隈は大丈夫だと思うけど——まあ母さん、その調子なら高波がきても泳ぎ切れそうだね」

「そうよ。波のほうが割れて道を空けてくれるほどじゃない？『十戒』みたいに」

日下部は笑って「あんたは神様か、つぅの」と突っ込んでみせた。母はケラケラと楽しそうに笑った。もう茶を飲み干していた。冷蔵庫の中に、景子が差し入れたゼリーが入っていた。茶を注ぎながら尋ねた。

「ゼリーでも食べる？」

「物足りないわぁ。ドーナッツないの？油と小麦粉がぎっしり詰まった」

日下部は嬉しくなった。

「ドーナッツ消化する元気が出てきたとはね」

「まあ今日のところは、ゼリーで許してやるわ」

母はあっという間にたいらげて、二個目を食べはじめた。物足りない顔。

「景子さんはどうしてこんなつまらないものばっかり買ってくるのかしら」

「食欲ずっとなかったじゃん。何かのどの通りがいいものと気を使ったんだ」

「そうだけど、こんなんじゃパワーが出ないわ」

「やめてくれよ、いまから嫁姑《しゅうとめ》のゴタゴタは」

「式場とか日取りは決まったの？」

「これからだけど、身内だけで軽く済ますつもりだよ。絶対来いよ」

「あんた、振られないように気を付けなよ」

「何だそれ。失礼な」

「あんた昔っからそうだったの。大事な場面でいつも外す」

日下部は肩をすくめた。

「サッカー少年団のときだって、決勝のＰＫに限ってよく外してたし」

「それ、思い出させるなよ」

「修学旅行とか林間学校のときは必ず鼻血出してたしね。なんで？」

「知らないよそんなこと」

二人でゲラゲラと笑う。ノック音がして看護師が顔をのぞかせた。夜間だということを思い出して、二人は、はっと口をつぐむ。看護師に「どうもすいませーん」と、悪びれる様子なく母は言うと、三つ目のゼリーを口にかきこんで、ゴミ箱にぽいと捨てた。日下部は湯呑みとコーヒーカップを流しで洗うと「じゃ、帰るわ」と投げかけた。

母は自分でベッドを倒したが、横になることはせず、最後まで凜と背筋を伸ばして日下部を見送った。

「台風次第で、二、三日後になっちゃうかもだけど」

「くれぐれも気を付けなさい」

急に母は口元を引き締めて、厳しい顔つきで言った。

「こんな時間に来るなんて——危ない現場に行くってことなんじゃないの」

日下部はあいまいに笑った。海技職員ほどの危険はないが、お台場海浜公園は高潮発生の危険が伴う現場の中では確かに危険度が高い。東日本大震災のときも、警備に駆り出された警察官が何人も殉職した。

「大丈夫。気を付ける」

扉を閉めようとして「ドーナッツ忘れないでね！」とおどけた声で言うのが聞こえた。日下部は「必ず買って戻るよ」と返事をして、病室を後にした。

第四章　上陸

八月十八日、木曜日。午前八時。

すでに夜が明け、東の空に太陽が上っていた。東京湾第三区と呼ばれる、中央防波堤と有明埠頭の間を航行する警備艇だいばは、東京ゲートブリッジ周辺での夜間巡回を終えて、一路、品川埠頭に戻るところだった。

台風の気配はなく、風も凪《な》いでいる。だが上空の雲の流れは異常な速さだ。風速のわりに波高もある。台風接近を前に海上はうねり、巻き上げられた海底の赤土で、波の色が赤茶けて見えた。

台風が接近してくると、沖は被害を避けようとする船舶で混み合う。クルーザーや小型船舶はマリーナや係留所に陸揚げされるが、通常は海上で保管されているすべての船が陸地に上がるスペースはない。それらは芝浦、東雲、豊洲《とよす》など比較的波の影響を受けにくい運河に誘導した。

大型船舶は台風通過まで東京港への接近を回避するか、すでに入っている場合は沖へ出て錨泊して嵐が過ぎ去るのを待つ。

「それにしても昨晩の会議は見ものだったなー。碇係長の顔、見たか」

磯部係長がキャビンのベンチでふと言うと、うたた寝していた後輩の君原がはっと目を覚まし、慌てて同調した。

「そうですね。いや、見ものでした」

「有馬。よく言ってくれたよ。さすが、海技職員一〝男気がある〟奴だよ、お前は」

磯部は愉快そうに笑って、続けた。

「だいたいさ、警察の花形だか何だか知らないが、同じいち所轄署員なのに強行犯係はいっつも偉そうにしてるだろ。湾岸署時代だってそうだった」

刑事課は予算も潤沢で偉そうにふんぞり返っているというのが、一般舟艇課職員の認識だった。彼らはホシを逮捕すれば経費で飲みにいけるが、海技職員は自腹だ。

「この世で殺人事件ほどの優先事項はないみたいな顔しやがって。捜査のたびにこっちの都合を顧みずに船出せ船出せとうるさいし」

湾岸署時代から磯部は刑事課――特に強行犯係にやっかみを持っていた。五臨署が発足し、事実上水上警察が復活してもなお、結局の主人公は刑事課で舟艇課の優先順位が何かと低いことに、腹を立てているようだった。

海技と刑事はなじまない――定年が見えてきた磯部がよく言う口癖だった。上司や先輩に従順な君原はただ「そうですねそうですね」を繰り返す。

礼子はむっつりと黙り込んだまま、舵を右に切って大井埠頭と青海埠頭の間、東京西航路の最北端に出た。レーダーを見て礼子ははっとした。

「北東から奇妙な船団が近づいてきています。確認を」

磯部は慌ててベンチに座り直し、レーダーをのぞき込んだ。礼子は双眼鏡を取り、前方を見る。東京臨海副都心の高層ビルやタワーが水平線上に見える。船団の姿はおぼろげに見えるだけだ。係長がレーダーに映った船影を見て言う。

「大型船舶が二隻。中型がその周辺に六隻。何の船団だコレ」

君原が「AISで船舶情報取ります」と立ち上がった。AISとは、船舶自動識別装置のことだ。新しい船であれば搭載されているシステムで、自船だけでなくほかの船舶の情報を相互に自動で受け取ることができる。

「先頭の大型船舶は海保ですね。PL船いずです」

第三管区海上保安本部の大型巡視船、いず。横浜海上保安部に籍を置く船だ。

「AISにはもう一隻の大型船舶の情報は出ていません」

「レーダーには二百メートル真後ろに同等の船の影が映っている」

磯部が首を傾げて言う。礼子が口を挟んだ。

「六隻いる中型船舶の情報は？」

「はい。マリナ・ルージュ、シートレード……。民間の船舶みたいです」

「レーダーに映ってＡＩＳに映らない。となると、ＡＩＳを搭載していない船をいずが曳航《えいこう》しているんでしょうか」

「この規模の船でいまどきＡＩＳを搭載していないのがあるか？」

「故障しているとか。すっごく古い船とか？」

後輩の言葉で、礼子はピンときた。

「宗谷じゃないですか？　移転工事中の」

磯部はＶＨＦ無線機を取り、16チャンネルに合わせていずに呼びかけた。

「ＰＬ船いず、ＰＬ船いず。こちら警視庁警備艇5だいば」

すぐに返答があった。

「警備艇5だいば。こちら横浜海上保安部ＰＬ船いず。どうぞ」

「ＰＬ船いず。後方に大型船舶を曳航していますか。ＡＩＳに反応がありません。どうぞ」

「警備艇5だいば。移転工事中の宗谷を台風回避のため沖に曳航中です。どうぞ」

「PL船いず。了解しました。お気を付けて」

無線を切った磯部は拍子抜けしたように肩をすくめた。

「周囲の中型船舶は、工事関係者の船だろうな」

「それにしてもタグボートじゃなく海保が曳航なんて」

タグボートとは大型船舶の離着岸を手伝ったり水上構造物を押したり引いたりする船のことだ。

「台風前でどこのタグボートもつかまらなかったんじゃないか。港湾会社の中型船舶じゃあんなでかい鉄の塊引っ張れないし。それに、宗谷は南極観測船を引退した後、第一管区海上保安本部の船だったからな」

やがて大型巡視船いずが、二百メートル後方にオレンジの船体を持つ宗谷が見えてきた。二隻の大型船が行き過ぎるとなると、十二メートル艇だいばはうねりと引き波で転覆しかねない。礼子は舵を左に切り、すれ違う際はほぼ停船し引き波に耐えた。

ふと、青海埠頭を見た。宗谷がいたドックはがらんどうだが、港湾工事関係者が周囲に積み上げた機材を固定する作業を行っている。そのドックの先端に立ち、心配げに宗谷の航跡を眺める男の姿が見えた。隣の磯部は徹夜で疲れたのか、うとうと眠りはじめていた。君原に言う。

「ごめん、ちょっと青海埠頭に寄る。そこで操船代わってくれる？」

「湾岸署に用事が？」

礼子は答えなかった。舵を右に切り、湾岸署の目の前にある青海埠頭ドックに警備艇をつけた。次の巡回まで礼子たちには七時間の休憩が割り当てられている。係長は目を覚ましたが、青海埠頭で下船する礼子を咎めることはなかった。

礼子は小走りで、移転工事のため立入禁止になっている青海南ふ頭公園の横を抜け、船の科学館前のがらんどうになったドックを歩いた。男はまだ東京湾を見ていた。とっくに宗谷の影は見えなくなり、航跡も消え失《う》せようとしている。礼子はその背中に声を掛けた。

「大沢さん」

驚いた様子も見せず、大沢はゆっくり礼子を振り返った。警備艇だいばがちょうど青海埠頭を出て品川埠頭へ舵を向けたところだった。誰か下船したと気が付いていたのかもしれない。全身作業服姿で、太陽建設のロゴが入った黄色のヘルメットをかぶっていた。

「有馬君。こんな朝っぱらから。どうした」

「夜間警備だったんです。大沢さんは？」

「こっちも宗谷を避難させるのに、徹夜だった」

雨が降ってきた。大粒の雨だ。二人とも雨具を持っていない。

「中で話そうか」

大沢は船の科学館本館を指さした。雨はあっという間にコンクリの地面を叩きつけるほどになった。海上にも激しく降り注ぎ、水飛沫で視界が悪くなる。向かいの品川埠頭や大井埠頭に並ぶガントリークレーンの姿が、靄《もや》に包まれる。小走りに本館の中に入った。本館展示はずっと中止しているが、工事関係者や別館見学者がトイレを利用できるよう、ロビーは開放されている。その一角がパーテーションで区切られており、移転工事を行う作業員たちの休憩所になっていた。

パイプいすが四つとテーブル、食料が入った棚、冷蔵庫、ポットなどがあった。大沢は冷蔵庫を開けると、缶コーヒーを二つ取り出す。一本を礼子に渡した。礼子はつい頬がほころんだ。

「何だか、昔を思い出します。よく大沢さんから缶コーヒーをいただきました」

大沢はプルトップを開けて一口飲むと、うまそうにため息をついた。

「ホテルの千円するコーヒーよりよっぽどうまい」

礼子は小さく笑った後、尋ねた。

「いまは太陽建設にいらっしゃるとか」

「うん。この七月からね。誰から聞いたの？」

それが捜査情報の一部だとは言えず、礼子は目を逸らした。大沢は察したように、それ以上尋ねなかった。独り言のように言う。

「現役の警視庁職員の君が、何かの容疑者になっているかもしれない僕とここにいるのはまずいんじゃないか」

「――私はいま、元海技職員の大沢さんと話をしているつもりです」

大沢は目を細めたのち、静かに視線をリノリウムの床に落とした。彼の中に海技職員時代の正義感がしっかりと根付いている。礼子はそう直感した。だからこそ、大沢が湾岸ウォリアーズの上条と手を組んだことに合点がいかなかった。この事実を知ったのは四月のことだったが、碇ら強行犯係の捜査対象者だったため、これまで直接問い詰めることは避けてきた。

いま言うべきか礼子が逡巡《しゅんじゅん》していると、大沢が牽制するように言った。

「前に君は尋ねたね。羽田沖日航機墜落事故のこと」

唐突な質問だった。礼子は困惑したままうなずく。

「生き残った少年の話をしていたが――」

「すいません。あれは私の勘違いでした」

碇があの飛行機に乗っていなかったことを知ったのはずっと後のことだ。碇本人がそう言って、俺をヒーロー視するなと釘《くぎ》を刺したことがあった。

「やっぱりそうか。君が言っていた少年というのは、碇拓真君のことなんだろ」

礼子は何度か瞬きするのが精一杯だった。

「いまは五臨署強行犯係の係長とか」

「――はい」

「すっかり忘れていたが、僕は彼にあの事故の際に会っている」

「そうなんですか」

「ああ。事故を聞きつけて、母親と一緒に羽田空港に駆けつけた少年がいた。何も言わなかったけれど、傍目《はため》に見ても明らかだった。生存した自分をひどく責めた顔をしていた」

「――三十四年経ったいまも、彼はその気持ちと戦っているようです」

礼子は極力感情を押し殺して言った。大沢は缶コーヒーを意味もなく横に揺らして中身をのぞき込むと、すべて見透かしたように礼子を見た。

「彼に惚れているんだな」

礼子は一度瞬きをして、すぐ目を逸らした。

「彼はいい男だよ。男の僕から見てもね、刑事としてのあの正義感と芯の強さは惚れ惚れする。だが、そういう男は女を不幸にするものだ」

缶コーヒーを口にしたが、味がよくわからなかった。

「ずるいですね、大沢さん」

やっと礼子は言った。大沢はちょっと驚いた顔をして礼子を見返す。

「久しぶりにこうして二人で話をしているのに、心を抉《えぐ》るようなことをいきなり言うなんて」

「——そうか。それはすまなかった」

「抉られたんで、私も抉ります。どうして湾岸ウォリアーズなんかと手を組んでるんですか」

大沢は即座に視線を逸らした。だがすぐに礼子と視線を合わせ、笑った。

「とんでもない直球だった。しかも剛速球だ」

「避けられませんよ。教えてください」

大沢は少しの沈黙の後、目の前の壁の染みを眺めながら言った。

「僕も心を抉られたんだ。裏切られた」

「――警察組織に、ということですか」

「いいや。妻。それから、海技という仕事に、だ」

大沢は壁の染みに語りかけるように、七〇年代後半に木更津沖で起こったハゼ釣り船の転覆事故の話をした。大沢が二十五歳のときのことだという。師走のハゼ釣りを楽しむ船で東京湾上は百隻を超える釣り船が出ていた。

「風も穏やかで釣り日和だったが、突然〝窓が開いた〟という」

窓が開く――『観天望気』の一種で、漁師がよく使う言葉だ。水平線の一角に光が射《さ》し込んで、その部分が異常に明るくなる現象のことで、突風の吹く前触れと言われている。これを見た漁師たちは一斉に船を上げるのが常だった。

「しかし間に合わず、十隻ほどが転覆して、百人余りが海中に放り出された」

三十人以上が死亡した、海難事故だった。

「当時新米だった僕も船を出してね、救助に向かった。海技職員になってから初めて遭遇する大規模海難事故だったから、興奮していた。何人救助したか、一人よくしゃべる女性がいた」

「遭難中に、ですか？」

「そう。僕はデッキの右舷から救命索を飛ばして彼女を引き上げたんだけどね。デッキにはすでに引き上げられた客が何人かいて、毛布に包《くる》まってぶるぶる震えていた。そのうちの一人が、彼女の恋人だったらしくてさ」

「男性のほうが先に救助されたんですね」

「彼女を押しのけてね。女性のほうは寒さと恐怖で、僕の腕の中でぶるぶると震えているのに、目は強烈に怒っていて、男を指さして罵倒していた。チワワが必死に吠《ほ》えているように見えて、ちょっとかわいくも思えた」

それが後の妻となる女性だったと、大沢は目を細め、どこか気恥ずかしそうに言った。礼子は微笑ましく思う。

「そうだったんですか。大沢さん、奪ったんですね」

「奪ったというか。勝手に手の中に転がり込んできたというか」

礼子には、大沢を選んだ妻の気持ちがわかる気がした。

「奥様はきっと、海技の大沢さんを誇りに思っていたでしょうね」

「いや。僕を恨み、呪いながら死んだ」

唐突で断定的なその言葉に、礼子は戸惑った。

「亡くなって今年で十年になるかな。君が海技として入るちょっと前のことだったよ」

「――東京水上警察署が消滅する前、ですか」

「うん。自殺したんだ」

礼子は大沢の顔を直視できず、ただ床に視線を泳がせた。

「僕たちにはとうとうコウノトリが来なかったからね。ずっと夫婦二人きりだった。妻はよく母から子どもができないことを罵られていて、かわいそうだった。僕は仕事に忙しくて、あまりそんな妻の心情を慮《おもんぱか》る余裕がなかったし、仕事を愛していた。生き甲斐があったんだ。でも妻には何もなかったんだと思う。退屈で、つまらない結婚生活だったんじゃないかな」

「――それが、自殺の原因だったんですか」

「どうだろう。ちょっと更年期障害がひどくて、気分がひどく落ち込んでいる様子はあったんだけど。一時的なものと思って、僕はあまり妻を気にしていなかった。妻の心の病よりも、水上警察が消滅してしまうことに焦っていた」

四六時中海に出た。海上警備活動の問題点をあぶりだし、たまに陸に上がるとそれらのレポートを上司や都の港湾局に送り届けまた海に出る。自宅に帰る暇がなかった。

「妻からは毎日一時間おきにメールや電話がきた。辛いとかあっちが痛いこっちが痛いと訴えていたが、病院に行ってこいとか、何か気晴らしをしろとしか言いようがなくってね。そのうち、全く連絡が来なくなったんでやっと妻の小言から解放されたと思ったんだが——一週間ぶりに自宅に帰って、膝が震えた」

妻は首を吊《つ》って自殺していた。遺書が——言いかけた大沢が、一度口をつぐんだ。こみ上げる感情と涙を必死に抑えているからこそ慟哭《どうこく》が鮮明に伝わる。礼子はただ静かに、次の言葉を待った。

「遺書がまた、強烈だった。なんて書いてあったと思う？」

礼子は口をぎゅっと結んだまま、首を横に振った。

「〝こんなに寂しい人生を強いるくらいなら、あのとき助けてくれなくてよかった〟と」

正午なのに、夜のような天気だった。

台風七号がとうとう千葉県勝浦市に上陸。首都圏も暴風域に入った。中心気圧は周辺海域の海水温が高いため下がり、現在は九二〇ヘクトパスカルにまで及んでいた。

朝からＮＨＫはずっと災害情報を流している。各地の中継地点と結び、被害の状況を淡々と放送する。碇と日下部、遠藤は昨晩九時から朝六時まで、お台場海浜公園での巡回警備を終え、早朝に五臨署に戻って仮眠を取ったところだった。

遠藤はまだ熟睡していたが、碇と日下部は共に目覚め、シャワーを浴びて次の出動準備をしていた。午後一時から九時までが次の警備時間だった。午後六時前、東京湾は満潮時刻を迎える。ちょうど、台風が首都圏上空を通過する時刻と予想されている。

反時計回りで渦巻く台風の強風域が首都圏にかかるのと同時に、前線を刺激した雨が北関東を直撃していた。東京湾はいまのところ突風と、時々雨脚が強くなる程度だったが、東京・埼玉・群馬の山沿いで猛烈な雨を記録し、多数の被害が出はじめていた。

日下部がインナーの上に警察制服の水色のワイシャツを軽くはおるような恰好でやってきて、NHKの災害情報を見つめる碇の背後で言った。

「なんか、台風の通り道とは全然関係ないところがやばそうですね」

碇は「ああ」と返事をして、日下部にも聞こえるようにテレビの音量を上げた。向かいのソファでなかなか起きない遠藤を目覚めさせようとしていたのかもしれない。全く起きる気配がなかったが。

「奥多摩や秩父《ちちぶ》で土砂崩れがけ崩れのオンパレードだ。すでに行方不明者も出ている」

碇はスマホを出し、藤沢に電話をかけた。現在、由起子とともに江東区の城東署に詰めて交代警備を務めているはずだった。

「碇だ。そっちの様子はどうだ」

状況をうんうんと聞いた後、碇は注意喚起した。

「秩父のほうで荒川が氾濫している。上流の雨は半日後ぐらいに下流に影響する。お前らの警備地は小名木川周辺だろ」

小名木川は荒川と隅田川の河口付近を繋ぐ水路のような川だ。当然、双方の河川の影響を強く受ける。くれぐれも警備に気を付けるように言い置いて、碇は電話を切った。すぐにどこからか電話がかかってきた。碇は電話に出ず、眉をひそめてディスプレイを睨んでいる。日下部に見せた。

「――公衆電話？」

碇は首を傾げながら、怪訝な顔で通話に出た。

「はい。――ええ。五臨署の碇ですが」

言ったそばから、碇の顔が緊張したのがわかった。日下部を鋭く見上げ、すぐに通話をスピーカーに切り替えた。女が泣きわめきながら「助けてください」と訴える。驚いた日下部に、碇は「峰岸華絵だ」と耳打ちした。

宗谷で盗みを働き、福本の密室殺人に一枚嚙んでいると思われる山崎大輔の女だ。湾岸署はまだ彼女の身柄を確保していないのか。

「華絵さん。どうしたんです。状況を――」

碇は馴《な》れ馴《な》れしく相手を下の名前で呼びかけ、尋ねた。華絵にしゃくりあげながらも、必死に説明した。

「大ちゃんが、拉致られた」

「拉致……？」

「たぶん、湾岸ウォリアーズ。黒木よ……！」

華絵は、上条謙一の暴走族時代の苗字《みょうじ》を使い訴えた。とっさの場面でこの名前を口走る――山崎大輔だけでなく峰岸華絵もまた、湾岸ウォリアーズの一員だったのか。

「どうしよう。怖い。絶対殺されちゃう。私もケータイ取られて。もう小銭が」

電話は切れてしまった。折り返しの電話が鳴る気配がない。

「――どうします」

「行くしかない」

碇は遠藤の肩を強く揺さぶって、まどろむ彼の耳元で怒鳴った。

「おい！　台場公園の警備、頼んだぞ。俺と日下部の分までな！」

遠藤が完全覚醒する前に、碇と日下部は五臨署を飛び出した。


碇も日下部も中途半端な警察制服姿だった。制帽もなく、交番の警察官が常にまとう防刀ベストも着用していない。ただ、帯革だけを腰に巻き付けた。銃器はないが、警棒や懐中電灯、手錠が装備されている。

山崎大輔の現住所であった台東区柳橋に到着するころには、首都圏にも大粒の雨が降り注ぎはじめていた。横殴りの雨がフロントガラスに叩きつける。助手席から車を降りようとした碇だが、暴風がそれを許さず、開けた扉の隙間からひゅうと不気味な風の音がする。

「ひでぇな。何だこりゃ」

先に日下部が車を出た。マンションの屋根付き階段まで三秒でたどり着いたが、バケツの水を浴びたように全身がずぶ濡れだ。遅れて碇もやってくる。こちらも濡れねずみ状態だ。濡れた体を拭く間もなく、二人は階段を駆けあがって四〇一号室のチャイムを押した。扉の枠に注目した碇は、そこについた引っかいたような傷を触る。

「誰か、バールで部屋をこじ開けようとした先客がいたようだ」

扉の下のほうにも無数のへこみと、靴で汚れた跡があった。

扉が開いた。華絵は救われたような、地獄に落ちたような顔で、碇と日下部を中に入れた。

部屋は散らかり放題だった。泥棒が侵入した後のように、棚やタンス、押入れからすべての荷物が出されて、足の踏み場もない。キッチンのシンクには調味料の中身までもがぶちまけられていた。

華絵は震えが収まらない様子で、上がり框《がまち》にぺたりと座り込もうとした。いつかと同じショッキングピンクの部屋着だ。慌てて碇が支える。怖い助けてと抱き付かれた。とにかく肩を叩いて落ち着かせた。

「いちから説明してください。やはり山崎はこの家に戻っていたんですね?」

「ごめんなさい。ごめんなさい――」

華絵は何度もうなずき肯定しながらも、口からは謝罪しか出てこない。

「それで、湾岸ウォリアーズが来たとか」

「暴力団とか闇金の取り立てみたいに扉を壊す勢いだったから、大ちゃんが扉を開けちゃったんです。近所の人に通報されたら、俺が捕まっちゃうからって」

華絵がまくし立てるように話す。むせて咳き込む。喉を苦しそうに鳴らしながら、訴えを続けた。

「二人の男が入ってきて。プロレスラーみたいな」

「その二人は確かに、湾岸ウォリアーズなのか？」

「大ちゃんにこう言ってたんです、どうして俺たちがお迎えにやってきたのかわかってるだろ。黒木さんを脅すなんて百年早いと」

わけがわからなかった。まずは華絵を落ち着かせる。碇は華絵の両肩に手を置き、強い瞳でのぞき込んだ。その沈黙に、華絵はようやく我を取り戻したように深呼吸した。碇は腹の底に響くようなバリトンボイスで、真正面から迫った。

「まずは、君と山崎大輔、それから黒木謙一との関係を教えてくれ。嘘偽りなく、だ」

一瞬黙した華絵に迷いが見えたが、恋人の危機を前に、決意を固めたようだ。深呼吸した後、言った。

「――ずっと二人だけで、やってたんです」

「何を」

船上荒らし、と小さな声で華絵は答えた。どんなに小さな声で答えても、その罪は消えないのに。

「でも、水上警察が復活したし、そろそろ堅気に戻ろうという話になって。結婚して全うな人生を送ろうって。そのためには、表の世界で生きていくスキルが必要でしょ。それで大ちゃんは、湾岸海洋ヒューマンキャリアを頼った。あそこは、前科持ちで表の世界からあぶれた人間に小型船舶免許取らせてくれて、仕事を斡旋《あっせん》する事業をしてるとかで――でもそんなのまっぴら嘘！ 私たちは騙《だま》されたの……！」

事前の面接で犯歴を徹底的に告白させられる。やがてそれをネタに脅され、再び犯罪を強要されるようになるという。

「みんなそうなの。元殺人犯は、黒木と敵対する奴を殺害するように命じられるし、空き巣犯は、黒木と敵対する奴の事務所や自宅に押し入らせて弱みを探らせる。私たちみたいな元窃盗犯は、もっとでかいものを盗んでこいと命令される。あいつらは犯罪の道具や資金をバックアップして、マージンを取っていく。みんな黒木に逆らえない。だって、湾岸海洋ヒューマンキャリアしか、表の道で生きていく術がないんだもの……！」

前科持ちの弱みを見事に握って飼いならし、鵜飼《うか》いのようにその収益をいただく手法のようだ。日下部が、華絵に尋ねた。

「山崎が上条——つまり、黒木を脅していたというのは？」

「足を洗うために必要だった。こっちが黒木の弱みを握れば、足を洗えるでしょ。そんなとき、宗谷にもう一度、盗みに入った」

「なぜ二度も同じ船を狙ったんだ」

日下部が話の腰を折ったが、華絵は素直に答えた。

「移転工事中は防犯カメラが回ってないから。移転工事が終わったらああいう展示船は二度と盗みに入れなくなるし」

そこで山崎は、宗谷船内で言い争う二人の男に出くわしたようだった。華絵は深呼吸した後、いきなり部屋着のジッパーを下ろした。白いブラジャーに覆われた豊かなバストが見えて、碇と日下部は思わずたじろいで、退いた。

華絵は胸の谷間から、指先ほどの大きさのマイクロSDカードを取り出した。

男二人で戸惑いの視線をやり合った後、碇が代表でそれを預かった。どれだけ華絵の胸の谷間で温められていたのか、生ぬるい。最初に華絵と会ったとき、彼女が何度も胸元に手をやっていたのは、そこに隠した秘密を意識するあまり——ということだったのか。

日下部は自身のスマホケースを外すと、マイクロSDカードを碇から受け取り、挿入した。動画が一本、入っていた。華絵がぼそりと説明する。

「私たちは、黒木の弱みを握ったの。でも、取り返されるかもしれないから、たっくさんコピーを作ってあちこちに隠した。全部持っていかれちゃったけど」

「――でも、君の胸元に隠したものだけは残った?」

華絵は大きくうなずき、動画を再生するように言った。

「最初、二人の男は船内を見学するように歩いてた。そのうち、一人がなんでこんなところにわざわざ呼び出すんだとか怒りはじめて。そしたらもう一人の男が黒木の名前を口走った。それで大ちゃんは、スマホのカメラで録画を始めたの。これは、黒木の秘密を握るチャンスだと」

映像の中では男が二人、暗闇に佇んでいた。光源は大型のランタン。それを手に持っているのは福本だった。地下一階の観測隊居住室前の通路だ。

福本はランタンを床に置くと、観測隊居住室を開錠し、扉を開けて言う。

「六月にはこの船内にあった備品も盗まれている。容疑者の男は、宗谷の工事担当者だったそうだよ」

仲井はただ首を傾げた。自分にそれを言われても……と当惑しているようだ。

「そもそもなぜ、宗谷の工事をマリーナコンプレックス工業とかいう見たことも聞いたこともない零細企業が担当しているのか不思議に思ったんだ」

そして福本は入札資料を次々と提示し、仲井に迫った。

「本当に、談合はしていないんだな？　上条に入札額を漏らしたのはあんたじゃないんだな。信じていいんだな……！」

仲井は問い詰められると、ぶるりと身震いし答えた。

「も、もちろんだ。断じて入札額を漏らすようなことはしていない」

「宗谷に誓って言えるか。この神聖な奇跡の船の中で、誓えるか!?」

「ああ――」言って仲井は、脱力するようにため息をついた。

映像を見ていた碇は、この前後で仲井の表情が完全に変貌したことに気が付いた。善人でいたいとその素顔を偽ろうとする表情から、嘘をついたことで、もう完全に自分が外道に落ちたことを受け入れ、覚悟を決めた顔――。

映像の中の福本は、仲井のそんな変化に気が付く様子もなく「よかった」とため息をついた。

「長い仲だから、あんたを牢屋《ろうや》にぶち込むような真似は避けたかった。明日、警視庁捜査二課の聴訴室を訪ねるつもりだ」

「――何だって」

「宗谷の移転工事で談合があったことを、訴える」

「私は漏らしていないと言ってるだろ。談合なんてない」

「別の誰かが漏らしたんだろう。とにかく、警察に捜査してもらう必要がある」

観測隊居住室の扉を閉め、鍵を取り出そうとした福本の肩を、仲井は慌てて掴んだ。

「ちょっと待ってくれ。警察に垂れ込む必要はないだろ。談合は――」

「なかった、ということを証明できるのは警察の捜査だけだ」

福本はランタンを仲井の眼前に突きつけた。

「怯《おび》える必要も、雲隠れする必要もないだろ。あんたは宗谷に誓ったんだ。入札額を決して漏らしてはいないとね」

ランタンの明かりに照らし出された仲井の顔は、もはや崩壊寸前だった。福本は含みを持たせるように沈黙した。やがて涙声で、仲井に訴えた。

「仲井さん――。あんた。犯罪者になる覚悟がないなら、なんで入札額を上条みたいな奴に漏らしたんだ。あいつは警察から目をつけられた半グレなんだぞ！」

沈黙の後、仲井は言った。

「俺は、あんたとは違うんだ」

「ああ。違う。俺は清廉潔白な人間であんたは――」

「何が清廉潔白だ。こんなオンボロ船に人生を注いで妻子を苦しめるクソジジイが」

「何だと！」

「俺は違う。俺は、妻子を守ったんだ！」

二人はもみ合いになった。ランタンが落ちる。激しい息遣いと、絡み合う足だけが映像で確認できた。やがて小さな悲鳴と共に、福本が倒れた。その靴底を、動画が正面から捉えている。

福本を死なせてしまったと勘違いし、慟哭する仲井の動揺が伝わったかのように、撮影を続ける山崎の手も震えたのだろうか。画面が何度もぶれる。

途方に暮れた仲井は最初泣いていたが、やがて何か逡巡して沈黙した。福本が気絶してから五分経たぬうちに、仲井は福本の体を肩に担ぎ上げ、観測隊居住室に入り、下段のベッドに横たわらせた。まるで覚悟の死を装うかのように福本の両手を腹の前で組ませると、扉を閉めた。カメラのほうに向かって走ってきた。

映像はここまでだった。

碇と日下部は揃って視線を合わせた。同時に、華絵を見上げる。この後のことを、暗に華絵に尋ねる。その視線に批判の色が含まれていることに気が付いたようで、華絵は言い訳がましく言った。

「私は、息があるなら救急車を呼ぶべきって言ったんだけど。助かったら脅迫にならないじゃないかって言われて。全部、私たちが結婚するためだからって――」

華絵はしゃくりあげ泣き出した。山崎もまた、息がある福本を救護するどころか、熱中症で死ぬことを見越して、船室の鍵を閉めて現場を離れた――。

碇と日下部は互いにうなずき、華絵に言った。

「とにかく華絵さんは担当の湾岸署に保護させます。我々は山崎を探します」

碇がスマホで和田を呼び出そうとした矢先、華絵は言った。

「〝仲井も今日やる〟って」

暴れる山崎を白いバンに拉致した悪党二人は、〝山崎も仲井も今日始末する〟と明言したという。

世田谷《せたがや》区の千歳烏山《ちとせからすやま》、甲州街道のすぐ脇にぽつりと建つタワーマンション中階に、仲井の自宅があった。

二十三区西部の世田谷区から多摩東部にかけては、東京湾沖の台風本体よりも奥多摩や秩父で猛烈な雨を降らせている前線の影響を受けているようだった。バケツをひつくり返したような雨が降ったりやんだりを繰り返す。日下部は一人、面パトを走らせやってきた。上を走る中央道は台風接近に伴い閉鎖されており、一般道はもどかしいほどに渋滞していた。

碇は、柳橋界隈の防犯カメラ映像をかき集め、湾岸ウォリアーズの下っ端が山崎を拉致していったというバンの特定を急いでいた。

湾岸署は山崎や華絵はおろか、肝心の仲井の身柄すら確保できていなかった。それもこれも、令状請求に添付する捜査資料の作成に手間取ったせいだ。彼らが直接、関係者と会って話を聞いたわけではないから仕方のないことだ。やっと午前中に令状請求書類を揃えたはいいが、今度は地裁で足止めを喰らったらしい。今朝からの悪天候で都心の交通網は麻痺《まひ》状態にあり、令状部に出勤できた裁判官はたった二人。とても今日中に逮捕状が発行される状況にないということだった。

日下部は仲井の自宅へ急ぐ。身柄を保護することが最優先であり、うまく自白など引き出せたら緊急逮捕できる。エレベーターに乗っていると、スマホが鳴った。遠藤だ。無視した。恐らく、置いてけぼりで警備を押し付けられた文句だろう。続いて、課長の高橋からも連絡があった。これは出ないわけにはいかなかった。早速、高橋の叱責が飛ぶ。

「どこにいるんだ！　碇は全く電話に出ないし、遠藤から電話がいってるだろ」

「すいません、気が付かなくて」

応えながら、エレベーターを出た。

「お台場海浜公園の警備はどうなってる」

「上条が動き出したんです。詳細は碇さんに。すいません……！」

その碇と連絡がつかない――と高橋がごねる声が聞こえたが、通話を切った。

仲井宅のインターホンを連打する。戸惑いながら扉を開けた仲井の妻・法子《のりこ》は、日下部の姿を見て更に困惑顔になった。全身ずぶ濡れで、警察官のようなそうでないような中途半端な恰好をしている。日下部は警察手帳を示したのち「ご主人からお話を伺いたいのですが」と切り出した。

「主人は仕事に出ております」

都庁には確認済みで、体調不良で二、三日休むと連絡があったと聞いたばかりだ。

「本当ですか」

法子は大きく呼吸をしたのち、吐き出すように「はい……」と答えた。警察官に嘘をつくのが辛そうで、見ていて気の毒になるほどだった。

「奥さん、正直にお願いします。ご主人の命に関わる問題です」

法子は大きな目を剝いて、日下部を見上げた。

「とにかく上がらせてください」

日下部は強引に扉を開けて、玄関の中に滑り込んだ。「ちょっと、いったいどういうつもりで」と法子が背後から咎めるのも聞かず、勝手にすべての部屋の扉を開けて仲井の姿を探し、廊下を突き進む。

「主人は本当に、ここにはいないんです」

リビングの扉を開け放った。中学生くらいの息子が二人、テレビゲームをしていた。今日は台風の影響で休校になっているのだろう。なんで警察がという顔をして、慌てて兄と思しきほうがゲームの電源を落とした。プレイ中だった弟のほうが激怒して「何すんだよもう！」と文句を垂れる。

どこにでもある、平凡だが幸福な家庭の日常。湾岸ウォリアーズがやってきて、仲井を拉致していったとは思えなかった。

ダイニングテーブルでは、裁縫道具が広げられていた。ワイシャツの第二ボタンに針が突き刺さったままだ。福本ともみ合った末、ちぎれたボタンが船内の通路から発見されていることをふと思い出した。

その横には家計簿と、クレジットカード支払い督促状の束があった。法子が慌ててそれを隠す。

「奥さん、ご主人は朝から職場へ出勤していません」

法子は気まずそうに目を逸らした。中学生の兄弟が、不思議そうに警官崩れの恰好をした日下部と母親を見比べている。日下部は法子を廊下に促し、訴えた。

「教えてください。仲井さんは今日、どちらに行くと？」

法子はぎゅっと口をつむぎ、言うまいという顔をしている。

「奥さん！　ご主人は大変なトラブルに巻き込まれています。どうか教えてください。警察が介入しなければ、ご主人の身が危ない」

法子が口を開けた途端、言葉があふれ出た。

「江東区扇橋《おうぎばし》のマスダビルです」

今度は眼窩から涙が零れ出た。

「――万が一連絡がつかなくなったら、そのビルを探すように言われました。でも、この天気でとても行ける状況では」

「つまり。もう連絡がつかなくなっているんですか」

法子は絞り出すように、すがるように言った。

「朝出たきり、携帯電話も電源が切れたままで……」

「あんた頭おかしいんじゃないのか。暴風域に入った直後に持ち場を離れるなんて処分モンだろそれ」

東京湾岸警察署。その廊下を並行して歩くどころか先を行こうとする碇に、和田は言った。

「命を狙われているのが二人いる。なんとか湾岸ウォリアーズを食い止めなくてはならないし、壊滅のチャンスなんだ」

碇はずぶ濡れの全身に構うことなく、和田を壁際に押しやって迫った。

「五臨署には鑑識がない。頼むから防犯カメラの解析に協力してくれ……！」

いつもは横に流している碇の髪が額に垂れ、雨の滴がぽたりと落ちる。和田は碇の肩を突き「お、男の俺に壁ドンすんな」と照れたような顔をした。仕方ねぇなと碇を引き連れ、鑑識係の部屋の扉を開ける。

外の暴風雨を気にしながらも、鑑識係は淡々と職務を行っている。混み合っていた。帳場が正式に立ち、本部鑑識課が出張ってきているのだ。びしょ濡れの碇の登場に、鑑識のつなぎに身を包んだ面々が目を丸くする。和田が言った。

「防犯カメラ映像を解析したい。何人か手伝ってくれ。例の談合の件だ」

碇は懐からコンビニのビニール袋に包んだＤＶＤ－ＲやＵＳＢメモリを次々とテーブルに出し、言った。

「山崎大輔は自宅で拉致された。とりあえず近隣のコンビニや個人商店、マンションの防犯カメラ映像を集めてきた。この近辺にあと何台防犯カメラを設置してる？」

本部鑑識課員がパソコンデスクに座り、専用ソフトを立ち上げてパスワード入力した。首都圏の地図が表示される。警視庁が設置する防犯カメラやオービス、Ｎシステムの位置が一発で確認できる代物だ。

「この近辺ですと、柳橋両岸とそれから、柳橋篠塚《しのづか》通り並びに柳橋大川端通りにそれぞれ二台、隅田川河川敷に二台ですね」

「それ全部、解析してくれ。白いバンで山崎が拉致られている」

「ナンバーは？」

「わからない。午前十時から十一時の間に絞ってなんとかあぶりだしてくれ」

碇のスマホがバイブした。日下部だ。電話に出る。

「まずいです、仲井もすでに拉致られている可能性が高いです。妻に、もし連絡がつかなかったら江東区扇橋にあるマスダビルを探してくれと伝言を残しています」

「探してくれ？　そこにいる、ではなく、探してくれ……。妙な伝言だな」

「早朝に誰かからスマホに電話がかかってきて、その人物に場所を指示されたようだと言っていました」

「仲井の番号を教えてくれ」

日下部が口にする数字をそのまま復唱しながら、碇はメモを取るように和田へ目配せしようとした。和田はいつの間にかいなくなっていた。碇は舌打ちし、ちょうど通り過ぎようとした鑑識係を捕まえる。

「〇九〇‐四九〇三‐××××。大至急、発着信履歴を調べてくれ。今日一日分で構わない」

「れ、令状は？」

「そんなものないが、携帯電話会社とは阿吽《あうん》の呼吸だろ、うまくやってくれ」

鑑識係はすぐに関係部署に連絡を入れた。日下部は電話口で「とにかく自分は扇橋のマスダビルへ向かいます」と言って電話を切った。

和田がふらりと戻ってきた。「どこ行ってたんだよ」と咎める。

「そんなに俺が恋しいか」

言いながら和田は、碇にバスタオルを突き出した。道場にある備品のようで湾岸署とマジック書きしてある。感謝する暇もなく、またスマホがバイブした。課長の高橋である。激怒されるのを承知で電話に出た。

「おい碇！　何だよやっと繫がった」

「すいません、豪雨の中を奔走しておりまして。いま湾岸署です」

そう言っておけば、これから湾岸署管轄のお台場海浜公園へ警備に出ると思ってくれるはずだ。

「警備なんていいから、大三急五臨署へ戻ってこい」

「――どういうことです」

「海保の無線局が不審船情報をキャッチした。うちの望楼にも報告が上がっている」

「不審船――」

「日下部からも聞いている。山崎や仲井がWに拉致られた可能性が高いんだろ。とっとと報告しろよ、台場の警備はなんとか別で手配する」

「すいません。不審船情報の詳細を」

「それが、情報を流したのがサウジ船籍の原油タンカーでな。ＮＢＤＰ装置とかいうアルファベットと数字の羅列で緊急通信してきて、俺にはさっぱり」

「海技なら読めるでしょう。なんて言ってるんです」

「羽田沖に避難している浚渫船のクレーンが人を吊って殺そうとしているとかいう奇

妙な内容だそうだ」

W――湾岸ウォリアーズの船だと、碇は直感した。

「海保に確認したが、どうも情報があいまいだ。件《くだん》の通信をしたサウジの通信士と無線で詳細を聞き出したそうなんだが、いかんせん訛《なま》りの強い英語とこの荒天で通信状態が悪く、内容がはっきりしないと」

海保はそこで、東京湾北部を航行している船舶に対して、ナブテックスという海難事故情報を流す専用送信機で広く情報を拡散し、詳細を募ったらしい。しかし、ほかの船舶からめぼしい情報は上がらなかった。碇は天を仰いだ。

「すべての船にそんな情報を垂れ流したら、不審船は雲隠れするに決まってますよ」

「そうなんだが――というわけで、海保はこの件をクローズするそうなんだ。だが、諦めないのが一人いる。うちで対応すべきだと役職者を説得して回っている〝男気ある〟海技だ」

「――有馬ですか」

「ああ。NBDPの解析も海保への通信も全部、休憩返上で一人でやってる」

碇は電話を切り、立ち上がった。和田がすかさず声を掛けた。

「おい、どこ行く」

「五臨署に戻る」

「ええっ。何だよこれから協力していこうってときに――」

とっくに鑑識係の扉を開け放って廊下をずんずん進む碇に、和田は慌ててついていく。碇が事情を説明したが、和田は首を傾げる。

「そもそもその奇妙な浚渫船がWの船だとどうして断言できる」

「断言してはいない。ただ理に適《かな》っているし、これまでの経緯を見ても仁井や山崎が船に拉致られた可能性がある」

「どうしてそんな結論になる。防犯カメラ映像はまだ山崎を拉致った白のバンすら特定していないんだぞ」

「そもそも、台風が直撃する悪天候の日にわざわざ拉致や殺人を企てるのはおかしい」

「そうか？　足跡なんか雨が流してくれるし、目撃者は少ないぞ」

「ただの雨の日ならそうだが、台風が上陸する日だぞ。浸水や暴風で各幹線道路は閉鎖、鉄道もストップしはじめている。逃走経路を確保できない可能性が高い」

確かに、と和田は神妙にうなずいた。

「こんな日に犯罪を企てる人間は極めて少ない。ましてや湾岸ウォリアーズは犯罪のプロ集団だ。奴らが、台風が東京湾に直撃する今日をわざわざ犯行日に選んだことに、意味があったんだ！」

陸から遠く離れた沖。人目が全くない大海原のど真ん中で、問題を起こした仲間を堂々と粛清する。それはほかの仲間たちへの見せしめでもある。

「だが、船があれば沖へいつでも出れるだろ」

「会社所有の浚渫船だぞ。何の用もない、工事申請もしていないのに沖へ出て錨泊していたら不自然じゃないか」

「──そうか。だが台風接近時なら」

「ああ。沖へ避難と称していくらでも錨泊してられる」

「なんてこった。悪党の粛清なんて、秘密の地下室とか廃工場とか倉庫とかのイメージだが」

「あいつらの舞台は常に東京湾だ。犯罪も粛清も全部、海上でやる」

午後二時。分厚い雲に覆われた品川埠頭は太陽の光が全く差さず、室内の蛍光灯の明かりだけが頼りで夜のようだった。叩きつける雨と風が、五港臨時署本館四階に設置された台風七号海上災害警備対策本部の窓をガタガタと揺らす。

ここは大混乱だった。

各方面から次々と届くファックスが宙を舞い、床に落ちている。それを一般職員が踏みつぶして行きかう。誰かが時々書類をかき集めて関係各所に配る。その足がまた次に排出されたファックス用紙を踏みつぶす。三十台設置された電話はどれも鳴りっぱなしで、取る人はいなかった。

礼子はひな壇の前に立ち、何度もデスクを叩いて署長の玉虫に直訴していた。この狸《たぬき》オヤジは飄々とした顔つきのままでどれだけ熱意をぶつけても柳に風だった。勢い余って首を絞めてしまいそうで、何度も隣に立つ磯部係長に肩を掴まれた。

「そうは言っても、件の浚渫船が湾岸ウォリアーズのもんだとは、この通報内容じゃはっきりしないじゃないか」

玉虫署長はひな壇に座っている暇がないという様子で立ったままだ。次々と職員がやってきて玉虫に報告事項を耳打ちする。玉虫はそのたびに礼子のとの会話を中断して指示を飛ばした。議論が全く前に進まない。

「けれど特徴が、W船籍の浚渫船、竜水丸と酷似しています。緑のデッキ、グラブ式で赤白のクレーン、三本のスパッドと三階建てのキャビン、フェンダー代わりに無数のタイヤを両舷にぶら下げているのだって——」

磯部が「そういう浚渫船は腐るほどあるだろ」と迷惑そうに言う。

礼子とともに警備艇だいばの操船担当になっている磯部と君原は、午前中に東京ゲートブリッジ近海での巡回警備を終えて警備艇あおみと交代し、休憩中だった。次の出航は午後四時で、まだ仮眠室で寝ていたい二人は礼子に叩き起こされ大迷惑を被《こうむ》ったと思っているだろう。

礼子は大沢との会話が余韻を引いたせいか、仮眠室で一睡もできずにいた。寝返りを打つのも厳しいほど硬く狭いベッドの上で、磯部のうるさい鼾《いびき》にさらされているくらいなら、人の少ない望楼の無線室のほうがまだましだった。ベンチを借りてそこでうたた寝をしていた。

各警備艇との無線交信を常時行っている通信士が、ナブテックスが受信した海保からの不審船情報をキャッチしたのは、午後一時のことだった。

玉虫が、次々差し出される書類に流れ作業のように捺印《なついん》していく。礼子を見ようともせずに言う。

「とにかく、海保が手を引いた案件に我々が関知する余裕はない。君たち警備艇だいばは次の警備に向けて準備を――」

会議室東方から、耳をつんざく破壊音がした。庭のケヤキが突風で折れ、窓を突き破ったのだ。風が吹き込んで書類を巻き上げていく。それを、叩きつけるような雨が濡らす。書類は弾丸で撃ち落とされたように落下していく。

葉を大量につけたケヤキの大木が顔をのぞかせ、パソコンや電話が並ぶデスクの上に垂れる。ケヤキの木の下から、濡れた葉っぱを揺らし二人の職員が次々と這《は》い出してきた。対策本部はパニック状態になった。茫然自失の玉虫の腕を、礼子は乱暴に掴んで迫った。

「署長！　この嵐のさなか、クレーンで人を吊るような暴挙に出る船を、放置していいんですか!?」

「いまはその話どころじゃない。見ろ。庭のケヤキが折れたんだぞ！」

「木の一本や二本折れます。台風七号の最大瞬間風速は四十メートルです」

割れた窓ガラスから突風が吹きつけ、雨が叩きつける。署員が会議室の東側にあったパソコンや電話を慌ててひな壇方面へ移動させていた。

「とにかくいまは壊れた窓が優先だ！　この対策本部が潰れたらもともこもない」

「署長！　Ｗに大沢さんが関与しているのに、黙って見てるんですか！」

玉虫は初めてまともに、礼子を見据えた。

「大沢さんが犯罪に走るのを、黙って見ているんですか。署長は大沢さんの一番弟子だったじゃないですか。それを署長も大沢さんも互いに誇りに思って、この東京湾を守ってきた。大沢さんが壊れていくのをただ黙って見ているんですか。何のために水上警察を復活させたんですか!!」

　玉虫は立ち止まり、黙り込んだ。その沈黙が、礼子の瞳一杯にたまった涙を目尻から零してしまいそうだった。誰よりも大沢の現状を嘆いているのは、玉虫なのだ。翻意を願う礼子だが、磯部が「これだから女は――」と割って入る。

「有馬、態度をコロコロと変えるな。昨晩は刑事課を蹴散らしたのに、今日はその味方をして船を出せというのか」

「私が間違えてました。でも、碇さんも間違えていた」

「は？」

「いまは刑事と海技がもめている場合じゃない！」

礼子が言おうとした言葉を、叫んだ男がいた。声の主を全員が一斉に振り返った。

碇だ。

　また会議室を突風が吹き荒れた。大量の書類が桜吹雪のように舞う。碇は花道を進む役者のようだった。全身ずぶ濡れで、制服がぺたりと素肌に張り付いていた。体の輪郭が鮮明に浮かび上がっている。スーツ姿のときよりももっと体が大きく見え、迫力があった。

碇の瞳が礼子を捉えた。礼子は強い瞳で碇にうなずいてみせた。背後には高橋と、舟艇課長もやってきていた。高橋は碇や礼子の味方という顔をしているが、舟艇課長は違った。「おいどうなってんだ」と磯部と君原の間に割り込み、玉虫の顔色を窺っている。

碇は誰がその場にいようと、実に淡々と、玉虫に訴えた。

「午前中、Wは福本殺害の証拠を握る山崎と仲井を拉致していったようで、両人とも現在行方不明。恐らくその浚渫船のクレーンにぶら下がっていたのは山崎か仲井だ。奴らはいま、海で仲間の粛清を行っている」

「そんな証拠が、どこに――」

割って入った舟艇課長に激怒した様子で、碇は怒鳴った。

「いま止めないと、福本殺害犯と生き証人が、嵐の海に消えてしまう！」

「だがいまは非常事態で――」

「Wはとうとう政財界に食い込んでますますその勢力を伸ばしていくことになる。堅気だった大沢や仲井が巻き込まれただけでは済まないほど、有力者にWの関係者が増えていく。政治家と癒着しはじめたらおしまいだ。いま、奴らの息を止める。それが、俺たち水上署員の使命だ、台風を言い訳にするな!!」

職務だけでなく、倒れ込んできたケヤキや割れた窓の対応に追われ大わらわになっていた会議室が、碇の一喝でしいんと静まり返った。

「全く――」

玉虫は強く目を閉じて後頭部を激しく掻《か》いた。掻きながら指示を飛ばす。

「警備艇だいばを羽田沖に出し、件の浚渫船の捜索を命じる。だいばと交代予定だったあおみはそのままゲートブリッジ近海で警備させる」

舟艇課長が「そんな!」と絶句した。磯部と君原も前に出た。

「ちょっと待ってください、自分は御免ですよ」

「そうですよ、Wの捜索なんて。沖は波高六メートル超しているんですよ。捜索どころか操船もままならない状態なのに」

「私は行きます」

礼子は正々堂々と前に出て、男二人を牽制するように言い放った。

「俺も行く」

碇が表情一つ変えずに言い、玉虫に付け足した。

「だいばは十二メートル艇だ。二人いれば十分でしょう」

玉虫がうなずくのも待たず、碇は踵《きびす》を返していこうとした。礼子も続く。「待て！」と玉虫が腰を浮かせた。

「いま、庶務に装備品を出させる。防弾チョッキと銃器を携帯していけ」

碇と礼子は思わず視線を絡ませた後、署長を見返した。

「お前たち、四月の観閲式で何度Wから発砲を受けたと思っている」

碇は一つ強くうなずき、礼子を促して出ていこうとしたが、今度は舟艇課長が抗議の声を上げた。

「そんな、弾丸が飛び交うかもしれない現場に大事な警備艇を出せません！　ふじが横転した日のことを思い出してください。修繕でどれほど予算がかかったか」

「いまは予算のことなんか――」

高橋が遮ったが、舟艇課長は負けない。

「だいたい、だいばと交代するはずだった警備艇あおみの六名の船員は、朝からずっとゲートブリッジ近海に出てるんですよ。この先、だいばの警備時間まで全部カバーするとなると、二十四時間近く荒れ狂う海に出したままになってしまいます。船員の健康問題に関わります……！」

玉虫は珍しく威厳を備えた顔で、やり返した。

「健康問題がどうした。碇と有馬は命がけで沖へ出るんだぞ」

午後五時半。

突風で、日下部の頭を覆っていた合羽のフードが後ろへ飛んだ。顔と髪に容赦なく雨が叩きつける。とめどなく頭皮から額に雨水が垂れ、眉毛やまつげを簡単に越えて目の中に水が入った。慌ててフードをかぶり直した。紐を顎の下できつく縛る。

日下部は警備艇わかちどりに乗り込み、濁流の隅田川を上っていた。通常なら夕刻のこの時間もまだ夕陽が地平線にあって明るいが、今日はもう夜のようだった。

日下部が世田谷区の千歳烏山を出て、江東区扇橋のマスダビルへ向かったのは、午後二時前のことだった。途中、中央道閉鎖による一般道の渋滞で二時間足止めを喰らった。車内に閉じ込められている間に、地下道への浸水で次々と地下鉄が閉鎖されていく情報がラジオから届いた。扇橋の最寄り駅である住吉《すみよし》駅は、都営地下鉄新宿線と東京メトロ半蔵門線からのアクセスが可能だが、特に浸水が激しい江東区内の駅は午後一時の時点で止水板が破壊され、全出入り口を防水扉で遮断し封鎖するに至った。

首都圏でなんとか運転を続行していたのはＪＲ山手線《やまのてせん》だけだった。日下部は甲州街道の初台付近で面パトを乗り捨て、走って新宿駅に入ると、山手線で新橋駅へ到着。

藤沢に連絡をつけて、浜離宮公園近くの運河で警備艇わかちどりに拾ってもらい、一路、扇橋へ向かっていた。千歳烏山から足掛け四時間かかっており、もはや首都圏の交通網は完全麻痺状態だった。

満潮と豪雨の影響で水位があがった隅田川は、川底の泥を攪拌《かくはん》して茶色く濁り、荒れ狂っていた。両岸をスーパー堤防で囲まれ、テラス整備されているため氾濫の危険はなさそうだが、いつもはのんびりと散歩する人がひと息つくベンチは水没、岸壁に括り付けられている救命浮環は濁流に弄ばれている。

永代橋近くのオフィスビルでは、地元消防団がリレーでビルの入り口に土嚢《どのう》を積んでいるのが見えた。暴風で壊れた傘や脱げた長靴、店の看板などが次々と流れてくるが、合間に流木も多数見受けられた。荒川上流から流れ着いたものだろう。

船は河口から六つ目の清洲橋《きよすばし》をギリギリくぐる。水位がこれまでになく上がっているため、長身の日下部がデッキに立っていると首がもがれるほど橋桁が迫っていた。

海技職員が舵を右に切り、小名木川に入ろうとして、絶句した。慌てて停船する。

デッキの船尾部に立って前を見た藤沢もまた、言葉を失う。

「嘘だろ。三十分前と景色が違う――」

小名木川は危険水域をとっくに上回り、氾濫していた。目の前の萬年橋《まんねんばし》は水に洗われ、アーチ形の緑の欄干が水面から突き出て警備艇の通行を妨げる。萬年橋の先にある水門は一部工事中で閉ざされているが、水位はとっくに水門を越していて、水門としての機能をなしていなかった。警備艇わかちどりは隅田川と小名木川双方の濁流の渦に巻き込まれ、船首が勝手に回転しはじめる。海技職員は必死にエンジンをふかして舵を取り、なんとか停船を保とうとしつつ、日下部に怒鳴った。

「無理です、小名木川には入れません！」

圧迫感を与えるほどの豪雨が、まるで地鳴りのようにゴーッと響き渡っている。怒鳴っても声が聞き取りづらい。陸地では城東署員が誘導棒を振って住民に避難を促している。日下部は叫んだ。

「ここから徒歩でいきます。橋の欄干に一旦係留できますか！」

海技職員は「ロープお願いします！」と叫び、橋の欄干に船をつけた。流れのせいか、欄干に激突するような形になり、フェンダーのゴムが欄干をぎゅうとこする音がした。船が大きく揺れた。藤沢が必死にハンドレールにつかまっている。日下部はデッキから腕を伸ばして萬年橋の欄干を掴むと、手が空いている藤沢に怒鳴った。

「ロープ持ってきてください！」

藤沢はへっぴり腰で係留ロープを日下部に投げた。暴風のせいか、藤沢の足元に落ちただけだった。

「何やってんすかもう！」

日下部は欄干を摑んだまま、足を踏ん張って手を伸ばし、なんとかロープの一端を摑みあげると、手早くもやい結びで結索した。

北側の橋のたもとから、城東署員が大きく手を振って、呼びかけた。

「けが人がいます、子どもです。病院へ搬送願います！」

その背中に、小学生くらいの男の子を背負っていた。母親がくるぶしまで水にひたりながら、二人に傘をさしてやろうとしているが、突風が吹いて傘が宙を舞った。

それが、欄干をよじ登った日下部の頭部を直撃しそうになった。日下部は慌てて身を屈めた。傘は南岸のビル一階の窓ガラスを突き破った。藤沢が、船から叫ぶ。

「日下部！　俺は救助に入る、一人で大丈夫か！」

うなずくだけにとどめ、日下部は水の中をズボズボと歩きはじめた。昼に五臨署を出たときのままの恰好で、革靴だった。災害警備中は制服に合羽、半長靴姿だが、急いで出たために編み上げの半長靴を履く手間も惜しく、革靴のまま出てしまった。

警備艇にあった予備の合羽を借りることができたが、半長靴の予備はなかった。流れに何度も革靴を持っていかれそうになりながら、一度清洲橋通りまで出た。小名木川護岸はかさ上げされている関係で、清洲橋通りへは急な下り坂になっている。水があふれてしまえばこのかさ上げは無意味で、下り坂下にあたる清洲橋通りの浸水を助長していた。川のそばよりもずっと浸水深があり、膝上近くまであった。

これは余計に歩きにくいと、日下部は小名木川と清洲橋通りの間を細く抜ける路地裏へ引き返し、ひたすら東へ走り続けた。三ツ目通りの手前に差しかかったところで、日下部はぎょっとした。小名木川に不法係留されていたと思われるボロボロの船が、道路の真ん中でひっくり返り、小名木川からあふれる水に洗われている。ほかにも、係留装置やブイなどがあたりに散乱していた。城東署員が規制線を張り、避難を急ぐ人々を誘導しているが、その足元も危うい。

四ツ目通り沿いにある扇橋二丁目のマスダビルにようやく到着した。小名木川のすぐ目の前で、築二十年ほどの五階建てだ。出入り口はシャッターが閉まっていた。狭い路地を抜けて裏手に回ったが、裏口も施錠されている。このビルだけ出入り口に土嚢が積まれていなかった。何かがおかしい――。

日下部は外付けされた非常階段の手すりをよじ登って忍び込み、屋上を目指した。屋上への閉ざされた鉄柵を越え、降り立つ。排水が間に合わないようで、屋上は地上のように脹脛《ふくらはぎ》近くまで水深があった。建物内部に入る扉を見つけたが、やはり施錠されている。だが、そのすぐ脇に窓があった。日下部は迷わずガラスに肘鉄を喰らわせて叩き割った。鍵を外して窓を開け、ようやくビルの中に侵入する。

真っ暗だった。スイッチがどこにあるのかわからないまま、リノリウムの階段を下りていく。革靴がぶしゅうと鳴って、足先から水が流れる。合羽を脱ぎ捨てても、階段を下りるたびに全身から水滴が落ちて、日下部が歩いた痕跡を残す。

五階から一階まですべての階を確認したが、どこも施錠されていてフロアに入る術がなく、人の気配も皆無だった。

一階出入り口から激しい水の音がする。ようやくスイッチを見つけて明かりをつけた。シャッターの隙間を縫い、水があふれはじめていた。地下へ流れていく。

日下部は仲井の名を呼びながら、地下一階へ降りた。倉庫になっているらしく、やはり中には入れない。気が付くと水がくるぶしまで来ていた。一階を見上げる。一階出入り口から噴水のように水が噴き出していた。水の量が明らかに増えている。

「誰かいませんか！　いたら返事をしろ!!」

地下二階へ降りた。もう一階の明かりは届かず、暗闇が広がっている。階段は水の流れが早く滝のようになっていて滑る。日下部は手すりにつかまって明かりを探そうとして、はっとした。

『警備員室』と書かれた扉の隙間から、明かりが漏れていた。よりによって小名木川が氾濫しているときに、何を好き好んで地下二階にいるのか。日下部は階段の最後の三段を飛び降りた。水が盛大にはねて顎を打った。扉を叩く。

「開けてください！」

ギイイと、いすが鳴る音がした。ドアノブをひねる。開いていた。しかし、地下二階はすでに脹脛まで水浸しになっていた。水圧で扉が開かない。まるで一トン、二トンにも感じる鉄の扉を、全体重をかけて引っ張る。隙間が五センチほど空いて、いすに一人ぽつりと座ってこちらを見ている男の姿が見えた。仲井だ。Wの関係者の姿はないが、ロープで拘束されているようだった。

「仲井幸人！」

言った途端に水で手が滑り、扉が閉まった。日下部は水浸しの床に尻もちをついた。悪態をつく間もなく立ち上がり、日下部は周囲を見回した。廊下の隅にあった掃除用具入れのロッカーが水に浮いていた。日下部はそれを引っ張ってきて、扉のすぐそばの壁に立てかけると、もう一度ドアノブをひねった。

「早くここから出るんだ！」

涙声の返事があった。

「あんた誰だ――誰だか知らないが、早く逃げろ」

「逃げない。奥さんに頼まれて、ここまで助けに来た」

「俺はもう無理だ、逃げられない」

号泣する声が聞こえた。

「家族に伝えてくれ。元気でやっていけと。法子と修也《しゅうや》と琢也《たくや》に――」

あとはもう何を呼びかけても、嗚咽《おえつ》しか聞こえなかった。日下部は重心を下に落としてドアノブを引っ張った。重い。壁を支点に左足裏を突っ張って重心を落とす。十センチほど開いた。そこに日下部は細い右肩を突っ込ませた。途端に水圧で押された扉に潰される。肩が壊れそうだった。必死に堪えながら、扉の横に立てかけたロッカーに左腕を伸ばし、抱き寄せるようにして倒した。

扉の隙間にロッカーが入ってようやく、日下部は扉の圧迫から解放されて室内に転がり込んだ。両手を床について立ち上がる。室内が閉ざされていたおかげで水の深さは二〜三センチだった。しかし扉を開けたいま、倒れたロッカーの上から次々に水が押し寄せてくる。みるみるうちに水位が上がる。

仲井は、警備室のチェアにロープで拘束されていた。顔に殴られたような跡はないが、涙も鼻水も拭くことができず、垂れ流しになっていた。

「あんたは、いったい……」

日下部は警察手帳を取り出し、示した。

「五港臨時署の日下部です。仲井幸人――」

「罪は認めるよ。俺が福本さんを殺したんだ。だからあんたは早く逃げろ」

「誰があなたをこんなところに」

言いながら日下部はチェアの後ろに回り、拘束を解いた。切るまでもなく、簡単にほどけた。どうして仲井は逃げようとしなかったのか。

「こんなことするのは、上条しかいない」

仲井はどうでもよさそうに言った。

「――談合に関わったのが運の尽きですね。罪を認めるということであれば、手錠を掛けますよ」

この状況で両手を拘束してしまうことに若干の迷いはあったが、自殺願望が見え隠れしているから、その予防の意味もあった。日下部はうなだれたままの仲井の両手に手錠を掛けた。

「さあ、立って。ここが水浸しになる前に行きましょう」

仲井は涙を流し、首を横に振った。

「ほら、急いで！」

日下部は仲井の左腕に自分の右腕を巻き付けて、強引に立たせた。意思を持たない人間は重い。しかも体がくらげのようにぐにゃりと曲がって、仲井はそのまま前に倒れた。日下部も引っ張られるようにしてよろめいて、床に膝をつく。

「ちょっと！　ふざけてないで、歩いてください！」

床に手をついて立ち上がろうとして、はっとした。二の腕まで水深があり、水面が目の前だった。気が付けば泥水になっていて、床の色が判別できないほどだ。仲井の腕を取ったが、濁流に立ち往生する獣のように四つん這いになったまま、てこでも動かない。

「歩けないんだ。足首を折られた」

日下部はすぐに返事ができなかった。

「――な、なんで」

「上条謙一にやられたんだよ……！」

仲井は辛そうにうめいたのち、泣きながら言った。

「もう、両足の感覚がない」

日下部は仲井の足を見ようとしたが、膝下は泥水の下で何も見えない。

「恐ろしい男だ……俺の目の前で、笑いながら、俺の足を摑んで引き倒すと、足首をぼきんと折ったんだよ、左、右と両足とも……！」

上条ならやりかねない——。

日下部は湾岸署時代に遭遇したドラム缶詰めの凄惨な死体を思い出した。上条謙一こと黒木謙一。堅気になってもあの残酷さは変わらない。むしろ狡猾《こうかつ》さが増した分、ひどくなっている。意識のある人間の足を折り、台風の上陸で水没する街の地下に閉じ込めておく——。台風による被害者と警察に誤認させるためなのだろう。

「俺が抱えます。痛くてもなんとか歩いてください」

日下部は胸ポケットに手を入れ、手錠の鍵を出した。手が滑り、鍵が室内で渦を巻く水中に没した。嘘だろと思わず呟いて、日下部は必死に手探りで泥水を浚《さら》った。室内にあった備品が手にあたるばかりで、鍵はない。水位がみるみる上がり、しゃがんで探していると顎や耳に水があたるほどになった。思い切って息を止めて潜った。目を開けたが泥で視界はゼロ。鍵を探すのは無理だ。

日下部は、手錠を掛けてしまったことを強く後悔しながら激しく咳き込む。

仲井は喘ぐようにデスクの端につかまり、ただ死ぬのを待っている。

「背負います」

日下部は問答無用で仲井の胸に頭を突っ込んだ。手錠で繫がった両腕の間に顔を出し、仲井を背負う。成人男性はずしりと重たく、腰がよろけた。

日下部は身長百八十五センチだが、体重六十五キロともやし体型だ。碇に「とにかく食べて体重増やせ」と言われる前までは、六十二キロしかなかった。一度、柔道場でトレーニングのため、碇を背負って走ったことがある。堅く引き締まった体を背中に感じたが、仲井はぶよっとしていてスライムが背中に張り付いているようだ。余計に負荷を感じる。

日下部は水流で足を取られそうになるのを、重心を低くして堪えながら、一歩、二歩と前へ進んだ。ひと悶着《もんちゃく》しているうちに、水は膝までに達していた。ふと後ろの水面を見る。だらりと伸びた仲井の足の先が水流に洗われているが、可動域外にねじ曲がっているのが見えた。目にするだけで自分の足が痛む気がする。

「一旦手を放します、しっかりつかまっててください」

日下部は仲井を支えていた腕を放してドアとドア枠を摑んだ。仲井が腕に力を込める。日下部の首がぎゅっと締まった。呼吸が苦しくなったが耐え、横倒しのロッカーの上に足を掛けた。たかだか三十センチの段差に乗るだけで腰が砕けそうだった。泥水に沈むロッカーの上に乗った途端、男二人の体重に耐えかねてロッカー扉がぐにゃりと曲がり足が落ちた。日下部はバランスを崩し、仲井を背負ったまま前に倒れた。

仲井の体重で体の前面が泥水に浸《つ》かる。もがいたが起き上がれない。仲井もパニックになって暴れていて、両手を上に挙げようとする。日下部の首が手錠のチェーンで締まった。窒息する。パニックになりながらも膝をつき、腕を突っ張った。仲井を胴体で持ち上げる形で、なんとか濁流の水面に出た。

「ちょっと、首絞めないでくださいよ！」

仲井はゼイゼイ息をして、もう言葉もなく、ぎゅっと日下部の体にしがみついた。二人揃って泥水にひたり、ますます全身が重たくなっていた。日下部はわーっと気合の声を上げながら、壁やドア枠につかまってなんとか立ち上がった。よたよたと一歩二歩前に進み、階段の壁に激突するように手をついた。

こんな壮絶な現場は初めてだった。この三ヵ月、碇と共に柔道場に通って鍛錬していなかったら、泣いて途方に暮れ、死んでいただろう。

「一度バランス崩すと命取りです。なんとか堪えてください！」

後ろの仲井に言い聞かせる。日下部は前を見た。地上へ続く地下二階の階段は、天ほどの高さにそびえているように見えた。

午後六時。五港臨時署四階に設置された台風七号海上災害警備対策本部に詰めていた高橋は、両手を万歳のように挙げてベニヤ板を押さえていた。ケヤキは電動のこぎりで切断され取り除かれたが、ガラス業者はこの台風のもとでは修理できない。一旦ベニヤ板で塞ぐほかなかった。高橋が脚立に上って上部を押さえ、しゃがみこんだ副署長が下部を全身で押さえていた。容赦なく吹きつけてくる暴風雨に何度もベニヤごと飛ばされそうになる。庶務係長が口に咥えた釘を不器用に打ち付けていく。ようやく、ベニヤ板全体にかかる圧力が減った気がして、高橋は手を放した。ベニヤは突風に吹かれるたびにぶかぶかと音を立てていたが、いまはびくともしない。

風がやんだのだ。

高橋は西側の窓にいき、ブラインドを開けた。強い太陽の日差しが射し込んできて、思わず目を細める。

「台風一過か！」

と誰かが歓喜の声を上げたが、署長の玉虫が一言、言った。

「違う。台風の目に入っただけだ」

朝から恐怖を感じるほどの暴風雨で、分厚く黒い雲が垂れこめて落下しそうなほどだった。いま、空は綿あめを引き伸ばしたような白い筋状の雲が広がるだけで、夕方の薄紫色の空が広がる。本部に詰める職員たちは魅入られたように窓辺に集まり、次々とブラインドを上げていった。

玉虫も窓辺に歩を進め、高橋の背後から空を見た。

「台風は北北西に進んでいる。目を通り過ぎた後、地獄が待っている」

「地獄？」

「台風は目を中心に据えてみたとき、南東部分が最も風雨が激しいと言われている。あと一時間もしないうちに、これまで以上の暴風雨が――」

ドッカーンと、爆弾が爆発したような音がした。一同の目が一斉に、窓の外を向く。晴れ渡った空の下、高潮の発生で盛り上がった海が岸壁を執拗《しつよう》に叩きつける光景は、鮮明で残酷に見えた。

「高潮だ……！　高潮が発生したぞ」

三メートルの防潮堤を越すほどの勢いで、何度も何度も波が叩きつける。白い水飛沫が、海岸通り沿いに立つビルやマンションの窓を容赦なく舐めていく。まるで海底の怪物が防潮堤に体当たりしながら触手を伸ばし、人間界の境界線に踏み込もうとしているかのようだった。

「水門はちゃんと閉まっているんですかね」

東京湾上にあるすべての水門は、港湾局の高潮対策センターが運営している。高橋は高潮対策センターと繋がるパソコン上のシステムをのぞき込んだ。東京湾岸にある十九基すべての水門が赤い点滅を繰り返している。すでに水門は閉鎖されている。閉鎖時刻を見た高橋は眉をひそめた。

「——午後四時に閉鎖？　早すぎないか」

午後四時と言えば、まだ潮位は通常で台風の暴風域に入ったばかりのころだ。海からの大量の水は抑制できるが、上流の川の水が逃げ場を失うことになる。ずぶ濡れの海技職員が飛び込んできた。

「ドックが水没しました！　係留装置が流出しかけています」

「船が流出するのはまずい。手間だが次の出航まで警備艇を上架しろ」

「無理です、乾ドックももはや水没しています」

「何だって!?」

受付係の女性が、ストッキングの膝下を泥水で汚した状態で四階に上がってきた。息が上がっている。エレベーターが緊急停止しているのだ。

「一階が浸水しています！　いっきに膝下に」

割れた窓の修繕をしていた庶務係が慌てふためき部屋を出た。玉虫が指示する。

「一階にあるパソコンや重要書類は全部上へ上げろ。手が空いているものは行け！」

本部に残っているのは、一般職員と課長職以上の役職者のみだ。現場の者はすべて外に出ている。高橋は一階への階段を下りたが、思わず中途で足を止めた。

海底の泥を浚った黒い水がロビー一面に広がっていた。

ガラス扉の外は晴れていた。だからこそ目の前の浸水は異様なものに思えた。高橋はふと玉虫の言葉を思い出した。

台風の目が通過した後、地獄が待っている——。

「おい！　いまのうちに土嚢をもっと積み上げておくぞ！」

高橋の言葉に、どこからか庶務係長が叫び返す。

「土嚢はない。もう使い尽くした……！」

高橋は、階段の中途で「長靴は、合羽は」と右往左往する各課長たちに怒鳴った。

「水嚢《すいのう》を作る！　各フロアからビニール袋、ペットボトル、段ボールをかき集めろ！」

高橋は刑事防犯課フロアに戻った。段ボール箱やビニール袋を探し、給湯室でゴミ箱をひっくり返して空のペットボトルをかき集める。ビニール袋やペットボトルに水を入れ、段ボール箱に詰め込めば、水嚢ができあがる。

強行犯係のデスクの電話が鳴りっぱなしであることに気が付いた。一度切れた。またすぐ鳴る。胸騒ぎがした高橋は末席の遠藤のデスクの電話を取った。

「お忙しいところ失礼します、湾岸署庶務係の中堀です」

日下部の婚約者だ。年内に式をあげるつもりだから媒酌人をと頼まれたのは、一週間前のことだった。碇はバツ2で縁起が悪いから頼めないと笑っていた。

「台風警備で多忙なときだと思うんですが、大至急日下部君と連絡を取りたいんです。携帯は何度かけても繋がらなくて――」

「いまプライベートな電話は厳しい」

「彼のお母さんが危篤なんです。三時ごろに突然呼吸が止まって……いまも昏睡《こんすい》状態が続いています」

第五章　首都水没

八月十八日、木曜日。午後六時半。

通常ならばこれから夜に向かっていく時刻であるが、東京湾羽田沖上空の空は、夜が一転、昼に向かって明るくなっていくような錯覚を覚えるほどだった。

海上は、祭りの真っ最中だった。

上条は手に持ったサバイバルナイフを下へ振り、付着した血を振り払った。デッキに血飛沫が飛ぶ。口に咥えたガラムは半分ほど灰になっていた。下っ端が差し出したクリスタルガラスの灰皿でガラムをすりつぶした。また、右手に持ったサバイバルナイフの柄を持つ手に力を込めた。

身動きが取れなくなった裏切り者・山崎の口の中にナイフを突っ込み、左へ力強く滑らせて皮膚を抉る。断末魔の悲鳴と、仲間の哄笑《こうしょう》、歓声、拍手。クリーニングしての、糊《のり》のきいたまっさらなワイシャツに迸《ほとばし》る血。上条は興奮していた。

船尾にある三階建てキャビンから、男が走ってくる足音。その慌てた音が、祭りの終焉《しゅうえん》を告げていた。

上条は無言で、駆けよってきた竜水丸の船長、高梨康樹《たかなしこうき》を見返した。高梨が耳元で囁くのを聞き、上条は即座にサバイバルナイフを下っ端の金髪坊主の男に託した。デッキ上で祭りが続くのを尻目に、上条はキャビンへ向かって早足に進む。何度も追いつこうとしながら、高梨が耳打ちする。

「AIS情報を見てみたんですが、警備艇5だいばとありました」

五臨署の警備艇だ。上条は舌打ちした。午後二時過ぎ、海上保安庁から出たナブテックス情報で、昼間に山崎をクレーンで吊ったり海に振り落としたりして弄んでいたのを、サウジ船籍のタンカーに確認されていたことが判明した。

それで一旦、山崎の身柄をキャビン地下に閉じ込めて大人しくしていたが、その後海保や警備艇が巡視にやってくる様子も、ほかの船がナブテックスに情報を上げる様子もなく、午後五時から再び祭りの続きを楽しんでいたのだ。

「こちらに近づいてきているのか？」

「明らかに船首が竜水丸を向いています」

キャビンの狭い階段を駆けあがって二階の船橋に出た。上条は舵の横に取り付けられたレーダーに映る船影と、ＡＩＳ画面を見る。確かに、警備艇だいばが竜水丸に向かって近づいていた。距離にしてまだ五キロほどあるが、最接近されるのは時間の問題だった。上条は双眼鏡をのぞいた。

オレンジがかった明るい空に、もう月が顔を出していた。西側に、すべての便の離発着を見送り閉鎖した羽田空港が見える。滑走路上に、航空機が駐機していた。通常ならジャンボ機の轟音《ごうおん》がひっきりなしに飛び交うこのあたりも、異様な静けさに包まれている。

うねりと二メートル以上ある波高で北の水平線は乱れるが、薄暗闇の中に時折、警備艇のキャビンの屋根に取り付けられた赤色灯やアンテナのたぐいが見て取れた。

上条は舌打ちした後、スマホを出してデッキに残る金髪坊主に連絡をつけた。東京湾上はたいていどこでも、陸からの携帯電波をキャッチするので通話が可能だ。

「祭りは中止だ。水上警察が巡回している」

「〝達磨《だるま》〟、キャビン地下に戻しますか」

暗に山崎をそう言い、金髪坊主は尋ねた。

「時間がない」

「なら、海に捨てますか」

「まだ遊びたい。クレーンごとカバーを掛けて隠せ」

船長の高梨が、上条の指示をぞっとした顔で聞いている。上条に一睨みされ、慌ててエンジンキーを回し、浚渫船にエンジンをかけた。船橋までエンジンの振動が伝わってくる。高梨がリモコンレバーを上げようとしたところで、ＶＨＦ無線が16チャンネルで音声をキャッチした。

「竜水丸、竜水丸。こちら警備艇5だいば。応答願います」

女の声――舟艇課で紅一点の、有馬礼子だろう。碇が同船しているという妙な直感があった。この嵐の海で海保も放置した事案を、わざわざ追う。湾岸ウォリアーズ壊滅を誰よりも強く誓う二人が、前面に出てきている可能性が高かった。

高梨が指示を仰ぐように、上条を見た。上条はただ首を横に振る。十秒後、同じ問いかけがあった。上条はデッキを見下ろした。クレーンに青いビニールシートを掛けようとする悪党どもが、風速十メートル超えの突風に苦慮している。双眼鏡をのぞき、北の海を見る。警備艇だいばの船影が指先ほどながら、はっきりと見えた。赤色灯がまき散らす赤が、波高三メートルになろうとする周囲の海面に乱反射している。

「時間稼ぎだ。12チャンネルに回させろ」

上条が言うと、高梨はうなずき、無線ドライバーを取った。

「警備艇5だいば。こちら竜水丸。12チャンネルに変更願います」

すぐに、12チャンネルに切り替えて警備艇が呼びかけてきた。

「竜水丸、竜水丸。こちら警視庁警備艇5だいば。一旦停船願います。どうぞ」

高梨は返事をしようとしたが、上条は首を横に振る。再び、礼子が呼びかけてくる。

「竜水丸、応答願います。沖で停泊しているすべての船舶の緊急検査を行っています。どうぞ」

上条の指示通り、高梨は応答した。

「警備艇5だいば。緊急検査というのは。どうぞ」

「竜水丸。海上保安庁より危険走行をしている浚渫船があるとの情報がありました。停船指示を無視すると、この船の航行許可と船長の船舶免許を即座に執行停止します。どうぞ」

高梨が三度、上条の指示を仰ぐ。上条はガラス窓からデッキを見た。すでにビニールシートはしっかりとクレーンを覆い、あたりのビットやクリートにきつく結び付けられている。上条の手下たちが揃って、キャビンの中に戻ろうとしていた。上条は高梨にうなずいてみせた。

「警備艇5だいば。了解」

上条自ら、浚渫船のエンジンを止めた。船尾から湧き立っていた白い泡が、うねりで膨張する海面に引き伸ばされ、消えていく。

「うまく対応してくれよ、船長」

上条は言って、高梨の肩を叩いた。

「ちょっと待ってくださいよ。ビニールシートの下のアレ、あのまんまでいいんですか。船内捜索するとか言われたら、すぐ見つかりますよ」

「させるなよ。サウジタンカーのNBDP信号だけで、竜水丸の船内捜索令状を取れるはずがない。何としてでも追っ払え」

高梨は「そんな……」と頼りない声を出しながらも、ロッカーから船検証や自身の船舶免許証を取り出し、備えはじめた。上条はデッキの手下たちに船橋で待機するように言い、自身は三階の居住スペースに上がった。開いたままの階段の窓から、突風が吹き込む。窓を閉めようとして、潮風とビニールシートがはためく音の合間に、山崎のうめき声が漏れ聞こえているような気がした。風になびくのとは違う周期で、クレーンに掛けられたビニールシートがもぞもぞと動く。

上条は再びデッキに出た。クリスタルガラスの灰皿を手に持ち、ビニールシートに近づく。山崎の頭が蠢《うごめ》くあたりに見当をつけて、灰皿を振り落とした。やっと静かになった。

上条は踵を返して、デッキを戻る。手伝おうとしていたスキンヘッドの男が茫然と「殺したんすか」と尋ねた。

「まさか。手加減している」

気絶させるだけの頭部打撃は、どれほどの腕力でやれば効果的なのか。暴力に慣れた人間にしかできない。下っ端たちでは力が余って殺してしまうだろう。だから上条自らデッキに出たのだ。上条はスキンヘッドに灰皿を押し付け、三階に上がった。

つきあたりは船長室になっており、十畳近いスペースとシャワールームがついている。上条は船長ではないが、当たり前のように船長室を使っている。シャワールームに入ると、飛沫血痕が飛んだワイシャツを脱ぎ、ジッポのオイルを掛けて燃やした。灰になったそれをすぐにシャワーで洗い流す。新しいワイシャツをはおり、ボタンを閉めながら、ベッドの下に隠し置いたアタッシェケースを革靴の先で引っ張り出した。

それをガラステーブルの上に置き、どっかとソファに腰かけると、上条は陸にいる大沢に電話をかけた。

大沢は太陽建設の社員となったが、台風が直撃する今日は湾岸海洋ヒューマンキャリア社の空っぽになった相談役室で、待機している。沖に避難した宗谷になんらかのトラブルがあったときにすぐ現場へ駆けつける必要があるからだ。

上条は通話をスピーカーにして会話しながら、アタッシェケースを開けた。

「大沢、そっちの様子はどうだ」

「いま、台東区は台風の目の真下だ」

「こっちもだよ。だがそろそろ次の嵐がやってきそうだ」

「竜水丸にトラブルは？」

大沢には、山崎の粛清もかねて竜水丸を沖に出したことを、まだ話していなかった。

「トラブルはないし、この先起きるとあんたが恐れていたトラブルも、これで回避できる」

上条は、銀色に光る銃身をアタッシェケースから出し、紙箱に入った箱形弾倉を取り出し、グリップに入れながら話した。

「どういう意味だ？」

銃身のスライドを引いて放す。撃鉄が起き、初弾が薬室に押し込まれる独特の音を、大沢は聞き分けた。

「コルト45か」

大沢のついたため息は、上条には驚嘆に聞こえた。口ではいろいろ言うが、大沢は前面に立って上条の犯罪を止めようとしたことは、これまで一度もない。本当はこの残虐行為を大沢は喜んでいると上条は見抜いていた。表の世界で絶望した大沢は、上条の手を借りて表の世界の連中に復讐《ふくしゅう》し、救われているのだ。

「山崎の粛清はもうすぐ完了する」

一瞬の沈黙は絶句だったのか。感嘆で息を呑んだようにも聞こえる。

「まさか、仲井はどうした。あいつとは三十年の仲なんだ。あいつだけは勘弁してやってくれ」

「自首したがってた仲井を説得しきれなかったのはあんただぞ、おやっさん」

「それはそうだが……」

「仲井のことはもう何も心配することはない。俺、うまくやってるだろ」

沈黙の後、大沢が神妙な声音で言った。

「褒めてほしいのか」

「──別に。褒め言葉なんていらねーけど」

突っぱねてみせたが、本当は「よくやった」と言ってほしかった。

上条を、生まれて初めて「よくやった」と褒めてくれたのは、大沢だった。物心ついたときから、目上の人間は自分を矯正させようとするばかりで、うざったくて仕方なかった。叱られ命令されるばかりで、褒められたことは一度もない。

大沢と出会い、湾岸海洋ヒューマンキャリア社設立に向けて奔走していたとき——銀行の融資係からゴーサインを勝ち取った上条に、隣でずっと支えてくれた大沢が肩を叩いて言ったのだ「よくやったな、謙」と——。

あのとき不覚にも、眼窩に熱いものがこみ上げたのを憶えている。

「とにかく、無事に戻れ」

大沢はそれだけ言うと、通話を切った。よくやったとは、褒めてもらえなかった。もっとがんばらなくてはならないと、上条は覚悟を決めて立ち上がった。

警備艇だいばのキャビン内で、碇は急ぎ装備をし直していた。

品川埠頭を礼子とたった二人きりで出港した時、二人ともワイシャツの上に防弾ベスト、合羽をはおり、その上から救命胴衣をまとっていた。総重量五キロ以上で、しかもこの蒸し暑いさなかで合羽を着ているから、サウナの中を五キロの重りをつけて駆けずり回っているのも同然だった。しかも碇は、ホルスターに収まった銃を左脇の下に装備している。礼子よりも重装備で、荒波を乗り越えてここまで来た。すでに疲れ果てていた。

装備をし直したのは、悪党どもが集結する竜水丸を前にし、身軽になるためだった。碇は防弾ベストを脱いだ。ホルスターの中の銃器を隠すためにジャケットをはおる。装備しているのはＳ＆Ｗ社のＭ３６０Ｊ、ＳＡＫＵＲＡ。装塡数は五発だが初弾は空砲のため四発の弾しか入っていない。

碇は覚悟を決め、上から救命胴衣をつけてキャビンを出た。飛び交う銃弾よりも波高四メートル近い荒れる海のほうが怖かった。

礼子は荒れる海に苦慮しながら、なんとか浚渫船竜水丸の船尾に警備艇をつけた。碇はデッキ右舷に出て、浚渫船側に手を伸ばした。クリートに手を掛けて力を入れる。だいばのフェンダーと浚渫船の船尾に垂れたタイヤが激しくぶつかりあう。礼子がキャビンから出てきて、手早く係留ロープを浚渫船のクリートに結索した。

目の前で、クレーンにかぶせられた青いビニールシートが風に煽られ、バタバタとうるさい音を立てていた。どうせ波で濡れるクレーンをなぜ青いビニールシートで覆う必要があるのか不思議に思った瞬間、南西からの突風が吹いた。

碇は空を見上げた。暗くなってきたとは思っていたが、日が沈んだからではない。台風の目が通過し、次の嵐が迫ってきているのだ。厚く垂れた雲が海上に迫り、いまにも落下しそうな圧迫感がある。

一刻も早く決着をつけて品川埠頭に戻らなくては――。碇は右舷に足を掛けて、浚渫船デッキに上った。全長八十メートルを有する浚渫船だけに、うねりの強い海上であっても、揺れは少ない。だいぶ船内では何かにつかまっていないと立っていられなかったが、大型船舶は、ゆりかごのようにゆったりと揺れるのみだ。礼子が慌てて下から声を掛けた。手に防弾ベストを持っている。

「碇さん、防弾ベ――」

「こんな台風の日にわざわざ、そんな船で来たんスか」

キャビンから出てきた船長と思しき男が、声を掛けてきた。礼子は空気を察して黙り、ベストを後ろへ隠した。防弾ベストなどとここで叫んだら、相手を刺激する。

男は船長を自称する。船長というと海のベテランで中高年者が多いが、目の前の男は碇よりも年下に見えた。碇に媚《こ》び諂《へつら》うようにへらへらして、「水上警察も大変っスね」と言う。碇は船舶免許の提示を求めた。「はいはい」と仰々しく両手で船舶免許を碇に差し出した。慇懃《いんぎん》無礼《ぶれい》とはこのことだ。

船舶免許証を見た碇は目を細めた。高梨康樹、三十一歳。現住所は台東区柳橋。湾岸海洋ヒューマンキャリアに派遣登録している者は、こぞってあの界隈に住んでいるようだ。免許に偽造の痕跡はなく、不備もなさそうだ。

「三十一でもう船長とは立派じゃないの」

碇も調子を合わせて言った。続いて、船検証の提示を求める。高梨は準備していて、ファイルに入ったそれを突き出した。碇は礼子に船舶免許と船検証を渡し、照会作業をするように言った。礼子は受け取り、急ぎ足でキャビンに戻る。

碇は高梨が立つほうへ向き直った。高梨は移動していた。碇とクレーンの間に立っている。なぜ立ち位置を変えたのだろう。口角がずっと上がり、にやついているが、顔つきに余裕がないのは明らかだった。動揺しているが故に、つい笑ったような顔になる人物は意外に多い。

碇はキャビンを見た。二階の船橋の窓に、ずらりと人影が並んでいるのが見えた。十三人もいる。微動だにしない。異様な影だった。

――沖で台風を避けるために、どうして十三人も連れてきたのか。

がらんどうのデッキに、西風が吹き荒れる。洗われた波の先端が水飛沫となって、雨のようにデッキに叩きつけている。

礼子が船舶免許と船検証を持って戻ってきた。軽々と右舷に足を掛けて、浚渫船のデッキによじ登る。碇の横に立ち、言う。

「船舶免許に問題はありませんでしたが、船検証に問題が」

赤点を取った高校生のような顔で、高梨は「えーっ」と文句を垂れた。

「いや、定期検査は来年だし、中間検査もちゃんとパスしてますよ」

「去年、改造を行ってますよね。クレーンを交換しているようですが、臨検証がありません」

高梨は天を仰ぎ「ああ――」と嘆いた。碇は言った。

「臨時検査受検義務違反だな。立ち入らせてもらう」

「ちょ、ええっ！」

高梨の腕を振り払い、碇は浚渫船の広々としたデッキを突き進もうとした。礼子がぴったりと後ろにくっついているのを見て、驚いて押し返した。耳元で囁く。

「来るな。あんたは警備艇を守れ」

「でも――」

「海技職員なんだろ。捜査じゃなく、警備艇を守るのが仕事だ」

礼子は納得し、引き返した。碇は改めてキャビンを見た。船橋からのぞく十三の影は微動だにせず、こちらを見下ろしている。碇と礼子が話しているうちに、高梨が駆け足でキャビンへ先回りする背中が見えた。

碇は鼻を鳴らして大きくため息をつくと、悪意と徹底的な戦意が漂うデッキを突き進んだ。決して、キャビン二階の船橋窓から目を離さない。背後に蛍光灯があるためか、彼らの姿は鮮明なのに逆光で顔は黒塗りに見える。顔に泥をつけてジャングルに潜伏するゲリラの中に、身一つで飛び込んでいくという恐怖が一瞬、碇を襲った。

西からの強い風が、碇のジャケットを翻した。ホルスターと、左脇の下の銃器が見えただろう。黒い影が一つ、また一つと窓から消えていく。

碇がキャビンに入り、二階の船橋へたどり着いたときには、人影は一つ残らず消えていた。ただ、操舵席に高梨がぼけっと立っているのみだ。

大型特殊船舶であるが故、警備艇にはない計器がずらりと並ぶ。碇は扉という扉を開け、山崎の姿を探した。船橋にはいない。

碇は三階の居住スペースへ駆けあがった。船室が六つある。どれも五畳ほどで狭苦しく、作り付けの簡易ベッドはシーツが乱れていた。着替えの衣類や日用品が乱雑に置かれ、ビールの空き缶が落ちている。浚渫船作業員らしい装具はどこにもない。

つきあたりの大部屋は船長室で、倍以上の広さがあった。扉を開けた途端、煙草の香りを強く感じた。独特の甘みがあるこの煙草に、碇は記憶があった。どの船室の部屋よりも整っていた。デスクにはタブレット端末。衣服はすべて、備え付けのクローゼットにかかっていた。ワイシャツ三枚、仕立てのスーツが一着。

高梨の部屋ではない。

碇はデスク脇の灰皿に目を落とした。吸い殻を見る。ガラムだ。

上条がこの船に乗っている。しかも煙草のにおいが強く残る。碇の革靴に、ごつりと何かがあたる感触があった。アタッシェケースの取っ手がベッドの下からのぞいている。碇はそれを引っ張り出し、開けた。空っぽだったが、ビロード地に覆われた型抜きの緩衝材から、中に何が入っていたのかは想像できる。リボルバーではなくオートマチック拳銃。

海上での銃器密売叩きで得た戦利品の一つだろう。

碇はアタッシェケースをベッドの下に蹴り入れながら、右手をジャケットの下に入れてSAKURAを取り出した。引き金の下の安全ゴムを取り外し、撃鉄を起こす。両手で銃を持ち、銃口を下に向けて体の重心を落としながら、抜き足差し足で室内を見て回る。シャワー室と思しき扉の横に身を寄せて、聞き耳を立てる。右手のSAKURAの銃口を上に向け、左手でドアノブを持つ。一瞬で扉を開け放ち、銃口を構えた。

目の前に銃口をこちらに向ける男がいた。思わず引き金を引きそうになった。鏡に映る自分だった。ため息をついて、思わず洗面台に手を突いた。動悸《どうき》を整える。

焦げ臭い。洗面台に茶色く焦げた何かの跡があった。

碇は気を取り直し、息を殺して銃口を下に構え、ゆっくりと船長室を出た。

黒い影が階段に翻ったように見えた。

「待て……！」

階段を降りる。二階の船橋にいたはずの高梨の姿すら、消えていた。誰もいない。

「畜生。どこへ消えた……！」

一階まで戻った碇は、固く閉ざされた鉄のハッチを見つけた。地下への階段のようだ。碇はハンドルを回転させてハッチを開けようとしたが、信じがたい硬さだ。鉄の扉に耳を当てる。誰かの息遣い。反対側に人がいて、碇を来させまいとしている。

揃って地下に逃げ込んだようだ。

床には、何か重たいものを地下から引《ひ》き摺《ず》ったような跡が見えた。それは一階の廊下を抜けて、デッキへと続いている。点々と血の跡も見えた。血痕はデッキで途絶えていたが、引き摺ったような跡はところどころ残り、デッキの床面のペンキ塗料を剝がしていた。血痕は波が洗い流したのだろう。

碇は一旦SAKURAの撃鉄を下げ、ホルスターにしまった。デッキに残る何かを引き摺った痕跡を辿る。跡は時折左右にぶれながらも、まっすぐ船首のクレーンへと続く。やがてそれは青いビニールシートの下へと隠れた。

礼子が固唾を呑み、警備艇のデッキから碇を見ている。

碇はビニールシートの周囲に括り付けられた止め紐を乱暴にほどいていった。突風が手伝い、ビニールシートはあっという間に上空へ吹き飛んだ。白かったら妖怪の一反木綿のように見えただろう。

グラブ式クレーンは紅白の塗料を塗られ、沈黙していた。二つの頑強なアームの間に、緑色のドラム缶があった。礼子が悲鳴を上げた。

人の頭がコンクリ詰めのドラム缶から突き出ていた。

坊主頭がゆらりと揺れる。後ろに、猿轡《さるぐつわ》を噛まされているのか手ぬぐいが結び付けられていた。顔は礼子を向いていた。あの気丈な礼子が絶句して口を押さえている。

碇はドラム缶の前に回った。救急車を呼べと叫んでしまいそうなほど悲惨だった。

男は顔中に無数の切り傷をつけられていた。数十ヵ所以上ある。右目は青く腫れあがり、微《かす》かにのぞく眼球は真っ赤に充血している。もはや見えていないようだが、左目は無傷だった。首から耳の下にかけて、幾筋もの赤黒い痣《あざ》が線になって走る。扼殺《やくさつ》痕によく似ていた。クレーンで首を吊られ、水につけられ、死の直前でまた引き上げられ——最終的にドラム缶詰めにされ、そして顔に壮絶な拷問を受けた。

口角が五センチも切れて、口腔《こうこう》内の粘膜がのぞいていた。左目だけ無事なのは、すべてを視認させ恐怖を煽るためか。

碇は猿轡を外した。男は意識が朦朧《もうろう》としているようだが、呼吸はしっかりしていた。前頭部が陥没しており、割れた皮膚から流血し続けていた。汗とよだれと血が混ざり、首の下で固まったコンクリートの上に垂れる。碇は呼びかけた。

「おい。返事はできるか。名前を言えるか」

男に反応があった。目がうっすらと開く。

「山崎か。山崎大輔か!?」

男はやっと、左目で碇を見た。ピントを合わせようとしたのか、目を細めたのち、うなずいた。切り刻まれた顎がコンクリートにぶつかり、ささやくような悲鳴が口から漏れる。確かに山崎のようだ。

碇は腕時計を見た。午後七時前。通報があったのは午後一時半。まだ六時間も経っていないから、コンクリートは完全に固まっていないはずだ。

「手足を動かせないか。表面は固まっているが、中はまだドロドロだろ？　体を動かせ」

山崎は涙を流して、首を横に振った。最近は速乾性のものもあるし、手足を拘束されていたら立ち上がることもできないだろう。何より、ドラム缶一杯分のコンクリートは総重量だけで百キロは超える。これだけ痛めつけられた体で、表面だけ固まったコンクリをけ破って出てくるのは不可能だ。

碇は警備艇の礼子に叫んだ。

「金づちはないか。それに代わるものでも――」

礼子は「探してきます」とうなずき、代わりに救急箱を碇に突き出した。

「顔の傷の手当てを」

碇は受け取って立ち上がった。途端に、救急箱が小さく爆発した。碇の手の上で粉々に割れて、プラスチックの箱の破片や中身がばらばらと海や甲板の上に落ちる。

碇は、デッキの中央に立つ黒いスーツの男を見た。黒の衣服と対照的な頭髪の白が、一種異様な雰囲気を放っていた。

上条が両手の先に持つ拳銃の銃口から、煙が上がっていく。シルバーの銃身が長く、目立つ拳銃だ。おそらくガバメント――コルト社のオートマチック拳銃、通称コルト45だ。

「私の船に、不用品を持ち込まないでいただきたい」

碇はとっさにホルスターに右腕を入れ、一秒でＳＡＫＵＲＡを突き出した。小型の回転小銃は、碇の大きな手にすっぽりと収まって、外から銃身がほとんど見えず頼りない。だが威力は抜群だ。上条と睨み合う。

「いきなり刑事に向けて発砲とはいい度胸じゃねぇか。え、公務執行妨害並びに銃刀法違反、殺人未遂容疑。そんなに緊急逮捕してほしいか」

「たった一人でどうやって俺を逮捕するんです？　碇拓真警部補」

キャビンから続々と、キャビンの地下に隠れていた下っ端どもが姿を現した。武器を手にして殺気を迸らせる。

上条が構えているのと同じコルト45を構えるものが九名。中東のテロリストが好むＡＫ47カラシニコフ銃のストラップを肩から下げて、腹の脇で構えているものが四名もいた。銃器密売叩きで得た戦利品の数々だろう。

碇は無数の銃口を一身に受け、思わず一歩、後ずさった。碇の心によぎって必死にかき消した言葉を、上条が口にした。

「多勢に無勢とは、このことではないですか」

悪党の憫笑《びんしょう》が、嵐の前に一瞬の静けさを取り戻した東京湾の海面を撫でた。

「この広い海原と、これだけの銃器。それを前にあなたの警察権力もあなたの自慢の格闘能力も、役立たずです」

空が猛烈に泣き出した。大粒の冷たい雨が、睨み合う碇と上条の肩を激しく叩き、二人の体から水飛沫が上がる。二人の男の熱量が、叩きつける雨を一瞬で蒸発させているようにも見えた。

上条が撃鉄を起こした。

江東区扇橋。午後六時半。

マスダビルの一階シャッターを勢いよく上げた日下部の瞳に、オレンジの空が映った。なんとか地上に出たという感動に水を差すように、大量の泥水が足に押し寄せる。

「嘘だろ……」

周辺の景色がまた、変わっていた。雨はやみ空は晴れ渡っているが、小名木川が消えている。見渡す限り街が水浸しになり川筋が見えなくなっていた。そこはもう、暗い海だった。街灯の明かりがついていたが、建物内はどこも明かりがついていない。

停電しているようだ。

地下ほどの水深がないのがまだ救いだったが、やはり脹脛ほどはある。仲井は二階途中の階段に座らせて、休ませている。

日下部はスマートフォンを出した。藤沢に警備艇を回すように連絡しようとして、景子や高橋からの着信が何十件も入っていることに気が付いた。確認する間もなく高橋から着信が入った。状況を報告すると、高橋は神妙に言った。

「できるだけ上に避難していろ。水位は想定外に上がる可能性がある」

「しかしそうすると、降りるときにまた一苦労です。仲井は歩けません」

「高潮対策センターが湾岸沿いにある水門をすべて閉めた。しかも四時に、だ。もう三時間近く閉まったままだ」

その言葉で、目の前の光景に合点が言った。上流から大量に流入し続ける川の水の逃げ場がもう三時間近く、失われているのだ。

「高潮が発生したんですか」

「ああ。五臨署の一階も浸水した」

「防潮堤はどうなんです」

「決壊はしていない。ただ、どこも震災の影響で傷んでいる。補修工事も完全に終わっていない」

防潮堤の補修工事完了は平成三十三年といわれている。

「水門を閉めたとなると、もっと浸水深が上がるということですか」

「そのために湾岸沿いや各河川に排水機場が設置されているから、大丈夫だ」

排水機場は湾岸沿いに五施設ある。特に江東デルタ地帯のど真ん中にある小名木川排水機場は、一秒間に七十二立方メートルの排水能力があり、東京随一の量を誇る。ほかにも近隣に砂町排水機場、清澄排水機場がある。なんとか仲井を連れてこの水浸しの街を抜け出せるはずと自分に言い聞かせたところで、高橋が静かな声で言った。

「ところで日下部、お母さんのことなんだが」

日下部ははたと黙り込んだ。

「なぜ言わなかった。相談してくれたら――まあいい。とにかく、伝えておく。危ないらしい。午後三時ごろ、一度呼吸が止まったと」

日下部は返事ができなかった。

「今晩が山らしいと、湾岸署の中堀が連絡をくれた」

絞り出すような、情けない声で「はい……」と返事をする。

「日下部。堪えてくれ。いまは――」

高橋のほうが、泣いているようだった。日下部は「大丈夫です、母は生命力が強いんですよ」と笑って、一方的に電話を切った。日下部は目尻に浮かんだ涙を、濡れた腕でぬぐった。背後で仲井の小さな悲鳴が聞こえた。

さっきは乾いていた階段が、もう濡れている。上から水が流れはじめていた。外を見る。台風の目に入って晴れていた空が、もう大粒の雨を降らせていた。凪いだ水面に、大きな水滴が落ちて波紋が広がるが、あっという間の土砂降りで消えた。

「屋上にたまった水が流れてきているのかもしれない」

屋上の排水溝がゴミや枯れ葉などで詰まっていて使えないというのはよく聞く話だ。このビルだと、上からと下からの水で挟み撃ちにされるかもしれない。警備艇も救命艇の姿もどこにも見えない。水位が上がらぬうちに、近隣の高い建物へ早めに避難したほうがいい。仲井は渋ったが、申し訳なさそうに日下部の意見に従った。

再び彼を背負って、水の中を進む。滝の階段よりよほどましで、日下部は雨に打たれながらも坂道をゆっくり降りていく。扇橋二丁目交差点の先に、七階建てのマンションが見えた。洪水ハザードマップによると、この界隈の最高水位は五メートル近くになる。七階なら街が完全に水没しても救出を待てばいい。

四ツ目通りを南下していく。街はゴーストタウンと化していて、全く人の気配がなかった。みな避難したのか、屋内に閉じこもっているのだろう。ゴミや店の看板、葉っぱなどが水面に浮かび、排水溝近くの渦に巻き込まれている。

扇橋二丁目交差点の信号は、赤の点滅を繰り返していた。街灯の下で、スポットライトを浴びるように立ち往生している人影が見えた。腰の曲がった小さな老女で、長靴に臙脂《えんじ》色の合羽をはおって豪雨に打たれている。身長が低いせいで太腿まで水に浸かっており、水の流れに耐えられず、身動きが取れなくなっているようだった。

「おばあちゃん！　大丈夫ですか!!」

日下部は道路を渡り、老女に近づいた。老女はフードの下から心細そうな瞳をのぞかせたが、日下部を見てぱっと表情を明るくさせた。

「晴れたところで避難所に行こうとしたんだけどね、また降ってきちゃって」

「この近辺の避難所はどこですか」

「川南《せんなん》小学校がこの通りの先に」

通常で徒歩十分ほどの距離だという。この状況下だと三十分はかかる。無理だ。

「おばあちゃん、一旦そこのマンションに避難しましょう。救命艇を呼びますから」

老女ははいよと返事をし、電柱から手を放した。よろめく。慌てて日下部は老女の二の腕を摑んだ。仲井が下にずり落ちそうになり、腕に力を込めた。また首が締まる。

「おばあちゃん、僕の腰に警棒がぶら下がってるのわかる?」

「これ?」

「それは手錠ホルダー」

いまは空っぽだ。

老婆の、水に濡れた皺くちゃの手が「これね」と力強く警棒を握った。

「そう。それにつかまってて。絶対に放しちゃだめだよ」

「うんうん。申し訳ないね。あんた、お巡りさんだったんだね」

袖についた警視庁のワッペンを見て老婆は言った。

「私はツイてるよ。こんなところでお巡りさんと会えるなんて。命の恩人の名前を聞いておこうか」

「大げさな。日下部です」

「日下部さんね。私は田辺益恵《たなべますえ》だよ。このオジサンは、けがをしているのかい?」

仲井のほうへ顎をしゃくって尋ねた。益恵はよくしゃべる。

「そうだよ。具合が悪いから、話しかけないでやって」

「私、救急車を呼ぼうか」

「ここまで入ってこれない。マンションについたら改めて救命艇を呼ぶからさ」

「ふうん。あれ、この人手錠しているのかい？」

面倒くさくなって、日下部は適当に受け流した。マスダビルを出たときはまだ平気だったが、思い切り警棒に体重をかけて歩く益恵を連れてから、途端に日下部の足取りは重たくなった。

「おーい、おーい！」

頭上から声が降ってくる。目の前のマンション三階のベランダから、雨に打たれるのも構わない様子で、男性が叫んでいた。

「お巡りさんですか！」

日下部は息も絶え絶えにやっと返事をした。上を向くと、雨が叩きつけて視界が悪い。男性の白いTシャツをやっと認識できるくらいだ。

「助けてくれ！　妻が産気づいて、もう生まれそうなんだ」

日下部はため息をついた。何だってこのタイミングで産むんだと思わず悪態をつきそうになったが、心の中だけにとどめ、怒鳴り返した。

「とにかく通報してください！　事情を話せばすぐに救命艇が――」

「消防にも警察にももう何度も連絡してるんだ。でも、待ってくださいいま向かってますからともうそればっかりで。妻は痛いのと苦しいので絶叫して転げまわってる。どうしたらいい!?　お願いだ、助けてくれお巡りさん！」

俺だって妊婦なんてどうしていいのかわかんねえよと日下部は泣きたくなった。警棒を摑んでいた益恵が言った。

「私が行こうか」

「え、赤ん坊取り上げられるんですか」

「六人も産んでるんだよ。あの若造よりよっぽど役に立つよ」

さあ連れていってと言わんばかりに、警棒を揺らしてきた。日下部は仕方なく、目の前の四階建てマンション『エスポワール扇橋』に入った。エレベーターが一基あったが、浸水で停止していた。日下部はまた階段を上る羽目になり、ため息をついた。察して、背中越しに仲井が言った。

「私はここで待ってます。階段の途中でいいです」

水門が三時間近く閉鎖されたままという高橋の警告がふと頭をよぎった。雨脚は再び強くなっている。これまでにないスピードで街が水没する可能性があった。置きざりにはできない。

「いや、大丈夫です」

日下部は自分に言い聞かせるように言って、階段を上がった。屋内階段は雨が流れていないだけマスダビルの地下階段よりましだが、今度は腰に益恵をぶら下げている。

はあはあと口で息をしながら、やっと二階にたどり着く。「若いんだからがんばんなさい」と益恵が何度も日下部の尻を叩いた。全身の筋肉から乳酸が大発生していた。もう限界だと何度もよろけそうになるのを、下から尻を押す益恵に助けられて、なんとか三階に到着した。

日下部は廊下の隅に仲井を下ろした。足が床についた途端に仲井は痛みで悲鳴を上げた。折られた足首は赤黒く腫れあがっていた。顔色もよくない。

「この人もまずそうだね」益恵が言う。「にしたってどうして手錠を――」

「益恵さん、タオル持ってる?」

「たくさん持ってるよ。避難所で使おうと思って。五枚はあるよ」

「二枚ちょうだい」

益恵は「欲張りだね〜」と言いながらも、三枚くれた。日下部は一枚のタオルを仲井の首に掛け、もう一枚で手錠がかかった両手を覆い隠した。残りの一枚で、自分の顔を拭いた。

「救命艇がくるまで、ここで待っていてください。僕らは妊婦を見てきますから」

仲井は何度もうなずき「ありがとう」と言ったが、明らかに生気が失われていた。犯罪者ではあっても、上条ほどの悪党ではない。逮捕されるとしても、なんとか家族のもとに生きて帰してやりたかった。

ふと、母が昨晩見せた笑顔が蘇《よみがえ》った。台風警備に気を付けなさいと、自分の体より日下部を気遣った。ドーナッツを必ず買ってきてよと元気に言って。

あれで最期だとわかったから、気丈に振る舞っていたのだろうか。

日下部は慌てて首を横に振った。雨水が飛ぶ。母はまだ死んだわけじゃない。危篤というだけだ。まだ生きている。それならなおさらそばにいてやりたい。景子もこの天候で駆けつけることはできないだろう。母をたった一人で逝かせるのか——。

「お巡りさん！」

呼ばれてはっと顔を上げた。三〇二号室の玄関から、さっきの白いTシャツの男が出てきた。ベランダに出て助けを求めていたため、全身びしょ濡れだった。日下部と同じくらい背の高い、ひょろりとした若い男だった。年齢も近そうだが、もうすぐ父親になろうという男の顔は強い責任感と、水が迫ってくる危機的状況でパニックを起こし、いまにも崩壊しそうだった。

「よかった、こっちです！」

表札には『長瀬《ながせ》』と手書きのプレートが入っていた。益恵を先に通して、中に入った。リビングに入った途端、異様な寒さに日下部は震えあがった。エアコンが冷風を噴き出し、益恵も「寒すぎるよ全く！」と悪態をついた。

ソファの下の床に膝をつき、上半身をうつぶせにして叫んでいる妊婦がいた。大きなお腹《なか》をさする。この寒さの中、汗びっしょりで、まるで雨に打たれたかのような姿だ。聞くに堪えない異様なうめき声を上げて、痛みと戦っている。

「とりあえずいつ出てきてもいいようにさ、お湯を沸かしておくんだよ。それから、清潔なタオルをできるだけたくさん」

益恵が妊婦の腰を力強くさすってやりながらてきぱきと長瀬に指示を出す。そして妊婦に、陣痛は何分おきなのか尋ねている。

日下部は出産現場になりそうなその部屋を益恵に任せ、廊下に出た。警備艇でこの近辺にいるはずの藤沢と由起子双方に連絡を入れたが、どちらも通話に出ない。

「日下部さん、日下部さん……」

蚊の鳴くような声で呼ばれた。階段付近で座っている仲井だった。

「水の音が近くなっている気がする」

まさかそんなはずと、日下部は廊下を走り、階段の踊り場まで駆け下りた。

「嘘だろ……！」

二階が浸水しはじめていた。もうくるぶしまで水が浸かる。各戸の玄関の向こうから悲鳴や、水を蹴る音が聞こえた。すでに廊下に出て茫然自失のステテコ姿の男もいた。日下部は怒鳴った。

「上へ上がってください、早く!!」

ステテコ男は驚愕して言った。

「どうなってんだ。この十分であっという間に水位が――」

「高潮が発生して、水門が閉まっているんです。波が防潮堤を越えたのかもしれないし、上流の雨がとうとうあふれてきたのかも――」

ステテコ男は階段を駆けあがっていった。日下部は五戸ある二階の住民に避難を呼びかけた。すべての玄関の扉を叩き、チャイムを連打して大声で叫ぶ。

二〇一～二〇四までは、ステテコ男性を含めてすでに避難済みなのか不在だった。二〇五号室からは小学生くらいの子ども二人を連れた母親が出てきた。子どもたちは長靴を履いていたが、あっという間に水が中に入って悲鳴を上げた。小学校一年生くらいの男子が泣いて立ち止まってしまった。母親が手を引っ張り、小学校高学年の姉が「これくらいで泣くな！」と気丈に怒鳴る。恐怖に立ち尽くした少年は失禁してしまい、ますます動けなくなった。日下部は駆けよって、男の子を担ぎ上げた。

「すいません、お漏らしを――」母親が気遣う。

「もうびしょ濡れですから、大丈夫です」

仲井に比べたら、小学生の男児など軽いものだった。男の子は日下部の首に手を回してぎゅっと力を込めた。背後に続く姉が「かっこいー！」と日下部の背中に絶賛を送ってくれた。イマドキの子らしいが、足が水に浸かっている状態なのに一度立ち止まり、スマホで日下部と弟をパシャパシャと撮影した。母親に叱られている。

「お巡りさん、この写真アップしてもよい？」

日下部はあいまいに笑うにとどめた。かつて連続通り魔と格闘し、ボートチェイスでWの下っ端と壮絶にやり合った碇は、いまでもその雄姿がネット上で拡散している。それに比べて自分のはなんとささやかなものか。

三階に上がったところで、スマホがバイブした。由起子だ。東陽町付近で取り残された住民を病院や避難所にピストン輸送しているということだった。

「一旦扇橋まで足を向けられませんか。産気づいている妊婦がいるんです」

「低気圧になると、産気づく人多いのよね～」

何でも経験済みのような口調で言うと、由起子は「すぐ向かう」と了承してくれた。由起子は警備艇わかちどりに乗っている。救命ボートと違い、十人以上乗れるはずだ。妊婦や仲井だけでなくここの住民もいっきに避難させられる。

ほっとため息をついた日下部だが、後ろの階段を振り返ってぎょっとした。もう踊り場に水が忍び寄ってきた。ただの水のはずが、いまの日下部には地獄への呼び水のように思えて、背筋が粟立《あわだ》った。信じがたい、想定外の浸水スピードだった。

日下部は、三階の通路でほっと息をついた二階の住民たちに叫んだ。

「この階もすぐに浸水します、早く上へあがって――！」

悲鳴や絶叫は全くなかった。ただ住民たちは息を呑み、無言で階段を駆けあがっていく。日下部は三〇二号室に飛び込み、妊婦のいきみ声と益恵の怒鳴り声が聞こえるリビングへ向かって叫んだ。

「すぐに避難してください！　三階があと数分で浸水します!!」

益恵が「えーっ！」と絶叫したのを聞いて、すぐに階段に引き返した。仲井が壁にもたれ、目を閉じている。日下部はそこにしゃがみこみ、仲井の頰を叩いた。

「仲井さん、仲井さん……！」

う、とやっとうめいて、仲井は目をうっすらと開けた。

「俺はもういいよ」

「きれいな奥さんとかわいい息子さんたちが待ってます……！」

日下部はもう一度、仲井の腕の間に頭を突っ込み、気合の声を上げて立ち上がる。いっきに階段を駆けあがった。水が迫ってくるという恐怖のせいか、これが火事場の糞力《くそぢから》というのか、先ほど階段を上がったときよりもずっと体が楽に動いた。アドレナリンが大量に出て全身感覚が麻痺しているのかもしれない。

仲井を四階の通路に座らせ、日下部は再び階段を駆け下りた。三〇二号室の扉を益恵が押さえ「早く、早く！」と促している。長瀬が細い体で、腕を震わせながら身重の妻を抱えて出てきた。妻は陣痛に絶叫し足をばたつかせて暴れている。

「奥さん、ちょっとの間我慢していてください！」

日下部は妊婦のばたつく足を持った。長瀬が肩の下に手を入れ、二人がかりで暴れる妊婦を慎重に四階へ上げる。益恵がのろのろと階段を上がってくる後ろを、水が迫っていた。ほかにタイ人男性二人、年老いた八十代の母とその息子が慌てた様子で玄関を出て、階上に避難してくる。

四階に到着して妊婦を下ろした。この勢いでは、四階も浸水する可能性があった。四階の住民たちも各戸扉を開けて、避難準備に入っていた。すでに浸水深は十メートル近い。このマンションの住民には、屋上という選択肢しか残っていない。

日下部は四〇一号室の中に入らせてもらい、ベランダに出た。暴風雨が叩きつけ、分厚いカーテンが舞い上がる。

外を見た。完全に水没した四ツ目通りの向かいの水面から、アンテナが突き出ているのが見えた。二階建ての戸建てがあったのだ。小名木川方面から、木材の塊が流れてきた。どこかで水に流され、破壊された民家だった。木材の上に何枚か瓦が残っている。アンテナにぶつかった。アンテナはあっという間に折れて水中に没した。瓦もすべて落ちて、木材だけがぷかぷかと浮かんでいる。水面にはこの地域に住む人々の日用品が浮かんでいた。靴、衣服、鞄、ぬいぐるみ。人が流れてきた。

「おい！」

日下部は手すりから身を乗り出して怒鳴り、手を伸ばした。若い男性だった。何度も水中に没しながらも、必死にこちらに手をやろうとするが、届く距離ではない。背後から、流され破壊されたもう一軒の家が流れてきた。男性に激突しようとしている。

こんなの東京じゃない。

日下部は思った。五年前に東北を襲った津波そのものだった。それとも自分はいま、湾岸署のテレビの前で固唾を呑み東北の様子を見守っていたあのときに、タイムスリップしたのか。

防災都市東京が、こんな惨状になるはずがない。

停電で周囲は暗闇だった。街灯も水没して意味をなさない。そんな暗闇の中でも流されていく男性が視認できたのは、南方面から強い照明を照らし出す警備艇が近づいてきたからだった。

「男性が流されている！」

日下部は力の限り怒鳴った。警備艇わかちどりは慎重に前へ進んでくる。男性は流れてきた民家の屋根によじ登った。なんとか警備艇に救出される。ほっとしながら、日下部は大きく手を振ってわかちどりを呼んだ。

デッキに、先ほど救助した男性に毛布を掛ける由起子の姿が見えた。

「由起子さん！　ロープ投げて。ベランダに一旦係留を！」

由起子はうなずき、係留ロープを思い切り投げた。太いロープは必要以上に飛んで、窓ガラスを割ってしまった。構っていられない。

コンクリート造りのベランダに、ステンレスの手すりが打ち込まれていた。ロープを手早く結索すると「けが人から運び出します！」と由起子に投げかけた。デッキの由起子が叫び返す。声が嗄《か》れていた。

「悪いけど、三人までしか乗せられない」

「ええ!?」

警備艇わかちどりはキャビンだけでなく、デッキ上も救助された人ですし詰め状態だった。

「三人――。大人二人と子ども二人はどうです？」

由起子は両腕で大きな輪を頭の上で作ってうなずいた。

日下部は四階の部屋を突っ切り、通路に出た。もう三階の踊り場まで水が迫っていた。すでに屋上に上がろうとしている人もいる。

「警備艇が来ましたが、三人しか乗れません。けが人や病人、子どもを優先します。まず奥さん――」

と、階段の隅で長瀬の膝の上に抱かれ、うめいている妊婦を見た。

「それから、そこの小学生のお子さん。四階の住民の方で、彼らより年が下の子どもはいませんか」

子どもは二人だけのようだ。あとは仲井だが、手錠を隠し通路で震える彼を見るにとどめた。日下部は長瀬と子どもたちを促す。仲井の両腕の間に首を入れ、再度立ち上がった。

「ちょっと待ってよやだ！」小学生の姉が叫んだ。「ママは!?」

母親が「亜里沙《ありさ》」とたしなめた。「お母さんは次のでいくから、大丈夫」

「やだよ！　ママ置いていくなんて。絶対ヤダ。あの震災みたいになる。ママやだよ。絶対離れない！　ママを置いていかない!!」

小さな弟もズボンを尿で濡らしたまま、やだやだと母親の太腿にしがみつく。長瀬はタイ人男性の手を借り、妊婦を担いで四〇一号室からベランダに行こうとして、日下部のほうをちらりと見た。驚愕して眉をひそめ、そして日下部と、背負われている仲井を見比べた。

日下部ははっとして、首の下を見た。タオルの端を足で踏んでしまい、手錠の手があらわになっていた。

「――お巡りさん。その人。犯罪者か!?」

長瀬が余計な怒号を飛ばした。背後の通路にいた住民たちが息を吞む。日下部と仲井を見比べ、そして後ずさる。

「犯罪者を最優先するのか!?」

「彼はけがをしているんです。両足を骨折していて――」

小学生の少女が叫んだ。

「なんで悪い人が先で、ママはあとなの!!」

母親も前に出た。

「子どもたちと犯罪者を、同じ船に乗せたくありません!」

「俺だって、出産間近の妻を犯罪者が乗る船に乗せられない!!」

「警備艇には警官が二名乗っていますし、彼は手錠を掛けられている上に歩けないんですよ!　何もできません。そもそも、彼は極悪人じゃない」

長瀬はソファに妻を横たえると、日下部に殴りかかる勢いで迫ってきた。

「かばうのか。警察が犯罪者をかばうのか!!」

「自分はただ、けが人の――」

「たかだか骨折だろ。倫理的に考えて犯罪者より一般の善良な市民が先だ!　悪いが、俺が乗らせてもらう。妻を一人にはできない」

小学生の母親が抗議した。

「私だって子どもたちだけ送り出せない。まだ小学生なのよ。私が乗ります」

「うちは妻がこんな状態なんだ!」

「子どもなんて勝手に生まれるわよ、妊娠は病気じゃないのよ!」

ステテコの男性も輪に加わる。

「俺は腰が悪くてもう階段上がれねぇよ。悪いが俺が先だと思うな」

俺だ私だと、仲井を背負う日下部に住民たちが猛然と抗議の声を上げた。ふと通路を見る。最年長の益恵だけが悠然と構え、呆れたように若い衆の無粋な行動を見ている。その気っ風のよい毅然とした姿は、どこか母を連想させた。ガンが寛解して元気になって年を取ったら、きっとあんな感じになる。

ステテコの男が先に乗ったもん勝ちと、さっさと四〇一号室を抜けてベランダに出た。その柵を越えて、警備艇に乗り込もうとする。我先にと、住民たちが後に続く。長瀬が「俺の妻をまず先に！」と叫び、母親は「子どもたちを」と、小学生を両手に引き摺って叫ぶ。日下部は、その住民たちの背中に怒鳴り散らした。

「おい！　警察官の指示に従わない者は、この場で公務執行妨害で逮捕するぞ……！この男のように手錠を掛けられた状態で洪水の街へ出たいか、え!?」

母親は顔を引きつらせて黙り込んだが、ステテコ男は猛然と立ち向かってきた。

「たかが警察が威張ってんじゃねぇよ！　お前になんの権限がある！」

長瀬も迫る。

「そうだ。てめぇ何様だよ！」

売り言葉に買い言葉だった。

「五港臨時署、刑事防犯課強行犯係の、日下部様だよこの野郎!!」

ベランダの柵の向こうで、警備艇の右舷に足を掛けた由起子が、目を点にして日下部の逆ギレを見ている。

「いいか。俺はな、捨て身でこの救助活動に臨んでんだ馬鹿野郎！　妻が出産間近？　子どもがまだ小さい？　腰が痛い？　それがどうしたってんだよ！　俺なんかな、母親が危篤なんだぞ。もうすぐ死ぬかもしれない。それでも、警官だからここでこうして、必ず全員の命を救うと誓って職務に当たってんだ。俺以上の覚悟を持った人間がこの場にいるか。え!?　いるなら手を挙げてみろ!!」

沈黙。誰も答えるものがいなかった。

ステテコ男は気まずそうに目を逸らして、ベランダから降りた。母親は子どもたち二人を警備艇に乗せたが、船が出るまで決して手を放さない。長瀬はソファに寝かせた妻を再度抱え上げ、必死にベランダの手すりの上に乗せた。由起子と海技職員二人が担いで、キャビンの中に運び入れる。

日下部は仲井を背負ってベランダに出た。雨の勢いは壮絶で、突風に足がもつれそうになった。仲井は背中で泣いていた。ありがとう、ごめんなさいを繰り返している。日下部は外へ背を向けて仲井をベランダの手すりに座らせた。戻ってきた由起子と海技職員が後ろから支え、船の中に担ぎ入れた。二人の警察官に担がれながら、仲井は日下部に言った。

「絶対生きて戻ってきてください。私、日下部さんの取り調べじゃないといやですから。絶対ですよ……!」

日下部は大きくうなずいた。警備艇がエンジンをふかした。小学生の子どもたちが、ママ、ママと泣く。母子の手が離れた。滝のような雨が水面を打ち、噴水の中に立っているようだった。

多忙な由起子に代わり、日下部が係留ロープを解索した。ロープを回収する由起子の姿が小さくなっていく。

「また戻ってくるわ。必ず」

「お願いします」

互いに敬礼した。

船尾ランプがあっという間に暗闇と雨の膜に吸い込まれ見えなくなった。小学生の母親はその場で泣き崩れた。そのくるぶしまでもう水が迫っていた。

午後七時。東京湾羽田沖五キロ海上。

礼子は目の前の光景を映画か何かだと思いたかった。ドラム缶詰めにされ、顔を切り刻まれた山崎。その向こうの浚渫船デッキ上で、ＳＡＫＵＲＡを構えた碇の背中。たった一人だけの、孤独の背中。

上条は碇の十五メートル以上先に立ち、片手でコルト45の銃口を碇に向けている。その背後にずらりと十人以上の悪党が、銃器を片手にじりじりと距離を詰めている。

救難信号を出したところで、警備艇緊急派遣要請が出ているいま、五臨署は空っぽだった。そもそもこの荒海では、海保もすぐには来られないだろう。

碇の足が一歩、二歩と退いているのがわかった。滑るように、ゆっくりと背後に動く。ここで一斉発砲されたら蜂の巣状態だ。礼子は策を巡らせた。頭が真っ白で、何も出てこない。とにかく自分も何か武器を持たなくてはならない。だが海技職員は警察官ではないので、銃器の所持はできない。防弾チョッキを渡されただけだ。碇のように戦えない。なんと無力なのか。海と船のことしか知らない。

海と船――。

礼子は腰を屈めて右舷板に身を隠しながら、開けっ放しだったキャビンへ飛び込んだ。操舵室横のロッカーを開ける。信号紅炎。パラシュート型のもので、大量の赤い煙をまき散らす。台風警備という危険な出航に備え、いつもの倍の六本を準備していた。ビニールテープも摑んで腰を屈め、デッキに出る。

警備艇だいばは小さな波の影響も受けるため、短い周期で上下に揺さぶられている。大型船舶は小波《さざなみ》のエネルギーを吸収できる。影響は大波だけだから、長い周期で上下する。そのタイミングを計る。

警備艇が下へ落ち、浚渫船が上へ突きあげられるタイミング。完全に敵の視界から警備艇デッキが見えなくなると、目の前に浚渫船の喫水線が見えた。手早く信号紅炎をだいばの右舷ハンドレールに括り付けた。通常なら筒の先を天に向けるが、浚渫船デッキに狙いを定め、横に倒す。船が上がれば隠れ、沈んだら取り付ける。間隔を空けて、六本取り付けた。

デッキを見た。怒鳴り合い、睨み合いが続いている。碇とWの距離が縮まっている上、後ろに控えた十三人の悪党たちが取り囲みはじめている。碇はせわしなく銃口を右へ左へ回し、完全な劣勢だった。

浚渫船が大波に突きあげられ、ゆっくりと下に沈んでいく。一方のだいばは小波に一瞬突きあげられ、船体が浮いた。

いまだ……！

礼子は右舷デッキを船尾方向からダッシュで走る。信号紅炎を次々と発射させた。それは赤い煙を大量にまき散らしながら、小型ロケットのようにひゅうひゅうと音を立てて浚渫船デッキを突き抜けていく。二本はクレーンに弾かれて海に落ち、四本は敵の群れに命中した。違法銃器を持つ地下の者たちは信号紅炎という船舶用具を知らないようだ。ロケット砲でも撃ち込まれたと勘違いして悲鳴を上げ、二人がデッキに大げさに倒れ、一人は悲鳴を上げて勝手に海へ飛び込んだ。

碇と上条の動きはほぼ同時だった。敏捷《びんしょう》に腰を屈めて頭を守る。デッキ上は赤い煙に包まれて何も見えなくなった。激しく咳き込む声の合間に、怒鳴り散らそうとする声も聞こえるが、唐突に途切れる。

赤い煙の中から、咳と涙でしかめっ面の碇が匍匐《ほふく》前進で出てきた。礼子に手を振り、やがて立ち上がると猛然と駆けだしてきた。

礼子はキャビンに飛び込み、いつでも出航できるようにエンジンキーを回した。係留ロープを解こうとしたが、ドラム缶の山崎を救出しなくてはならないと思い出す。浚渫船のデッキに上り、ドラム缶を動かそうとしたが、ぴくりともしない。

視界の端で火花が散った。遅れてパンと何かが弾ける音。顔を上げる。赤い煙がもくもくと湧き上がり続けているが、この暴風雨で煙の霧散スピードは速い。上条がスーツの腕で口元を隠しながらも、碇に狙いを定め銃口を向けて迫ってくる。

「碇さん、後ろ!!」

碇は半身を翻し、二発撃ち返した。一発目は空砲だ。上条はとっさに身を屈めて避ける。連続した三発の銃声に、下っ端の誰かがパニックになって発砲した。視界がない中で発砲音が聞こえると、人は防御のために自分の武器の引き金を引きたくなる。デッキ上から次々と火花が飛び散り、発砲音が響き渡る。ビュンと礼子の頭の近くにも弾丸が飛んできた。そのとき、床が思い切り上に突きあげられた。高いうねり。浚渫船の右舷側が持ち上がる。傾斜角度は四十度になろうとしていた。

浚渫船の船尾がエンジンを吹く。プロペラが回って海水を攪拌し、クレーンのアームが振動で細かく揺れる。船長が横波回避を試みている。船が舵を右に切ったのがわかった。波に対して斜め三十度に入ろうとしているようだが、また右舷を上にして傾斜がついた。今度は先ほどよりももっと傾斜がきつく、ハンドレールにつかまってていなかった悪党たちが右舷から左舷へ悲鳴を上げながら転がっていく。フェンダー代わりのタイヤにしがみつき再びデッキへ上がるが、コルトやカラシニコフ銃は海に没していく。

碇はクレーンの根元に足を掛けて踏ん張り、上条はハッチの取っ手につかまって堪えている。その状態でも平気で拳銃を撃ってくる。碇が首をすくめてすり抜ける横を、連続で三発弾が発射され、クレーンの金属に当たってめり込む。

あぁ、という絶望的な叫び声が聞こえた。目の前のドラム缶が倒れた。傾斜に対し縦向きだったので、頭を上にした状態で、ずるずるとゆっくり左舷へ落ちていく。碇がデッキを蹴り、ドラム缶の下に入って全身で支えた。船は一旦復原力で水平に戻ったが、今度は左舷が上に突きあげられた。左舷ビットにつかまっていた悪党二人が、デッキを転がって落水した。

ドラム缶が縦にずり落ちていくのを、碇が肩と首の後ろでなんとか支えようとしているが、傾斜のついたデッキでは、成人男性とコンクリートが詰まった二百キロ近いドラム缶を支えるのは不可能だ。碇を押しつぶすようにして、ドラム缶がずるずると滑っていく。山崎がパニックになり、意味不明な言葉を叫んでいる。

上条はハッチに手を掛けたまま、一旦銃口を上に向けて様子を見守っている。ドラム缶は滑るうち、山崎の頭部が船首方向へ傾いていく。とうとう舷とドラム缶が水平になった。こうなると転がる速度はあっという間だ。傾斜は緩くなっていくのに、ドラム缶は山崎の悲鳴と碇の唸り声と共に、デッキから海へ転がり落ちた。

礼子は猛然とデッキを走った。

「手を放して！　碇さん!!」

碇は海面からなんとか体を出している。救命胴衣のおかげで浮かんでいるが、左手で海面を掻き、右肩と首の後ろでドラム缶を支える。ドラム缶は一部をフェンダー代わりのタイヤが支えている。碇は足を右舷の外板についてなんとかドラム缶をデッキ上に押し返そうとするが、うねる波にもまれてうまくいかず、何度も水中に顔を没し、息も絶え絶えだ。

「碇さん、手を放して!!　あなたまで溺れてしまう！」

声を限りに叫ぶが、山崎がそれ以上に声を嗄らして絶叫する。

「見捨てないで、助けて。助けて……!!」

碇は返事ができず、ただ首と肩の筋肉を震わせるばかりだ。救命浮環を取りに警備艇だいばへ戻ろうとした礼子は絶句した。

五人の男がキャビンで大暴れしていた。鉄パイプで次々と電子海図やレーダー、AIS、ソナーなどの計器を破壊しつくしている。屋根の上のアンテナも次々とへし折られた。船尾に立ち、オイルタンクに銃弾を撃ち込んでいる男もいた。

何よりも礼子を激怒させたのは、水上警察旗をズタズタに引き裂く行為だった。

礼子の足に、黒い小さな銃身があたった。クレーンの隙間に、碇が落としたSAK

URAが落ちていた。礼子はそれを取った。警備艇で暴れる男たちに向けて引き金を引いた。銃弾が銃口から飛び出した途端、手から腕、肩にまで激しい衝撃が走り、礼子はひっくり返ってしまった。銃弾はだいぶのずっと上空の空へ消えた。男たちは銃声に驚いて手を止めたが、オイルタンクを撃っていた男が猛然と礼子に銃口を向け、引き金を引いた。

礼子は思わず目を閉じた。

だが弾は礼子の頭のずっと上を飛び、クレーンに当たって弾け落ちた。二つの船は揺れの周期が違う。男は浚渫船デッキにいる礼子になかなか照準を合わせられないようだった。礼子は体を反転させて腹ばいになり、両肘をついて手を安定させて、SAKURAを構えた。無我夢中で、引き金を引いた。二発で弾切れになってしまった。男たちがデッキに上がってくる。

「先にあの女やっちまえ！」

男たちが猛然と向かってきた。礼子はデッキを走り、荒れ狂う海へ飛び込んだ。波高はあっても、救命胴衣のおかげで海面に急浮上する。防弾ベストが重い。礼子は必死にそれだけ脱ぎ捨て、クロールで警備艇へ向けて泳ぐ。たった五メートルの距離なのに波のせいでなかなか先に進まない。百メートルにも二百メートルにも感じた。やっと警備艇の左舷に手をついた。水と救命胴衣でずっしりと重い全身を、上腕筋を奮い立たせてなんとかデッキに転がり落ちた。体中が油まみれになった。オイルタンクに銃弾を撃ち込まれ、三つの穴からどくどくとオイルが漏れていた。礼子はそれを補修する暇もなく係留ロープをほどき、キャビンに飛び込んだ。

エンジンはかかったままで、舵効きに問題はなさそうだった。リモコンレバーを引き上げる。前進した。操縦はできるが、救難信号ボタンを押しても反応がない。とにかくUターンし、碇が海中に落ちた浚渫船右舷方向へ向かった。

碇は同じ恰好で堪えていた。フェンダー代わりのタイヤを支点にして、猛然と叫んでドラム缶をデッキに持ち上げようとする。あとほんの何度かドラム缶が上へ上がれば――というところで、別の悪夢がすぐ後ろに迫っていた。

「碇さん、後ろ――!!」

礼子は声の限り叫んだが、キャビンから伝わるはずがなかった。碇のすぐ頭上のデッキに、上条が銃口を下に向け、呆れたように立ち尽くしていた。

猛烈な雨がキャビンの窓を叩き、視界がぼやけていく。礼子はワイパーのスイッチを入れたが、反応がない。ワイパーは根元から折られていた。

礼子は一旦停船して、デッキに出た。パン、と音がしたところだった。ドラム缶は海にドボンと音を立てて没し、碇の姿も見えなくなった。デッキの上で、身を翻して右舷を離れる上条の白い頭髪が、暗闇にぽっかりと浮かんでいた。

——嘘でしょ。

「碇さーん!!」

声を張り上げ叫んだ。上条や悪党がこちらを振り返る。礼子は左舷板に身を隠した。だいばが横波を受けた。ギギギと金属が苦しそうな音を立てて右舷側へ傾く。礼子は足を踏ん張ったが、転がり落ちて右舷板に背中を打ち付けた。船尾はラフト昇降口がついており、網目状になっている。波が容赦なくデッキに入り込んでは流れ出ていく。

礼子はキャビンに飛び込み、リモコンレバーを引き上げた。大波に弄ばれながらも、窓を開けて浚渫船を見る。姿がないと思ったら次の瞬間、大波に突きあげられ現れる。今度はだいばが波の谷間に沈んで周囲を海に取り囲まれた。再び波の上へ浮上したとき、浚渫船は船尾から白い泡を噴いて動き出していた。デッキに人はいない。

礼子は舵を左に切り、浚渫船の航跡が残る場所へ突き進んだ。デッキ上で強い照明を放っていた浚渫船が離れていくと、あたりは暗闇に包まれた。キャビンの蛍光灯も破壊され光源がない。フロントガラスは雨粒と波飛沫で何も見えない。

横の窓を開けて外を確認するが、猛烈な風雨が吹き込んで目に水が入る。礼子は碇の名前を叫ぼうとしたが、嗚咽に変わった。

撃たれたのだ。返事ができるはずがない。操船し、大波の動きを読みながら、海上を漂う碇を探し出すのは不可能だった。

礼子は、舵から手を放して、床に泣き崩れた。

碇さん──私が死なせた。

操縦者をなくした舵は勝手に回転し、船は波の谷底に叩きつけられ、周囲に猛烈な飛沫が上がった。諦めるなと碇の声がした気がした。諦めるのはまだ早い──。

「碇さん……！」

礼子は声を嗄らし叫んで泣いた。

「ここだ、早く助けろ！」

本当に碇の声が聞こえて、礼子は開け放したままのキャビンからデッキを見た。暗闇の中、船尾の白いラフト昇降口に人影がしがみついている。感情よりも早く足が動いて、礼子はラフト昇降口へ脱兎のごとく駆けだした。暗闇で視界がほとんどないが、一瞬の雷鳴がその顔を確かに礼子に映し出した。

「碇さん……!!」

碇は襟元のワイシャツをピンク色に染めてはいたが、どこか出血している様子もなく、筋肉の盛り上がりは健在だった。礼子の手を借りて、なんとかデッキに転がり込むと、猛烈に咳き込み――そして、泣いた。

「――助けられなかった」

言葉の意味よりも、礼子は碇の生存にただ歓喜して、涙があふれてきた。

「あいつ――なんでだ」

碇は再び咳き込み、「上条」と言葉を途切れさせながら、言った。

「あいつ、山崎の頭をぶち抜いた。明らかに俺じゃなくて山崎の頭を狙って撃った。なんでだ。畜生！」

碇はデッキを拳で打ったが、もう体力が残っていないようで、こつんと音を鳴らしただけだった。助けられなかった――碇の目尻にまた、涙が浮かぶ。

途端に、横波を受けただいばが右舷側に傾いた。碇は慌ててハンドレールにつかまる。礼子は素早く立ち上がって斜めになったデッキ上をはねるように飛んで渡り、キャビンの舵にしがみついた。重い。必死に舵を回して、左へ方向転換する。船が水平を保ったところで、碇がよろけながらキャビンに入ってきた。計器の前に座りながら言う。

「とにかく、五臨署に戻ろう。戻って逮捕状を取る。あの野郎、もう二度と東京の土は踏ませねぇ――。おい、壊れてる」

「破壊されたんです」

「誰に」

舵が波の力で反対側に回転しようとする。礼子は上腕筋を震わせて堪えながら、

「奴らにです！」と叫んだ。波を越えた途端、ドッカーンと音がして船体が震え、フロントガラスに白い波が叩きつけられた。碇はキャビンの壁に手をついて堪える。

「船を守れとあれほど言っただろう！」

「これでも碇さんが落とした拳銃で三発、ぶっ放しました！　一発もあたりませんでしたが」

碇は「そうか」と呟いた。「俺は一発だけだった。それで俺も当たらなかった」と笑った。一発威嚇射撃するだけで始末書が待つほど、日本警察は銃器の発砲に関しては神経質だ。しかし碇は発砲した勇気を褒め称《たた》えてくれているようだった。

先端が風に吹かれて白く砕けた波が、何度もフロントガラスにドーンと叩きつける。その都度、強化ガラスが振動するのを目の当たりにした碇は「割れないか」と呟いた。

「波で割れることはありません。巨大な鉄球でも撃ち込まれない限り」

「あさま山荘事件みたいな奴か」

「とにかくいまは転覆しないことが大事です。投錨します」

「こんなところで錨泊する気か」

「走錨《そうびょう》状態になると思いますが、しないより船は安定します」

礼子は計器の投錨ボタンを押した。船底に設置されたウィンチが回転し、鎖が船底をこする音がガラガラと響く。

「オイルタンクにも銃弾を撃ち込まれました。先に穴の補修をお願いします」

碇はわかったと、暗闇のキャビンを手探りで、ロッカーに向かって歩き出した。不意に右舷側を見た碇は絶叫した。

「おい横波だ！」

礼子はとっさにハンドルを右へ切ろうとしたが、突如現れた横波をもろに右舷側に受けた。船はあっという間に垂直に傾いた。傾斜を示す計器の針が見たこともない位置へ振り切れる。礼子は舵に抱き付いて堪えたが、碇の巨体が降ってきてもつれあい、揃って壁に体を打ち付けた。壁と思ったそこはキャビンの天井だった。横転したのだ。すぐに船の復原力とキャビン内の空気の浮力で、だいぶは再浮上した。船が海中に没して一回転している間に、ロッカーの備品や飲料水の入ったペットボトルなどがすべて投げ出され、体に降り注ぐ。ほんの数秒だったが、とっさに碇が礼子の体を抱きすくめて守ってくれた。碇の腕や背中に二リットル入りペットボトルや懐中電灯、プライヤーなどが落ちてごつりと鈍い音を立てる。

碇は「どうなってる!」とパニックになりながらも、礼子を守る手を放さない。

「ローリングしたんです、大丈夫、もとに戻りました!」

船が正常位置へ戻ろうとした瞬間、フロントガラスへ金属の塊が飛んできた。礼子の頭三つ分はあるアンカーだ。その鋭い突起が眼前に迫っていた。「伏せろ!」碇が叫び、礼子の頭を抱えて床に倒れた。割れたフロントガラスの破片と波が碇の背中に降り注ぐ。船が横転したことで投錨したアンカーも遠心力で振り回され、フロントガラスを直撃したのだ。

礼子は碇に守られながら、投錨ボタンを切った。船首にどんとあったアンカーが鎖に巻かれて、あっという間に海に没した。

「大丈夫か」

言った碇の両腕はガラスで切れ、出血していた。

「碇さんこそ、傷の手当てを」

「先にオイルタンクの手当てだ。いや、フロントガラス、このままで平気か」

予備の強化ガラスなど積んでないが、塞がないとまずいだろうと碇は問う。

「塞いだら前が見えなくなって操船できません。でも塞がないと――」

礼子は言葉を濁した。次、横転しても船の復原力は期待できない。割れたフロントガラスからキャビンへ大量の水が注ぎ、あっという間に沈没する。

説明する間もなく、礼子は舵に飛びついた。次の大波が眼前に迫っていた。リモコンレバーを最大にまで引き上げる。エンジンが唸り、船が波の中腹へ上り詰めていく。

「とにかく、タンクの補修をお願いします！　デッキは危険ですから、予備のロープで体を固定して作業を」

碇は腕や顔のあちこちから出血していたが、「わかった」とデッキに出てオイルタンクの補修にかかった。礼子は碇が心配で何度も開け放したキャビンの向こうを振り返った。ドア枠は額縁に見え、船尾で作業をする碇の姿を絵画のように演出していた。碇が口に咥えている懐中電灯の明かりが、その体の輪郭を濃くする。均整の取れた体の稜線に容赦なく雨が叩きつけている。確かに彼が生きて存在していることを証明しているようだった。

前を見た。黒い。波の頂上に船が持ち上げられ、あっという間に急降下していく。船首が海面に突っ込む形で落下する。舵を動かしたが空を切るように軽い。船が宙に浮いているのだ。着水した瞬間、激しい波飛沫が操舵室に押し寄せた。礼子は波を顔面にもろに受けたが、舵に体を巻き付けるようにしてなんとか堪えた。今度は引き波が礼子の体にまとわりつき、暗黒の海へ引き摺り込もうとする。耐え抜く。涙が出てきた。

顔を上げた。礼子は、恐怖で背筋が粟立った。こんな東京湾を見るのは初めてだった。何が海をこんなにも怒らせているのか。目の前の海面が再び盛り上がっていく。泡立った白い波が、盛り上がりと共に引っ張られ、まるで怪物の血管のように網目状に広がっていく。海底に眠る怪物が覚醒したかのようだった。

礼子は舵を握り、盛り上がる海面に乗った。振り落とされないように、そして乗り越えて落下しないように、中腹に留まる。微妙に舵を動かす。舵を握る手に大粒の血がぽたぽたと垂れ落ちた。顔のどこかが出血しているようだった。

礼子は怖くなった。どうして上条がとどめを刺さなかったのか、わかった気がした。この荒れ狂う海を、破壊された船で生還できるはずがないと踏んでいたのだ。一度怖い、帰れないと思うと、もうそれに囚《とら》われて心身ががんじがらめになっていく。

「碇さん！」

前から少しも目を離せず、礼子は自分の肩に怒鳴るように彼を呼んだ。碇から怒鳴り返すような返事があった。怖い。彼にそばに立っていてもらわないと、いまにも膝から折れそうだった。膝が笑い、足先は感覚を失っていた。舵を握る手にも、恐怖が這い上がる。碇の「大丈夫か！」と怒鳴る声。

礼子は泣きながら叫び返した。

「お願い、そばにいて……！　早く戻ってきて!!」

「大丈夫だ、お前ならやれる！」

礼子は激しくかぶりを振った。涙と血が飛ぶ。

「私、本当はそんなに強くないんです。お願い早く戻ってきて！」

「楽しいことでも考えろ！　陸に戻ったらシャワーを浴びて、うまいもん食いに」

「そんなの普通です、別に楽しくも何ともない！」

一瞬の間の後、碇の怒鳴り返す声が聞こえた。

「俺も一緒に行く！」

礼子の胸を、別の波が突きあげた。

「一緒にいる。そばにいる。だから、諦めるな。舵を握れ！」

涙がとめどなくあふれた。返事ができず、ただ強く何度もうなずく。涙が止まると、堰《せき》を切ったように、とめどなく言葉があふれた。碇を呼ぶ。一拍遅れて「何だ！」と怒鳴り返す声が聞こえた。

「もう一度。もう一度、チャレンジしてもいいですか」

「いくらでもチャレンジしろ、海に挑め！」

「海じゃない、碇さんにです！」

沈黙があった。

「これまで一人で悩ませてしまって、本当にごめんなさい。でも今回は、これからは、一緒に考えていきます。碇さんの娘さんたちのこととか、元奥さんたちとか日下部君との関係とか、碇さん一人の問題と考えないで、一緒に悩んでいきたいです。だから……！　もう一度、私にチャンスをくれませんか」

返事はなかった。

礼子は一瞬だけ前から目を逸らし、キャビン越しにデッキを見た。碇の姿がない。

礼子は前を確認して舵の加減を調整したのち、もう一度後ろを見た。

碇がいない。

礼子は悲鳴を上げた。足元に落ちていたバールを舵に挟んで固定すると、デッキに飛び出た。碇の姿がどこにもない。周辺の海を見た。波の壁。風で砕ける白い泡。ほかに何もない、無間地獄が広がっている。

最初から碇はいなかったんじゃないかと礼子は思った。

やはり、碇はあのとき上条に撃たれて、ドラム缶の山崎と一緒に海底に沈んだのだ。どこからが悪夢で、どこからが現実なのか――。

横波が右舷を打ち、波がデッキに流れ込んできた。ほどけたロープの先が、礼子の長靴に当たった。ロープを辿った。右舷のクリートに巻き付けられたそれは係留ロープではなかった。懐中電灯が落ちていた。拾ってオイルタンクを照らす。弾丸を受けた穴が防水テープできちんと塞がっていた。

礼子は泣き崩れた。

第六章　殉職

午後七時、江東区扇橋。

時間の感覚は完全に失われていた。電柱はなぎ倒されて水没し、街灯も水の底だ。日下部の腕時計は午後五時の時点で止まっていた。

産気づいた妊婦と、けがで歩けない仲井、子ども二人を先に救助したが、日下部は気が休まる暇がなかった。浸水スピードは落ちることなく、四階と屋上の踊り場まで水が迫っていた。

先に上へ上がっていたタイ人男性が必死に屋上への扉をけ破ろうとしているが、開かないようだ。日下部と長瀬も一緒に体当たりするが、びくともしない。日下部は警棒でドアノブを叩き壊そうとした。

背後から「逃げ遅れた方はいませんか！」と拡声器の声が聞こえてきた。水没した東側の路地を突き進むゴムボートが見えてきた。

一斉に住民たちが手を振り、声を張り上げる。日下部は先頭に立ち、敬礼した。

「五臨署、日下部です！　何人乗れますか」

城東消防署の救命艇だった。消防官も敬礼の後、答えた。

「八人いけますよ！」

よし、と日下部は思わずガッツポーズをした。背後の住民からも拍手が沸きほっとため息が広がる。日下部は頭数を数えた。日下部も合わせてちょうど十人いた。

日下部は警察官だから優先順位が最下位なのは当たり前だが――。住民の中で一人、救命艇に乗れない人物が出る。

益恵を除いてみな、二十代から四十代の成人男女だ。けが人もいない。どうやって優先順位をつけろというのだ。とにかく益恵を先にと、彼女の手を取ろうして、振り払われた。

「あたしが残るよ」

「何言ってんだ。腰が曲がってんじゃないか」

「失礼な！　ピンピンしてるし、こういうときは先が長いもんから乗るべきだ。あたしは残るよ」

「だめだ！　益恵さんが一番なんだ」

日下部は問答無用で益恵をお姫様抱っこして、救命艇の消防隊員に引き渡した。益恵は驚いてひゃーっと声を上げ、足をばたつかせたが、救命艇に乗ると覚悟を決めたのか大人しくなった。この期に及んでもよくしゃべり「この年であんな若いツバメにお姫様抱っこされるなんてねェ。冥途の土産にするよ。ナンマイダ」と日下部を拝んだ。

日下部はタイ人男性二人を手招きした。なんで俺たちがという顔をしているが、言語が不自由な外国人はれっきとした被災弱者だ。周囲から抗議の声は上がらなかった。彼らは申し訳なさそうに救命艇に乗り込んだ。続いて、腰の悪いステテコ男性、子どもを先に救助させた母親と続く。あとは年配者を優先にしていった。

最後に残されたのは、長瀬だった。「俺かよ」と絶望的に手すりにつかまり、屈伸を繰り返すように、しゃがんだり立ち上がったりを意味もなく繰り返す。必死に感情を押さえている様子だが、救命艇が出発しようとすると、慌てて呼び止めた。

「待ってくれ。妻が産気づいているんだよ。赤ん坊の顔を見たい……！」

救命艇は豪雨に打たれながら、動いていく。豪雨とモーター音で長瀬の叫び声はかき消された。救助された人々は雨を全身に浴びながら、何人かは申し訳なさそうに日下部と長瀬を見送り、何人かは目を逸らしてただうずくまっている。

「大丈夫です、次の救命艇がまた来ます」

日下部は長瀬を促し、屋上の扉へ駆けあがった。ドアノブを壊す作業を二人で続けた。ドアの隙間からちょろちょろと水が流れ出ている。

「屋上もあふれてそうだな」

排水溝が詰まっていなくても、この雨の量では排水が追いつかないはずだ。東京随一の設備を誇る小名木川排水機場ですら対応できない水量なのだ。

日下部が最後のとどめとばかりに警棒を振り落とし、ドアノブが鍵ごとはじけ飛ぶ。じわじわと上がってくる水面にぼちゃんと落ちて見えなくなった。屋上にたまった水の水圧に耐えられず、ドアが勢いよく開いた。日下部はあふれ出た水に流されて階段を転げ落ち、長瀬は扉と壁の隙間に挟まれた。

日下部は慌てて階段の手すりを摑んで立ち上がった。水の圧力で扉に潰され続ける長瀬をなんとか引っ張り出したとき、暗闇に血が飛んだ。長瀬が両方の鼻から出血していた。血を見て長瀬のパニックに拍車がかかる。

「怖い、俺はもう無理だ。死ぬんだ……！」

「たかだか鼻血くらいで騒がないでください！　俺なんか子どものころ、修学旅行とか林間学校のたびに鼻血出してたんすよ」

「何だその話」

「とにかく、屋上に出ましょう」

二人で水の中、飛び込むように駆け入った。屋上の扉が開いたことで水位は下がり、くるぶしまでになった。ただ、叩きつける雨の量が容赦ない。どこかに雨を避ける施設がないかと見たが、貯水タンクがでんと置かれたきりで何もなかった。

日下部と長瀬は揃って外を見て、ただ言葉を失った。

浸水の深さは十五メートルを超している。四階建ての建物は屋根がかろうじて水面からのぞける程度にまで没してしまっていた。水面から、五階建て以上の建物がまばらに顔を出しているのみだ。その屋上、窓という窓からたくさんの人々が顔を出し、手を振り声を張り上げ救助を求めている。

まだ水門が閉まったままなのだ。この状況下で、排水機場が機能していないのはもはや明らかだ。水門を開けるしかないのに、開けられない理由があるのか。日下部は豪雨に打たれながら、思わず悪態をついた。

「水門開けろよ、畜生!!」

日下部の罵声を、上空のヘリがかき消した。木更津駐屯地から派遣された航空自衛隊の救難ヘリコプターだ。日下部と長瀬はジャンプしながら、必死に助けを求めたが、通り過ぎていってしまった。北側の、川筋が消えた小名木川上空でホバリングすると、するすると救助隊員が降下していく。その下、水で破壊され流出した家屋が、ビルに激突してなんとか留まっている。その屋根のアンテナに不安定につかまって立つ二人の人影が見えた。水流が変わるか、漂流物が激突したら、彼らは間違いなく水中にふるい落とされる。彼らが優先なのは仕方なかった。

順番を待つほかない。日下部は長瀬を振り返った。恐怖に目が泳いでいた。そのがくがくと震える膝を見た日下部は目を疑った。もう、膝まで浸水している。屋上出入り口を見た。屋上にたまっていた水と、下から突きあげてきた水が、踊り場で混ざり合って渦を巻き、やがて一緒くたになった。

「僕たちも貯水タンクに上がりましょう！」

日下部は長瀬を引っ張ったが、てこでも動かない。やがて座り込んでしまった。座るともう、胸まで水が迫った。

「怖いよ、無理だ。俺には無理だ」

「まだ救命艇は来ます。がんばって！」

「無理だ、無理だ！　俺はお巡りさんみたいに特別な訓練を受けてないし、筋肉ないし、本当に無理だ。腰が抜けた。動けない……！」

豪雨の隙間に、方々から悲鳴が聞こえる。ふと、その悲鳴が輪をかけて大きくなった。男女の悲鳴。日下部は暗闇に落ちた周囲を見渡した。小名木川上空でホバリングしている自衛隊ヘリのライトが、四ツ目通りを照らしていた。三階建てのマンションが水没したようで、屋上にあった貯水タンクのハシゴに必死にしがみついている五人の男女が見えた。水位はみるみる上がっていく。彼らは必死にハシゴを伝って上へ行くが、とうとう貯水タンクを覆い隠すほどに水が迫った。

いてもたってもいられず、日下部は自衛隊ヘリに怒鳴った。

「おい！　急げ、こっちの人たちが……！」

風のせいか、小名木川上空の自衛隊ヘリは引き上げ作業に難儀している様子だ。被災者を固定したロープがおもちゃのかざぐるまのようにグルグルと回転して突風に弄ばれ、ホバリングでなんとか宙に留まろうとする自衛隊機も不安定に揺れている。

わあっ、と悲鳴が上がった。

視線を前に戻す。五人の男女がとうとう流された。水中に何度も没しながら、もがくように水を掻くが、やがて暗闇の向こうに見えなくなった。

視界の端に、墨田区の東京スカイツリーの照明がぼんやり見えた。壊滅的ダメージを受けているのは、恐らく東京湾から近く海抜の低い江東デルタ地域だけなのだ。

日下部はスマートフォンを出した。電波状況が悪い。この近辺の電波塔は水没したのだろう。遠くの電波塔がなんとか電波を拾っているようだが、無数の人々が助けを求める電話をしているため、非常に繋がりにくい。

何度もかけなおし、やっと高橋に繋がった。

「日下部。よくやった。いま仲井を病院に搬送したと細野から連絡が——」

「そんなことより、水門を開けてください」

切に訴えた。

「いま、目の前で五人の男女が濁流に飲まれました。ほかにも要救助者が、視認できるだけで百人以上います。救命艇・警備艇のピストン輸送や自衛隊のヘリだけじゃ間に合いません。お願いだから水門を、開けてください……！」

「わかった。いますぐに掛け合う。署長を飛び越えてでも港湾局に直訴する。日下部、お前はいまどこなんだ」

「四ツ目通り沿いにある四階建てマンション、エスポワール扇橋の屋上です。もう膝まで水に浸かっています」

最後まで言い終わらないうちに、電話は切れてしまった。あとはずっと圏外で、何度かけても繋がらない。長瀬は腰を抜かしたままで動けず、もう首の下まで水に浸かっていた。日下部はスマホをポケットにねじ込み、長瀬に尋ねた。

「長瀬さん、生命保険に入ってます？」

突然現実的なことを尋ねられ、長瀬は面食らったように日下部を見上げた。この場で「がんばれ」という言葉ほど無意味な投げかけはない。こんな話が一番だ。

「奥さんと赤ちゃん残して死ぬんですよね。死亡保険金はいくらです」

長瀬は頭を抱えた。

「確か、二千万だったか……」

「それ、ぜんっぜん足りませんよ」

「保険屋にも言われたよそれ。でも毎月の掛け金がさ」

「奥さんと赤ちゃんの未来が見えましたね。奥さんはシングルマザーで朝から晩まで働き詰め。それで体壊して、お子さんが成人してやっと楽になったと思ったら、病気でぱったり倒れる。うちの母みたいにね」

日下部は手を差し出した。

「――生きましょう。生きないと」

長瀬はその手をがっしりと摑み返し、立ち上がった。

日下部は貯水タンクに溶接されたハシゴを見つけ、長瀬に上るように促した。長瀬は豪雨をまともに顔に受けないよう、下を向きながら階段を上がった。「俺、高所恐怖症だったんだ」と思い出したように叫んで、今度は上を向いた。変な悲鳴を上げながらも、必死に三メートルほどのハシゴを上がる。日下部も続く。下を見た。屋上は、その境界線がわからなくなってもう水没したも同然だった。足の下を、つい数時間前まで誰かのリビングにあったはずのクッションや雑誌、バラバラになった家屋の木材などがとめどなく流れていく。

ふと、雨がやんだ気がしたが、代わりに猛烈な風が上空から吹き下ろした。あたりが明るくなった気がした。上を見る。自衛隊の救難ヘリが真上の空でホバリングしている。日下部はほっとして、ハシゴの途中に足を絡ませ、腰を下ろした。

これで長瀬を父親にしてやれる――。

航空自衛隊員が降下して、トンと遠慮がちに貯水タンクの上に降り立った。長瀬の腕を掴みあげて、ロープの先端に括り付けられた救命用具に足を通させた。座した状態で上に引き上げる。隊員が下を向いて、日下部に呼びかけた。

「早く上がってきてください！」

「警察です！　先にほかの住民を!!」

日下部と似たような状況で、迫りくる水に恐怖で固まって救助を待つ人がここにはごまんといた。

「しかし――」

「大丈夫、うちの警備艇が戻ってきますから」

自衛隊員は大きくうなずくと、きっちりと指を揃えて敬礼した。ヘリの上で待機する隊員にゴーサインを出す。隊員が引き上げられ、ヘリに吸い込まれた。ヘリが遠ざかる。日下部は頭上にまた激しい風を受けた。濡れた体が乾いてくれそうなほどの強風だったが、ヘリが離れるとまた豪雨にさらされ、ずぶ濡れになった。

やっと、ここの住民全員を救助できた。日下部はほっと、ため息をついた。

母はどうしているかな。

ドーナッツを買いに行かなきゃいけないのに。

顎からとめどなく水が垂れて、濡れた太腿に落ちた。涙なのか汗なのか雨なのか、判別がつかなかった。足先に水が触れた。日下部は再び、ハシゴを上がった。「水門早く開けろよバカ野郎!」と叫びながら。

タンクの上に立ったが、球状になっていて滑りそうだった。ハシゴの最先端にとどまり、足と腕を絡めて必死に耐えた。もう足先が水に浸かった。これ以上、この建物に上はなかった。尻がひんやりとしてきた。水に浸かっている。スマホをポケットに入れたままだった。もうどこにも電話できない。

日下部の写真を撮ってくれた少女がいた。彼女が撮った写真が、自分の遺影になるのかなと自嘲した。碇が泣きながら弔辞を読むのだろうか。あの人はわりと泣き虫だ。いま碇はどうしているのだろう。最後に話したかった。最初は大嫌いだったが、いまは大好きだった。父親みたいに思っている。本当の父親をよく知らないからなおさらそう思う。胸まで水が、迫ってきた。太腿や足に、いろんなものが当たる。堅いもの、やわらかいもの。大きいもの小さいもの。ぶつかった衝撃で振り落とされないように必死にハシゴにしがみつく。腕が痺れて力が入らない。水中に没した足はもはや感覚をなくしていた。

日下部くーん、日下部くーんと、誰かが呼んでいる気がした。由起子の声だろうか。よりによって最後の最後でなぜ彼女の声を思い出すんだろうと、日下部は無意識に、光が差すほうを振り返った。パシューと音がして、光を割るように、蛇のようなものがこちらに伸びてくるのが見えた。

救命索だった。

碇は救命胴衣の力で、没した海中から勢いよく浮上し、やっと呼吸をした。その瞬間に上から波が叩きつけ、吸った息の中に塩水が入る。喉を直撃し、激しく咳き込む。

こんなときに愛の告白をする奴があるかと、ただ心の中で叫ぶ。声に出したところで、本人には届かない。

巨大な鱗《うろこ》を持つ海底生物が、好き勝手にその表面を動かし、人間や船を弄んでいるような海原。そこにぽっかり白い塊が浮かんでいた。警備艇だいば。礼子の二度目の告白に驚いてひるんだ隙に、デッキを右舷から襲った横波に体を持っていかれた。洗濯機の中に放り込まれたように波にもまれているうちに、腰に巻いたロープが外れてしまった。やっと浮上したときにはもう、警備艇だいばとは百メートル近く距離が離れてしまっていた。

諦めないと、碇はクロールで海水を掻いた。波の上に持ち上げられる。曇天が届きそうなほどだ。警備艇が見えなくなった。泳ぐつもりが、波の稜線を転がるように落下していく。警備艇が見えたが、もっと引き離されていた。礼子がデッキにいるのがかろうじて見えた。

「礼子……！」

叫んだそばから、風で砕けた波の先端が顔にばしゃりとかかった。何の罰ゲームだこれはと、碇はこの大自然に激怒した。

その怒りも、碇自身も、この海原ではあまりにちっぽけだった。

再び泳ぎ出してはみたが、ほんの数メートルやっと近づいたと思ったら、波に突きあげられて数十メートル引き離される。次に波の谷間に落ちたとき、とうとう警備艇の姿を見失った。

稲光で周囲がぱっと明るくなる。碇はそこで初めて、自分をぐるりと取り囲む地獄を目の当たりにした。三百六十度、海。警備艇の姿はもう二度と見えなかった。それは想像を絶する孤独だった。

碇は生を求めて硬くなっていた全身の筋肉を、いっきに弛緩《しかん》させた。死ぬんだなと思った。娘たちの顔が順繰りに浮かぶ。父の勇作。日下部はいまどうしているだろう。あいつ俺なしでこの先大丈夫か。まだまだ体も心もひよっこだ。でも芽はある。誰よりもある。初めて会ったときからむかつく野郎だったが、鍛えればいい刑事になるという直感があった。

母と二人の元妻をすっ飛ばして、礼子の顔が浮かんだ。

猛烈な後悔の念で、腹の底がよじれた。海水は予想外に冷たく、もはや体温は奪われて感覚は全くないのに、内臓が萎縮していく感覚だけは妙にリアルに感じた。なんでもっと優しくしてやらなかったのか、なんで抱きしめて応えてやらなかったんだろうと思った。何にこだわって、彼女を拒絶していたのだろう？

ちっぽけな海原にぽつんと一人でいると、すべての回答が簡単で単純だった。

ボーと、ずいぶん野暮ったい雷の音がした。

違う、船の汽笛だ。

ぼんやり浮かんでいた碇は慌てて両手を掻き、周囲をぐるりと見渡した。上半身より一歩遅れて、下半身が回転する。もう東西南北の方向感覚も全くないが、波の谷間に碇は、奇跡を見つけた。

白とオレンジの、巨大な船体。ファンネルには青地にコンパスを模した海上保安庁のロゴマーク。

青海埠頭にいたはずの元南極観測船、宗谷だった。

宗谷、十一個目の奇跡になる。

碇は猛然と、宗谷に向けて泳ぎ出した。

午後八時半。

二つの報告を立て続けに受けた高橋は、あまりのことに腰を抜かして、立っていられなくなった。へなへなとパイプいすに座る。

五港臨時署四階の台風七号海上災害警備対策本部で、ケヤキの倒木で割れた東側の窓ガラスに、業者が新しい窓を設置しようとしていた。

ひな壇でじっと堪えるように座っていた玉虫が、高橋の顔を読むようにこちらを見ている。

ついさっき、水没していた江東区で洪水に巻き込まれた日下部が、警備艇わかちどりに救助されたという報告が上がったばかりだった。日下部は由起子が放った救命索になんとかつかまり、引き上げられた。擦り傷だらけで疲れた様子だったが、このまま仲井の取り調べに行くと言い張り、タフな一面を見せてくれた。

問題は、大荒れの東京湾へ出航した警備艇だいばの、碇と礼子だった。

ちょうど一時間前の午後七時半、警備艇だいばがレーダーから消えたという報告が、海上保安庁川崎海上保安署の巡視艇からあった。無線で呼びかけても反応はなく、恐らく計器の故障か転覆——という最悪の事態が頭をよぎった。

その後、だいばに関する報告はどこからも上がってこないまま、この時刻になって思いもよらぬところから吉報が舞い込んだ。高橋は立ち上がったが、ひな壇には駆けよらなかった。この会議室内にいる全員に伝えたい気持ちで、叫ぶ。

「横浜海上保安部の巡視船いずからでした」

玉虫が眉をひそめる。

「いずが、何だって？　確かいずは——」

「ええ。宗谷を沖に避難させるために付近を曳航中に、遭難中の碇警部補を発見、無事保護したとのことです」

「ああ……!!」

玉虫は拳を天高く突きあげガッツポーズをしてみせたが、勢い余ってそのまま椅子ごと後ろへ倒れた。舟艇課長が高橋に問う。

「有馬は!?　だいばはどうなりました」

「現在地を把握しており、現在救助中とのことです。まず大丈夫でしょう」

舟艇課長もへなへなとその場に座り込んだ。やがて誰ともなく拍手が沸き起こり、主役がいないままに五臨署会議室は拍手の渦に巻き込まれた。

しかし、勝ちではない——。

高橋は一転、厳しい表情で窓の外に浮かぶ星空を見上げた。

首都圏を直撃した台風七号は日本列島に上陸した数時間後には勢いを失った。午後八時、高崎市上空を通過したときには中心気圧九八〇ヘクトパスカルと規模の弱い台風になった。このまま新潟沖に抜ける進路が予想されたが、海に抜けぬうちに温帯低気圧になりそうなほど急激な衰えだった。台風は海水温の高い海上で発生し、成長する。陸上からは吸い上げる餌が何もないため、上陸すると勢力が衰えるのだ。

高潮が引いた東京湾だが、うねりはまだ若干残っていた。しかし空は完全に晴れ渡り、台風本体の雲になれなかった筋状の雲が時折、星を隠す程度だ。

江東区を中心に、すでに十名近い死者が確認されていた。すべての水門は午後八時にやっと開けられたが、それは水没した江東区を救うためではなく、あくまで高潮が収まったという判断からだった。

日下部が窮状を訴える電話をかけてきた午後七時過ぎ、高橋は頭上の玉虫を飛び越えて直接、高潮対策センターに電話を入れた。せめて江東区内にある五ヵ所の水門だけでも開けてくれと訴えた。電話を受けた担当者は浸水深十五メートルを超した江東区の惨状を理解しているようだが、許可がないと水門を開けられないと、苦しそうに繰り返すばかりだった。

港湾局トップの許可が絶対条件だという。状況を知った玉虫と共に、港湾局長直通の番号へ電話を入れた。返ってきた返事はやはり、高潮が収まらない限り水門を開けられないということだった。

江東デルタ地帯の浸水問題は水門とは関係がなく、あくまで小名木川の排水機場の故障が原因だと主張する。

玉虫と高橋はそこで初めて、小名木川排水機場が停止していることを知った。午後六時に発生した高潮で施設そのものが水没してしまい、電源が未だに復旧していないという。六時以降、江東区の水位が急激に上がったのはこのせいだった。

「排水機場が故障しているなら、水門を開けるしかないでしょう！」

高橋が訴えたが、都知事命令で水門は絶対に開けないように指示されているという。

なぜ都知事が許可を出さないのか――納得がいかない高橋の横で、玉虫がため息をついた。

「東京オリンピックか」

オリンピック会場が、江東区内の水門のすぐ内側に三ヵ所あるのだという。

「辰巳《たつみ》水門のすぐ脇には、水泳や水球のメイン会場が二つ。あけぼの水門のすぐ脇には、アーチェリーの競技場予定地である夢の島がある……」

現在、四年後のオリンピックに間に合うよう、急ピッチで工事が進んでいる。多少の浸水の影響はあっても、水門を開けて津波が襲うような事態になったら、すでに終了している基礎工事も台無し。オリンピックに間に合わなくなる。

高橋はつい、玉虫と電話の向こうの港湾局長に怒鳴り散らした。

「ふざけるな！　オリンピックと都民の命、どっちが大事だっていうんだ!!」

玉虫は通話を切ると、充血した瞳でちらりと高橋を見た。

「私は、都知事殿には恩義がある。水上警察復活の後押しをしてくれた——」

「しかしいま、都知事は署員を見殺しにしようとしています。オリンピックのために」

「オリンピックが決定したから、水上警察は復活できたんだよ……！」

「だから何だよふざけるな!!」

「わかってる！」

玉虫は怒鳴り返し、震える手で受話器を取ってボタンを押した。額からボロボロと玉の汗を流して、高橋に言うでもなくブツブツと言った。

「俺はいま何をしているんだ。都知事に歯向かったらあっという間に水上署長でいられなくなるぞ。いいのか。でも署員を見殺しにはできない——」

玉虫がいま押した番号は、関係者のみが知る、都知事執務室の直通番号だった。しかし、電話は繋がらなかった。都庁の災害対策本部にかけても、都知事はここにはいないから判断できないと言われるばかりで、なしの礫《つぶて》だった。

結果的に日下部が命を落とすことはなかったが、無用な危機にさらされたのも事実だ。そして――。

ＮＨＫの報道を見る。警視庁が現時点で確認している死者・行方不明者の数が発表された。江東区内だけで死者二十五人、行方不明者はまだ数十人いた。

高橋は一度対策本部を出て、三階の刑事防犯課へ降りた。がらんどうで人員は誰もおらず、蛍光灯の半分が落ちてフロアは薄暗かった。高橋は自席に座ると、受話器を上げた。

全国紙である毎朝新聞の記者の携帯電話番号を押す。警視庁記者クラブに所属していて、付き合いは長い。

「高橋さん！　高潮大丈夫でした？　品川埠頭は直撃したでしょう」

高橋は雑談や前置きをする気力もなく、切り出した。

「なあ、江東区内に五つある水門のことを書かないか」

「え？」

「豊洲水門、東雲水門、辰巳水門、あけぼの水門、新砂水門――。全部、オリンピック会場のすぐそばだ」

阿吽の呼吸で、記者は理解したようだ。今日どこかで会えないかと持ちかけてきた。明日の一面トップはどこも江東区の洪水被害が横並びになるはずだが、水門を四時に閉め八時になるまで決して開けようとしなかった都知事を糾弾する記事を一面に打てれば、他社を出し抜ける——記者はそう直感したはずだ。

五臨署に来いとだけ言って、電話を切った。強行犯係のシマの電話が、先ほどから鳴りっぱなしだった。高橋は大きくため息をついたのち、立ち上がった。碇のデスクの電話を取る。

「五臨署強行犯——」

電話の向こうで、女のすすり泣きが聞こえた。

「湾岸署の中堀です。日下部君は……」


午後八時。

大沢俊夫は台風七号の上陸から通過まで、湾岸海洋ヒューマンキャリア社の七階相談役室で、待機していた。

宗谷が沖で無事に台風をやり過ごしたと海保から連絡があった。うねりが収まるのを待って青海埠頭に戻ってくるという。仲井から電話が入ったのは、ほっとひと息ついて缶コーヒーのプルトップを開けたときのことだった。

「俊ちゃん。悪いこと言わないからさ、これを機にもう上条と付き合うのはやめておけ。確かにあいつは頭がいいし顔もいいし金のにおいをかぎ分ける才能がある。だけど、あいつはあんたが思っている以上に残酷だ。上条はどうせまた高飛びだろうがさ。俊ちゃんは東京に残れよ。そして一緒に、罪を償おう。償って、楽になろう」

すでに逮捕され病院にいるようだが、水害の混乱で警備の刑事はおらず、病院の公衆電話からかけてきているようだった。

仲井のような真面目な男が談合に関わった——入札予定価格を漏らす見返りに金銭を受け取った——背景には、妻の買い物依存症があった。二人の息子を有名私立中学校に入学させたはいいものの、反抗期の息子二人に受験勉強させるという重荷を一人で背負った仲井の妻は、ストレスを買い物で発散していたようだ。

気が付けば、妻が作った借金五百万円と息子二人の私立中学校の学費が家計を圧迫し、住宅ローンの支払いも滞るようになっていた。大沢の仲介で知り合った上条にぽんと一千万円を見せられた仲井は、簡単に入札予定価格を口走ってしまった。

たったそれだけのことだが罪は罪で、そしてその罪はもっと大きな罪——福本殺害未遂を、誘発してしまった。

　仲井の話によると、上条は仲井を台風災害の被害者に見立てて殺害しようと目論《もくろ》んだ。だが失敗し、仲井は生き残った。大沢は腹の底がねじれたような奇妙な不快感を味わった。旧知の仲である仲井の生存よりも、上条が失敗したという事実に、傷ついている自分がいた。

　それは、自身にも司法の手が伸びるという焦燥からくる感情ではなかった。その感情を目の当たりにしそうになって、すぐに大沢は目を逸らした。

　上条に電話を入れたが、なかなか連絡がつかなかった。五度目でようやく繋がる。

「何度も連絡したんだぞ」

「ゴタゴタしていたんだ。たったいま、沖で山崎を始末して戻ってきたところだ。水上警察の横やりが入ったんでこっちも大わらわだ。五人ほど失った」

　三人は荒れる海に投げ出されて消息不明、二人は瀕死《ひんし》のけがを負った。病院に連れ込めばそこから足がつく。海に捨ててきたと上条は平気な様子で説明した。

「――水上警察？　警備艇が追ってきたのか」

「とどめは刺していない。あんたが嫌がると思ってね。若干、警備艇は痛めつけたが」

「誰だ。誰と誰が乗っていた」

「碇拓真と有馬礼子」

本社ビルの窓から増水した隅田川を見た大沢は、言葉を失った。この嵐のさなか羽田沖五キロの東京湾に壊れた警備艇ごと船員を取り残しておいて、生きて戻れるはずがない。

上条は碇との船上対決を制し、興奮状態だった。大沢が沈黙がちなのをいいことに、実に詳細に銃撃戦を語る。

「俺は碇という刑事、結構好きだったんだ。あんな熱血野郎、いまの警察にはそうそういないだろ。だがあの正義感こそが命取りだ。あいつ、ドラム缶の山崎が落水するのを必死に支えて、とうとう自分が落水したんだ。手を放せば助かるのに、絶対に手を放さない。哀れに思って、山崎を撃ってやった」

山崎はドラム缶ごと東京湾に沈んだ。碇はその後どうなったのかわからない。礼子は碇を救出しようと、嵐の海に残ったという。

大沢の脳裏に、初めて礼子を海技職員として迎え入れた日のことが浮かんだ。若い彼女に最後、海技職員としてのすべてを託して、大沢は退いた。

勝手に口が開いて、言葉を発していた。

大沢が、礼子に教え込んだ海上哲学のうちの一つだ。

「お前は大馬鹿者だ、謙」

一瞬の沈黙の後「はあ？」といかにも族上がりの男らしい声が響いた。

「海を牙城に生きる男とは思えない行動だな」

「大沢。もう一回言ってみろ」

「お前は命を自分の価値観で選択したんだ。愚か者」

海を前に、人はみんな平等でそして、ちっぽけなのだ。その原理に従わない者は必ず海の報いを受ける。これが、四十年、海を根城に生きてきた大沢が信条としてきたことだった。

上条が凄んで言い返したのが聞こえたが、大沢は電話を切った。そして猛烈に自嘲した。地の底まで悪に堕ちたという自覚があるのに、正義ぶった言葉が時々、出てしまう。何者にもなりきれない中途半端な自分に蓋をするのか、笑い飛ばすのか。そうやって迷ったまま、上条との時間を共有してきた。

海の報いを受けるときが、来たのかもしれない。

逮捕を覚悟した大沢は静かに煙草に火をつけた。

上条と出会ったころのことが思い起こされた。警視庁海技職を退職してすぐ、何か仕事を探そうと港湾関係の仕事をハローワークで探していたら、帰り道で若い男に声を掛けられた。髪はあの当時真っ黒で、坊主頭だった。甘いマスクをした青年としか思わなかった。自分のような年寄りに何の用かと思ったが、あちらは海技士免許を海外で取り立てほやほやの海男だった。ハローワークで港湾関係の仕事を中心に閲覧していた大沢を見て「海のにおいがした」と青年は言った。人懐っこい笑顔だった。

上条がワケアリでしばらく日本を離れていたという雰囲気は感じ取った。すでに除去手術をしていまはないが、半袖の腕の下から、大きな十字架のタトゥーがのぞいていた。フィリピンに長く滞在していたらしい。そこで出入りしていた港近くの酒場で、トレジャーハンターの男と親しくなったという。

「夢とロマン感じません？　俺、すっげーなんか、血が滾《たぎ》って。バイク走らせてる以上にぞくっとしたんすよ」

それで、英語を独学で猛勉強し、現地で海技士の学校に通い、免許を取って日本に舞い戻ってきたということだった。東京湾の事情に詳しい大沢に、どうやって自前の船を調達したらいいのか、何か人脈がないかと無知な若造は尋ねてきた。

大沢はトレジャーハンターなんてやめておけと熱心に説き伏せた。それよりも、湾岸エリアは開発ラッシュで、港湾工事の人材が全く足りないという話をした。真面目に働いて飯を食っていけと話したら、俺は人に使われるのは嫌だときっぱりとした口調で言った。人に使われたことがないとも言った。

「なら会社でも設立したらどうだ」

「会社ねぇ。港湾工事の？」

「人材派遣とかどうだ。港湾工事専門の、人材派遣。警戒船なんかの手配は地元の漁業組合頼みだから、案外そこに参入するのはありかもしれんぞ」

大沢が何となく言った言葉が、湾岸海洋ヒューマンキャリアの始まりだった。上条には金のにおいを敏感に感じ取る天性の才能があった。会社はこの五年で急成長を遂げた。一方で、上条の意に反する者、上条を裏切った者は次々と姿を消した。粛清されていると知ったのは、三年前のことだった。

恐怖も後悔もなかった。ただ、上条の残虐性を目の当たりにするたび、救われる自分がいた。正しい道を選択し続け、結局すべてを失うしかなかった自分に示された、新しい道なのだという救いがあった。しかしそんな救いなど、一過性のものにすぎない。毎年夏ごろやってきてはあっけなく消えていく、台風のように。消失するとわかっていて、通り過ぎてきた道に深い爪跡を遺す。

大沢は立ち上がり、相談役室を出た。ここでじりじりと逮捕を待つより、豊洲の救急病院にいる仲井のもとへ出向き、一緒に逮捕されるべきだった。

午後八時。

東京湾羽田沖上空はすでに晴れ渡っており、遠くに首都圏の明かりや灯台が目視できるほどにまで天候が回復していた。だがうねりはまだ強い。碇は海上保安庁の大型巡視船いずに所属する潜水士〝海猿〟によって救助され、船尾にある救護室に担架で運び込まれたところだった。

碇は「ちょっと待て」と何度も訴え、救護室に到着してベッドに移されようとしたところで、自ら担架を飛び降りた。

駆けつけたいず所属の医師が「ずいぶん元気ですね……」と呆れて立ち尽くす。

「俺はいいから、早くだいばを引き上げてくれ。海技職員がまだ一人取り残されている」

医師は目を丸くした。

「まだ一人いるのか」

「畜生！　あれほど海猿に言ったのに、把握してないのか……！」

碇は勝手に救護室を飛び出して、右も左もわからない巨大巡視船の狭い通路を走った。とにかく船首へ向けて走れば、航海士や通信士がいる船橋に出られるはずだ。礼子を残して助かるわけにはいかない。

巡視船いずは全長百十メートル、三千五百トンの大型巡視船だ。途中で、冷え切った体を温かく包んでいた毛布も蹴散らし、ときに船室から出てきた海保職員を突き飛ばして、碇は船橋に向かった。

狭く急な階段を上がり、やっと操舵室にたどり着いた。十人ほどの海保職員がのんびりとした様子で各計器を操作したり、双眼鏡で前を見たりしている。

「おい！　引き返せ、警備艇だいばがまだ取り残されたままなんだ！」

右端でヘッドセットをつけていた若い通信士が、碇に言った。

「大丈夫です。すでにうちの救命艇が警備艇にたどり着いて曳航してます」

ほっとして、碇はへなへなと床に座り込みそうになった。

「ただ、乗組員が救助を拒否していまして……。無線、聞きますか？」

碇は慌てて、通信士が空けた席に座った。ヘッドセットを受け取り、装着する。礼子がパニックになり、泣きわめく声が聞こえてきた。

「だめです、落水者を残したまま巡視船には乗れません!!」

潜水士が何か言っている声が聞こえるが、礼子は聞く耳持たずでまくし立てる。

「碇さんを助けなきゃだめなんです。あの人だけは絶対に、海で死なせちゃいけない、海の上では絶対にあの人を、命をかけて守り抜くと私は誓ったんです……！」

碇はため息をついて、いすの背もたれに寄りかかり、天を仰いだ。通信士は隣に座る警視庁の男が碇本人だと知っている様子で、にやけた顔でこっちを見ている。

碇は、礼子の錯乱ぶりを呆れているように装ってはいたが、本当は零れ落ちそうになる涙を堪えていた。通信士が無線マイクを突き出してきた。参ったなとちょっと笑った後、受け取った。プレスボタンを押し、彼女に呼びかけた。

「――礼子」

礼子はまだ喚いていた。全然こちらの呼びかけを聞いていない。

「おい、礼子!! 俺だよ、碇だ」

息が止まったのかと心配になってしまうほど、唐突に礼子は沈黙した。

「俺はもうとっくに救助されてる。早くお前もいずに上がれ。これ以上海猿の手を煩わせるな」

「――お化け？」

「バカ。生きてるよ」

「嘘。さっきだって、死んじゃったと思ったら船尾にしがみついて戻ってきて、奇跡みたいだと思ったのに、またあっという間にいなくなっちゃって……」

言いながら礼子は、子どものように声を上げて泣き出した。

「私が、振られたのにまた告白しちゃったせいで、碇さんはとことん私のことがいやになってどこかへ行ってしまったのかと」

通信士が横で必死に笑いを堪えている。

「わかった。話の続きは後で聞くから、とにかく上がってこい」

礼子は震え声で尋ねてきた。かわいい声だった。

「本当に、碇さん？」

「そうだよ」

「だって、私のこと礼子って呼び捨てにした」

返答に詰まった。恥ずかしくなって、顔がかっと熱くなる。隣の通信士はそれ以上聞くのもデリカシーが無いと思ったのか、ヘッドセットを置いて立ち去った。

碇は咳払いをした後、言った。

「礼子。次の返事のリミットはいつだ」

礼子はようやく碇の生存を受け入れたようだ。長いため息の後、噛みしめるように「いつでも」と答えた。

「ならいま言う。イ……」

「ちょっと待って！」

碇はいすから落ちそうになった。どうしたんだよと礼子に呼びかける。

「Wの浚渫船を追うのが先です」

ならばなぜあの場面で告白してきたんだと、碇は腹が立った。全く、礼子に振り回されっぱなしだった。あちらは自分こそ振り回されていると思っているだろう。互いに強い想いを持っているから、そうなるのだ。

「許せない。大事な警備艇をこんなに破壊して……！」

礼子が無線機に怒りをぶちまけるようにして叫ぶ。

「そうだが、だいばはもう航行不能だろう。一旦五臨署に戻るしか――」

言った碇の視界に、操舵室のモニターが入った。船尾に取り付けられたカメラが、曳航される宗谷の姿をぼんやりと映していた。夜間でもすぐに視認できるよう、船尾に設置された照明が強烈な光で、二百メートル後ろにいる宗谷の姿をとらえている。

その周囲、宗谷の両舷を守るように、中型の船舶が合計六隻、航行していた。警備艇ふじほどの大きさがある二十メートル艇だった。

碇は一旦ヘッドセットを取り、モニターを見守る航海士に呼びかけた。

「宗谷の周囲を固めている船は、どこの船だ？」

「さあ……宗谷の移転工事を担当している会社の船じゃないですかね」

碇は閃《ひらめ》いた。


由起子が発射した救命索で、水地獄からなんとか生還した日下部は、運び込まれた豊洲の病院で診察を受けた。どこにも異常がないとわかるといてもたってもいられず、同じ病院に運び込まれた仲井の病室を探す。

一秒でも早く仲井の供述を取り、上条の逮捕状を取りたかった。湾岸ウォリアーズの浚渫船を追った碇と礼子の受難は想像がつく。二人が無事海保に救助されたという連絡はまだ日下部に届いていなかった。すぐ逮捕状を手配し、警視庁と海保で囲い込み、碇に上条を逮捕してほしい。

病院の受付は混乱していた。次々とけが人が運び込まれてくる。ロビーのソファには軽症者があふれ、いすがなくて床に座り込んでいる者が多数いた。日下部はやっと一人の事務員を捕まえて、警察手帳を示した後、言った。

「仲井幸人という五十歳くらいの男性が運び込まれたはずなんですが。大至急、部屋を教えてください。手錠がかかっていて……」

ああ、と事務員は言って、ERの場所を教えてくれた。そこの四番診察室にいて、現在外科医の診察を待っているところだという。

日下部はERのある北側の病棟へ走っていこうとして、事務員に呼び止められた。

「すいません、もう一度警察手帳を。日下部さんっていいましたよね」

日下部は再度、手帳の中の身分証を事務員に示した。

「やっぱり、日下部さん。五臨署の高橋さんという方から、何度も電話が入っているんです」

「ああ、スマホが水没しちゃって」

「ご家族のことで、大至急折り返すようにと」

日下部はしばし呼吸を忘れてしまった。ふと思ったのは、高橋の手や心を煩わせたくないということだった。

「——あの。新宿がんセンターの電話番号、わかります？」

事務員は戸惑った様子で日下部を見返したが、すぐに調べ、メモして日下部に渡した。日下部は受付の電話を借りて、病院に連絡を入れた。

母はちょうど一時間ほど前の午後七時三分に、息を引き取ったという。

日下部は、今日は交通が混乱しているから行けるかどうかわからないとだけ病院側に伝え、電話を切った。

仲井が治療を受けているERに向けて、日下部はふらふらと歩き出した。仲井が自分の姿を見たら喜ぶだろうなと思った。無事でなにより、ありがとうとこの手を握るはずだ。どうして俺は母ではなく見ず知らずの犯罪者を命がけで助けたのだろう？

母の死を想う前にまず、日下部は壮絶な自責の念にさいなまれた。病院内で営業するコンビニが見えた。ドーナッツを買っていかなくてはいけなかったのに。

豊洲の救急病院に到着した大沢は、水害でけがを負った人々がゴロゴロとロビーに転がる異様な光景を目の当たりにしつつ、受付に向かった。仲井の病室に行けば、警察が来るはずだった。

大沢の目に、知った刑事の顔が飛び込んできた。五臨署の日下部。碇がかわいがっている若い部下だ。ずぶ濡れの身を構うことなく、仲井の病室の場所を受付で確認していた。彼のことは碇の腰ぎんちゃくとしか認識していなかった。しかし大沢は、その目を見てはたと息を呑んだ。いい目をしている。

碇とは外見も体格も全く異なる現代っ子に見えたが、その目のぎらつきは碇のそれと本当によく似ていた。びしょ濡れの体のまま、エアコンの風に吹かれて体を震わせながらも、捜査を続けようとしている。まだまだもやしのような体つきだが、碇が手塩にかけて育てているに違いないと、ふとその佇まいから感じた。

親子のようだと思った。

大沢と上条もよく、親子と間違われる。

大沢は無意識のうちに、引き返していた。逮捕される覚悟はできているだと？　自嘲した。ここまで乗りつけてきた社用車に乗り込む。

上条を、守らなくてはならない。

再び、上条の携帯電話番号を鳴らした。

「何だよ、俺に説教垂れたクソオヤジが」

決して表では見せない顔。この口調は憎らしくもかわいらしくもあった。共に湾岸海洋ヒューマンキャリアを誕生させ、育てていった六年はやはり熱い時間だった。

「まずいことになってる。仲井は生きているぞ。豊洲の病院に収容されて、刑事が取り調べをしようとしている」

沈黙があった。

「もう全部知っている。足を折って浸水が予想されるビルの地下に閉じ込めたんだろ。警察の目をごまかすために、台風災害の被害者に仕立て上げようとした」

上条はため息の後、それを否定も肯定もせずに尋ね返した。

「生きてるのか」

「ああ」

「まじか――」

上条は黙り込んだ。白くなった頭を抱えてうなだれる仕草が、手に取るように想像できる。

「あっという間に竜水丸は抑えられるぞ」

「船出してくれよ、おやっさん。いま豊洲なら、運河に避難させたうちの船が何隻かあるはずだ。それに乗って追いつけ。大丈夫。地下ルートはある。なんとか逃げる」

「また海外逃亡か」

「監獄なんて絶対行かねえよ！」

聞き分けのない子どものように、上条は言った。社長らしい威厳ある声はどこかへ消え失せ憔悴《しょうすい》したように震えている。

「頼むよおやっさん。横浜港まで出れば、外海に出られるルートを持つ人脈がある。おやっさんも一緒に行くんだよ。あんただけは絶対置いていかねぇし。だろ？」

上条は竜水丸の母港である日の出桟橋に入港直前だったようだが、船長に引き返すように命じる声が聞こえた。再び、電話口の大沢に言う。

「おやっさん、横浜港沖で落ち合おう。神奈川県警ならまだ動いてないはずだ。詳細はまた後で連絡する」

電話を切った。ハンドルに額をつけ、深いため息をつく。

——俺に残された道は、上条との海外逃亡か。

エンジンをかけた。どこかの南国で二人、船を操り、トレジャーハンターをやっている絵がふと浮かんで、大沢に笑みが零れた。

東京の土を永久に踏めないだろう。だが、上条のいない東京にいても意味がなかった。彼とどこか遠い南国へ。そのうち女好きするあいつのことだから、きっと現地の女とデキて子宝に恵まれる。なぜかそんなことまで大沢には想像できた。息子のようにかわいがってきた男、その嫁と子どもたちに囲まれて、わいわい過ごす老後——。お前に幸福を期待する資格があるのかという声がした。誰の言葉かと周囲に視線を巡らせ、自分の内側から出たものだとすぐに気が付く。

あと何度、この逡巡を繰り返すのか。どこに終わりがあるのか。どんな終わりなのか。わからないまま、大沢はエンジンキーを回した。

湾岸海洋ヒューマンキャリア船籍の浚渫船・竜水丸は日の出桟橋への接岸を目前に

して、引き返すことになった。東京湾第二区の海を大きく旋回する形で迂回《うかい》すると、一路、横浜港に向けて出航する。

上条は船長室内でシャワーを浴び、新しいスラックスとワイシャツに着替えたばかりだった。身ぎれいになって東京へ戻るはずが、仲井の生存で大きく計画が狂った。

――計画どころじゃねぇ。俺が六年かけて掌握した東京港での権力が全部、水の泡だ！

上条は怒り任せに、船長の高梨の脛《すね》を蹴った。「ってぇ！」と高梨はうめいて一瞬よろめいたが、舵を放すことはなかった。

「なんで俺を蹴るんすか」

「そこに足があったからだよ。ちっ。荷物を取りに戻る暇もねーのかよ」

晴海のタワーマンションの四十八階に上条の自宅がある。そこで女と暮らしている。女には現金と貴重品を持ってすぐに家を出ろと伝えた。いずれ逃亡先に呼び寄せるつもりだった。

ケイマン諸島の口座にも、かなりの額の金が入っている。地下へ潜っても、十年は贅沢《ぜいたく》な生活ができるだけの資金だ。横浜港からの出航も問題ない。横浜とマニラ国際コンテナターミナルを結ぶコンテナ船での出国ルートは昔から頻繁に使っていた。人の手配も済んだ。神奈川県警の水上警察署は動きが鈍いし、警視庁と神奈川県警は犬猿の仲だ。台風警備と江東区水没で混乱中の警視庁が横浜まで上条を追ってこられるはずがない。

船橋を離れ、上条は船長室に戻った。スマートフォンから足がつくかもしれない。上条は次々と、四台あったスマートフォンの電源を切ってSIMカードを抜き取ると、両方とも船室の窓から投げ捨てた。

プライベート用は最後まで迷ったが、堅気の連中もこの番号を知っている。破壊する必要があるが、その前に大沢に連絡を入れた。

「いまどこだ」

「もうすぐレインボーブリッジをくぐる。東京港に戻る大型船舶が多すぎて、なかなか先へ進めない」

大型船舶は引き波が強い。すれ違うたびに小さいほうは引き波回避のため、停船するか徐行を余儀なくされる。

「本牧《ほんもく》埠頭だ。D突堤のコンテナターミナル沖で待ち合わせだ。警備艇が来たら船を捨ててガントリークレーンの下にでも隠れている」

返事がない。

「おやっさん？」

「聞いている。わかった。向かう」

「何かあったか」

「いや――お台場海浜公園で人が溺れているようだ。サーファーが……」

「海を侮るアホは放っておけ。この電話はもう繋がらない」

「緊急時はどうしたら。いま無線を使うとすぐ足がつく」

「緊急事態など絶対に引き起こさない」

上条は電話を切ると即座にスマートフォンを破壊し、海に捨てた。

上下開閉式の窓から、台風一過特有の生ぬるい風が、東京湾の潮を含んで上条の頬を撫でた。東京港を離れる。一抹のさみしさがよぎる。八年前、陸に進出した東京湾岸警察署に縄張りを追われ、フィリピンへ出国した日のことをふと思い出した。あちらは情報を摑んでおり、上条が潜むコンテナ船を特定していた。警備艇が途中まで追いかけてきたと、後で船長に現金三万ドルをつかませたときに聞いた。しかし警備艇は羽田の手前であっさり引き返していったということだった。「もうウォーターポリスじゃないんだろ」と船長は笑った。東京港は犯罪の温床になるだろう――。

次は海を征服しに戻ってくると決意した瞬間だった。

いま、陸からも海からも追われている。これで東京とは永遠におさらばだった。

少しの感傷も許さないかのように、船橋から警告音が聞こえてきた。

上条は二階へ降りた。船橋で舵を握る高梨が焦った様子であちこち計器をいじっている。機関係は落水、通信係はけがをしたから上条が海に突き落とした。一人ですべての操作を行わなければならず、半ばパニック状態だ。上条に恨み言の一つでも言いたそうな顔をしている。

「上条さん、冷却水の温度が異常上昇してる。見てきてくれませんかね」

上条は白けた顔で高梨を見返した。もう自分とは関係がなくなる船だ。

「出港前に冷却水の残量を確認しなかったとは言わせない」

「いやもちろんしましたよ。問題があるとしたら、海水こし器かインペラの破損かと思います。沖で無理な旋回や航行を繰り返したんで——」

高梨は計器を確認しながら舵を取り、ちらっと上条の顔色を窺い「いやいや、上条さんのせいだなんてこれっぽっちも思っていませんよ」と慌てて言う。レーダーもAISも全く見ていなかった。

中型の船舶が浚渫船後方を並走し、接近していた。AIS情報を見た。マリナ・ルージュ。社用船だ。上条はほっとため息をついた。大沢が予想より早く追いついた。

マリナ・ルージュは白く丸みを帯びた五トン級の中型船舶で、両舷にルージュを引いたように鮮烈な赤いラインが入っていることから、そういう名前がつけられていた。船体が比較的新しく、フォルムが美しいため、普段はレンタルボートとして貸し出している。

「大沢だ、スピード落とせ」

船長室から現金や貴重品を詰めたアタッシェケースを持ちだして、上条はデッキへ出た。

マリナ・ルージュと並走するため、浚渫船のスピードが十ノットまで落ちた。風が優しく上条の頬を撫でる。右舷側を並走するマリナ・ルージュの向こうに、羽田空港滑走路が見えてきたところだった。

マリナ・ルージュのデッキに一人の男が立っていた。颯爽と竜水丸デッキに降り立つ。ジャケットの裾が翻る。大沢ではない。大沢はスーツが嫌いでいつも作業服のような恰好をしている。

上条は歩を止めマリナ・ルージュの操舵室を見た。髪の長い女がいた。有馬礼子だ。

ゴオオという轟音がどこからともなく響き渡る。ジャンボジェット機が離陸して、ジャケットの裾を翻し近づく男の背中を舐めるように急上昇して、飛び立った。

碇拓真……！

上条はすぐに捕まった。アタッシェケースを振り上げて応戦するが、碇はすっとしゃがみこんで避けると、遠心力でフラついた上条の足を引き倒した。上条は顔面から倒れて鼻血を流した。すぐに翻り、覆いかぶさろうとしてきた碇の横腹を蹴る。碇は膝から落ちた。その隙に脱兎のごとく駆けだす。碇とまともにやり合うのは避けたい。だが、女なら問題ない。冷却水トラブルのある船で逃げ回るより、マリナ・ルージュを奪還するほうが早い。そもそもあれは上条の船だ。

「待て！」

碇が猛然と追いかけてくる。一歩早く、上条は右舷を蹴って宙に飛んだ。空を掻いているうちに、礼子がとっさに舵を右へ切った。船が離れていくが、なんとか飛び乗った。碇も続こうとしたが、すでに二船の距離は十メートル以上離れていた。ギリギリ足を止め、前のめりで両腕をばたつかせている。なんとか堪えた碇は「礼子！」と叫び竜水丸のデッキ沿いを猛然と走る。

上条はマリナ・ルージュのデッキに立ち、キャビンの扉を開け放った。礼子は舵を両手で握りながらも、碇以上に獰猛《どうもう》な瞳で上条を射るように見つめる。顎に血まみれのガーゼをぶら下げていた。美しい顔についた傷をもろともせずに挑もうとしている。上条は腰ベルトの後ろにさしたままのコルト45に手をやりながら言った。

「どうも。お嬢さん。人の船を勝手に──」

礼子がリモコンレバーをいっきに下げた。急減速して、上条は体を後ろへ持っていかれた。デッキに尻もちをつく。コルト45がデッキの床に落ちてバウンドする。手を伸ばそうとしたが、急減速したために船尾から追い波がどっと流入し、上条の顔面に降り注いだ。一瞬視界をなくしたすきに、デッキ上のコルト45を見失った。やっと見つけたと思ったときには、デッキを舐めた追い波がコルト45を浚って海に戻っていった。

「畜生!!」

今度は、礼子は縫航を始めた。船尾は振り幅が大きく、上条は右へ左へ弄ばれ、まともに立てないうちに左右の脇腹を両舷のハンドレールで強打した。信号紅炎を六発も打ち込んできたような女だ。たまらず上条はジャケットを脱ぎ捨て、海に飛び込んだ。

羽田空港滑走路まで一キロない。百メートルなら潜水で泳ぎ切る自信がある。フィリピンでは屈強な海の男たちと潜水の我慢比べを何度もした。五分、六分という超人たちと互角の勝負を繰り広げたことだってある。

何としてでも大沢と逃げる。大沢はもう年だし、時々、気弱になる。俺が守ってやらなきゃならないのだ。

大沢が操舵する湾岸海洋ヒューマンキャリア社のプレジャーボートは、台場沖に停船していた。内湾ではあっても、台風七号が残したうねりがまだ残り、波高は一メートル近くあった。

本牧埠頭のD突堤へ行くように命じた上条との電話を切った大沢は、スマートフォンを迷いなく赤茶けた東京湾の海に捨てた。黒い物体を海中へ飲み込みながら沸き立つ波を見て、大沢ははっとした。

三角波が立っている。

進む方向が違う二つ以上の波がぶつかりあってできる波で、予測不能の力で突然船を傾斜させる。非常に危険な波だった。台風一過ではあっても若干風は残っている。その上、これまでの荒波で攪拌された海中では潮流が複雑に絡み合っているのだろう。下手に船を動かすと一発で転覆してしまうことだってある。

大沢は双眼鏡を取り、操舵室の窓を開けてもう一度、お台場海浜公園の海を見た。

日常はウィンドサーフィンを楽しむ人でにぎわう海、そのずっと沖に、観光船航路を示す緑と赤の灯浮標が二つ、五十メートル間隔で浮かんでいる。そのうちの一つになんとか泳ぎ着こうとする溺れたサーファーの頭が、三角波の間に見え隠れする。

海岸沿いには仲間たちが慌てふためき、警察を呼べとか、海保一一八番だとか悲痛に叫ぶ声が聞こえてくる。

大沢はこみ上げる感情を必死に飲み下し、溺れるサーファーから目を逸らした。一路、本牧埠頭D突堤に向けて、リモコンレバーを上げようとした。意識しまいと思うが故に通常より明確に見える右側の視界に、黄色のゴムボートが波に弄ばれながら進んでいくのが見えた。

大沢は思わずキャビンを飛び出し、デッキに立った。双眼鏡をのぞく。

一艘の救命艇が溺水者に近づこうとしていた。救命艇と言ってもゴムボートだ。恐らく台風警備で警備艇が各地に散らばっており、ほかに救命にやってこれる船がなかったのだろう。しかし現場には三角波が立っている。

大沢は慌てて叫んだ。

「行くな！　三角波が立っている！　ゴムボートではひっくり返るぞ!!」

救命艇には三人の職員が乗っていた。一人、見覚えのある刑事がいた。以前、上条をつけまわしていた五臨署の面パトに乗っていた刑事である。遠藤康孝巡査だろう。

「俺が行く、救命艇は近づくな！」

無意識に叫んでいた。大沢はリモコンレバーを徐々に上げながら、慎重に舵を左へ切った。Uターンした途端に、船は小刻みに、揺れに揺れた。船底にいくつもの小さな怪物が張り付いて上下に翻弄するかのように、三角波が方々から船を突きあげる。

溺れたサーファーはなんとか灯浮標まで泳ぎ着き、しがみついているが、もはや意識を失いかけていた。その手に力はなく、いまにも波に飲まれそうだ。大沢は灯浮標へ慎重に向かう。救命艇は海浜公園内の凪いだ海上に停船し、大沢の救命活動を祈るように見守っている。

上下左右にグラグラと揺れる海上で停船し、投錨する。大沢は足をもつれさせながらもやっとキャビンからデッキに出た。救命浮環を投げたが、溺れたサーファーがそれを掴む余裕はないようだった。大沢はもう一度キャビンに入り、船尾のプロペラにサーファーを巻き込まないようにしながら、慎重に灯浮標に近づいた。走錨状態で舵が重いが、船が安定するので調整しやすかった。

停船し、再びデッキに出る。左舷から手を伸ばせば灯浮標を触れる位置まで、近づけた。大沢は、救命胴衣を身に着ける暇がなかったことに初めて気が付いたが、戻る余裕はなかった。左舷側に立て膝をついて体勢を安定させながら、上半身を乗り出して、灯浮標にしがみつくサーファーを引き上げようと、その腕を摑んだ。サーファーは意識を失っていた。サーフスーツの首元に大量の海水が入り、予想以上に重い。腕の力だけで引き上げられるものではなかった。大沢は腰を上げて足を踏ん張り、重心を落として腕に力を込めた。船が左舷側に傾く。これ以上傾斜がつくと横転する。だがいま手を放すと、サーファーは海に投げ出される。

大沢は手を放せなかった。

百メートルほど離れた海浜公園内で停泊する救命艇から、潜水士が一人、海に飛び込んだのが見えた。こちらに泳ぎ着こうとしている。

潜水士の到着まで、ただ耐えるのみだった。左舷側の船底を別の波が突きあげてくれれば、船は安定する。だが、海は気まぐれだった。そして、大沢のこれまでの罪を罰するかのような波だった。傾き、喫水線をあらわにして突きあげる右舷側に、激しい三角波が沸き立つ。更に右舷が持ち上がり左舷が沈み込む。さっきまで靴底にあったデッキが、あっという間に大沢の背中に覆いかぶさってきた。

船は転覆し、大沢は海に投げ出された。

上条はとうとう足をついて立ち上がった。

マリナ・ルージュから逃げ出し、赤茶色になった東京湾の底をひたすら泳ぎ、羽田空港C滑走路付近まで泳ぎ着いた。砂利敷きの陸に上がると、ぶるぶると全身を震わせて滴を飛ばした。C滑走路との間にテトラポッドの群れが広がる。流木が引っかかるそこに一旦腰を下ろして暗闇に身を潜めた。台風通過後に滑走路を再開した空港上空を、一分おきに飛行機が離発着している。

ワイシャツを脱いで絞り、また着た。C滑走路内に侵入してなんとか空港ビルに入れば公衆電話にありつける。大沢に連絡をつけなくてはならない。

背後に気配を感じた。波がテトラポッドを舐める音の隙間に、砂利を巻き上げる音。後ろを振り返った。碇が猛然と走ってきた。背後に、乗り捨てられたゴムボートが見えた。その遥《はる》か沖にマリナ・ルージュ。追いかけてきた。

――なんて奴だ！

碇は波が打ち寄せる砂利に革靴やスラックスの裾を濡らしながら、猛然と走ってくる。サイレンの音がどこからか聞こえてくる。沖から警備艇が続々と集結していた。赤色灯の数が十以上も見えた。船尾やキャビンの屋根に括り付けられた無数の水上警察旗が、不愉快なほど誇らしげにはためいている。

もう陸にしか逃げ場はなかった。上条はテトラポッドをよじ登り、C滑走路へ二メートル近くかさ上げされた岸壁に上る。足や手を掛けられる突起がない。ジャンプしてコンクリの端になんとか指を掛け、上腕筋の力で顔を出すと、足を振り上げる。何度目かでようやく革靴がコンクリの角を捉えた。碇はすぐ後ろだ。岸壁の上に転がり込んだ先に、今度は三メートルの金網。上条は猛然と金網に飛びつき、登る。てっぺんは有刺鉄線になっていた。もう碇は金網を上りはじめている。上条はワイシャツやスラックスの裾を棘《とげ》に引っかけ、顔に切り傷を負いながらも、どすんとC滑走路に落ちた。そこは雑草が生える空き地で、目と鼻の先が道路になっている。タラップ車など航空関係の車両が行きかう道路だ。

猛然と、北へ向かって走る。碇が着地した振動が背後から伝わってきた。サイレンの音が激しくなっている。前からパトカーが四台も連なってきた。

絶体絶命だとは思わない。

上条はあえて道路に飛び出し、大の字になって立ちはだかる。東京空港警察署のパトカーが急ブレーキを踏み、後続車も同じくブレーキを踏み込む。タイヤがコンクリの地面をこする音が幾重にも重なって耳をつんざく。四台目のパトカーが三台目に突っ込んだようで、金属が衝突しテールランプが破壊され、破片が飛び散る。

パトカーが上条の目と鼻の先で止まる。ほぼ同時に運転席と助手席の扉が開いて、警官二名が拳銃を構えた。

「撃つぞ！」

撃てるはずないと、上条はつかつかと運転席の警官へ近づいた。後ずさった警官が天に向かって威嚇射撃した。すかさずがら空きになった脇腹にキックをお見舞いすると、簡単に警官は倒れて、もう戦意喪失していた。運転席に滑り込む。助手席側の警察官はこちらに銃口を構えて「撃つぞ、撃つぞ」と震えながら喚いていたが、結局何もできずに上条がパトカーを出すのを見送るのみだった。

碇が走ってくるのが見えた。パトカーをUターンさせ、北へ向かう。

パトカー無線がやかましく交信を続けていた。早く滑走路を閉鎖するように警察が空港側に要請を出しているらしいが、台風後に再開したばかりで、上空は着陸を待つ航空機でごった返しているようだ。空港側が対応にもたついている。

離着陸が続いていてくれたほうが、上条は警察の包囲網をかいくぐりやすい。

真横のC滑走路でジャンボ機がパトカーとすれ違うように、南へ離陸しようとしていた。ジェットエンジンが猛烈にエネルギーを発散する音。この音は大好きだ。バイクのエンジン音の数百倍の轟音が、上条の血と細胞を滾らせた。エンジンの轟音でサイレンの音が消えた。向かいから追加のパトカー、消防車、空港の保安車が列をなして突っ込んできた。

チキンレースか、この野郎。

上条はギアを入れ替えて、アクセルを踏んだ。エンジンが唸りを上げるのを聞いて、まだ百メートル以上離れているのにあちらはもう恐れおののいている。雑草が生い茂る空き地に入ってやり過ごそうとする。煽ってやろうと、上条もハンドルを左へ切って空き地に入った。あちらは慌てて道路に戻った。上条は大笑いをした。

「上条、止まれ！」

パトカー無線から突然、呼びかけられた。碇の声だ。バックミラーを見る。猛然と、一台のパトカーが追いかけてきた。運転席に碇が座っていて、無線機を口に当てているのが、滑走路の強い照明に照らされて見えた。

「逃げても無駄だ。もう誰もお前を助けない」

上条は無視し、アクセルを踏み込んだ。C滑走路の北側から、着陸機があった。車輪がコンクリートを捉えた途端に轟音を立て、減速していく。時速二百キロは出ていそうだ。こちらに近づいてくる。上条は滑走路に突っ込んだ。アクセルを踏み込んでギリギリのところを横切る。碇は急ブレーキを踏まざるを得ないはずだ。

また無線で碇が、悲痛に叫んだ。

「止まれ、上条！　大沢は死んだんだ！」

——何言ってんだ。

地響きで車体が揺れる。ジャンボジェット機のコックピットが運転席側に見える。大沢が死んだだと？　次に右を見たとき、もう車は機体の下に入りかけていた。煙が湧く六つの頑強な車輪が目前だった。アクセルを踏みっぱなしで前へ突っ込む。ギリギリ越えたと思ったが、テールランプがかすった。相手は時速三百キロ超えのジャンボ機の車輪で、こちらは時速百五十キロを超えるぐらいのちっぽけなパトカーだ。大きく尻を振る形になり、車が回転する。ハンドルが勝手に回転する。必死に摑んで反対に切る。周囲にテールランプの破片が盛大に散らばっているのが見えた。なんとか持ちこたえた。上条は車体をフラつかせながらも、再びハンドルを北の空港ビルへ向けた。

だが無線を取らずにはいられなかった。碇は、犯人を動揺させるために嘘をつくような男じゃない。最後の電話で、大沢は溺れている奴がいると——。

「碇。どういうことだ……！」

「とにかく止まれ」

「止まれねぇよ!!」

叫んだ途端、無意識にまたアクセルを踏み込んでいた。空き地を何ヵ所かやり過ごして、駐機場に入った。航空機がせわしなく走行している。誘導係が誘導棒を振っているが、上条のパトカーが猛然と突っ込んでくるのを見て、必死に停止要請のポーズを取る。轢《ひ》き殺す勢いで突っ込んでいった。誘導係は悲鳴を上げて逃げ出した。

大沢が死んだだと？　嘘だ。嘘だ——。

目の前に、物置小屋のようなものが見えた。それを吹き飛ばして突き進む。

「上条、止まれ……！」

無線から碇の声。犯罪人を恫喝《どうかつ》するというよりもむしろ、悲痛な色があった。その声音が、大沢はもういないのだという事実を明確にしているようだった。

気が付くと、A滑走路の駐機場が十時の方向に見えた。正面に東京航空局の建物があった。その横にヘッドライトの洪水が見える。湾岸道路だ。空港との敷地を隔てる段差も植木もフェンスも突破し逃走しようと、再びアクセルを強く踏んだ。

大沢の顔が目の前に見えた。

航空局の建物から出てきたところだった。なんでここにいるんだと上条はハンドルを慌てて左に切りながら急ブレーキを踏んだ。

上条のパトカーを猛然と追う碇のパトカーは、駐機場を突っ切ろうとしていた。あまりに危険で、上条のように最高速度は出せない。ハンドル捌きと前方のテールランプに集中しながら、碇はスマホをスピーカーにし助手席シートに放り投げて通話していた。相手は、お台場海浜公園で一人台風警備を引き受けた遠藤だ。

「確かに死体は大沢なのか」

「はい。僕ら台風警備を終了して撤退しようとしたところを、海に入ったサーファーがいて。慌てて戻って注意喚起したときには、もう溺れてました」

上条のパトカーが傍若無人に物置を撥ね飛ばした。吹き飛んだ段ボールの山が碇のパトカーに降り注いだ後、とどめを差すようにひしゃげた鉄板が叩きつけてフロントガラスにひびが入った。遠藤が電話越しに絶句する。

「大丈夫です？　すごい音が」

「いいから。それで！」

「沖に三角波が立っていたみたいなんです。僕ら、救命艇を出そうとしたら、ちょうど通りかかったW社籍の船から男が出てきて。大沢でした。三角波が立っているから、ゴムボートじゃ転覆すると。代わりに救助を引き受けてくれたんです」

上条のパトカーは東京航空局の建物に突っ込もうとしていた。湾岸道路へ逃げるつもりかと思った瞬間、なぜか上条は急ブレーキを踏み、ハンドルを左へ切った。航空局の扉の前に、茫然と立ち尽くす初老の男がいた。碇も慌ててブレーキを踏む。

その後の惨劇に、大沢の最期を語る遠藤の声がBGMとなり更なる悲哀を呼んだ。

「大沢は、左舷側に立ってサーファーを引き上げようとしたんです。そのとき右舷側の船底を三角波が突きあげて、船は転覆してしまった。潜水士は一人しかおらず、サーファーの救命に手が一杯で。僕らが大沢を引き上げたときにはもう――」

上条の車は大きく尻尾を振られる形になった。時速二百キロ近く出ていたから、結局制御がきかなくなって横転した。ぐるぐると加速をつけ、周囲に赤色灯やサイドミラーの破片を吹き飛ばしながら、壮絶に転がっていく。勝手に止まってくれるまで、周囲は見ているしかない。やがて車は完全に上下逆さまにひっくり返った状態で止まった。A滑走路のど真ん中だった。

ブレーキを踏み続けて停車しようとしていた碇は一転、アクセルを踏み込んだ。A滑走路南端から、着陸態勢に入っている飛行機が海上に見える。A滑走路の脇に急いで停車すると、碇は車から飛び降り、猛然と走った。

「上条！」

駐機場にいた誘導係や空港職員が「逃げろ、飛行機が来る!」と叫んでいる。パトカーや消防車の音が更に輪をかけて大きくなっていく中、碇はしゃがみこんでパトカーの中を見た。上条は血まみれになって助手席と運転席の間に、こちらに背を向けて倒れていた。その背中に右腕が垂れる。可動域外に折れているのは一目瞭然だった。

碇はそれでも、腕を揺さぶった。

「上条、おい起きろ。上条!!」

血が垂れる手の平に、反応があった。上条が激痛に悲鳴を上げる。瞬間、どすんと強烈な地響きを感じた。南の方向を見る。強いライトを煌々《こうこう》と光らせ、航空機がA滑走路先端に着陸したところだった。轟音を立てながら猛スピードで突っ込んでくる。急ブレーキを踏んでいるのか、タイヤのゴムが悲鳴を上げ火花を散らす。

碇は上半身を突っ込んで、上条の腰に手を回した。上条が絶叫した。相当なけがをしていそうだが、痛みを感じるのなら助かるはずだ。

逃げろ、轢かれる、という怒号や悲鳴が周囲から聞こえる。碇は上条の腰を引きよせ、なんとか足先を車外に出した。濡れた革靴の足を猛然と引っ張る。ベルトがブレーキハンドルに引っかかり、動かない。

ジャンボ機のヘッドライトで、あたりは昼のような明るさになった。もう百メートル距離がなかった。碇は再度車内に体を突っ込んで、ベルトをハンドルから抜いた。上条の全身をパトカーから引っ張り出し、肩に担いで立ち上がったとき、航空機の主翼の下に入っていた。猛烈な風圧に体を後ろへ引っ張られそうになる。堪えて一歩二歩前に出た瞬間、背中のすぐ後ろを六連の車輪が火花を散らし通り過ぎていった。全身に火花を浴びた。パトカーは空き缶のように簡単に潰れてぺったんこになった。ジャンボジェット機が遠ざかり、碇は上条と体をもつれさせるようにして、地面に転がった。上条は覚醒していた。目をぎらつかせて天を見ているが、体は一ミリたりとも動かせないようだった。

「何だよ……。おやっさんを轢き殺すところだったじゃねぇか」

上条には、建物から出てきた男が大沢に見えたようだ。航空局の初老の男性はどこかに電話をかけながら、遠巻きにこちらを見ている。

「死んでねぇじゃん。おやっさんが死ぬはずないいんだ……」

碇は手錠を出した。だが、信頼するパートナーを失ったばかりの血まみれの手に、鉄の輪を落とす気にはどうしてもなれなかった。

エピローグ

東京湾岸警察署の地下二階にある霊安室廊下は、冷房が効きすぎて寒いほどだった。日下部はジャケットを五臨署のデスクに置いてきたことを後悔しながら、ベンチに碇と並んで座っていた。

八月二十四日、水曜日。

一週間前の台風七号で、この地下二階にも浸水があったようだ。白い壁に泥の跡が残っていた。碇と日下部の半袖ワイシャツから伸びた腕にも、嵐で負った傷が見える。

「俺、最近思うんですよ。いま死ぬなら殉職がいいって」

「——何だよそれ」

碇は日下部を気遣うように、いつもより若干高い声で優しげに返事をした。

「万が一俺がいまもし死んだら、誰がその後処理をしてくれるのかな、って」

日下部は昨日まで休暇をもらっていた。母の通夜と葬式でフル回転だった。なんとか喪主の務めを果たし終えた昨晩、自宅官舎で母のための祭壇を準備していると、ずっとそばに付き添ってくれていた景子が別れを告げた。もう会わない、と。

何を言っているのかさっぱりわからなかった。なんでそんな残酷なこと言うんだと訴えたら、「あなたがしてきたことのほうが残酷よ！」と泣いて責められた。死が近い母を安心させるための結婚話だったと、景子は長く勘違いしていたようだった。そして黙ってそれに付き合ってやっていたと言わんばかりの態度だった。こちらにそんなつもりは微塵《みじん》もなかったのに「無意識でそういうことをしてしまうところが本当に嫌なの」と景子は去っていった。怒りと呆れで追いかけなかった。別にいいさとしか思わなかった。そこではっとした。景子が指摘した通り――母が死んだいま、もう景子に役目がないと無意識で思っている自分がいた。

礼子との関係もそうだったのかもしれない。

礼子自身ではなく、〝美しすぎる海技職員〟を落としたというステータスに日下部は溺れていただけだった。

いま、そんな話をぽつりぽつりと碇に話したところだった。

「ずっと母一人子一人で生きてきて、本当にもう一人なんですよ。死後の処理をしてくれる親戚なんかいない。景子とも別れた。寂しいじゃないですか、死後に誰も手をかけてくれる人がいないって。だけど殉職だったら——警視庁が盛大にやってくれるかなって」

碇は口数が少なく、返事をしなかった。

「大沢さんの遺体の引き取り手が見つからなくって、あちこち電話かけまくってるときに、ふとそう思ったんです」

「——そうか」

「もう三十年連絡取ってないとか、年賀状のやり取りだけだからとか。みんな面倒そうで。本当だったら上条が引き取ってたんでしょうけど、いまは全治半年の重傷で入院中の身ですからね。元気になったら即、檻《おり》の中だし」

上条は入院先で絶対安静ながら、聴取には素直に応じていた。包み隠さず何でも話す様は見ていて不気味なほどだった。大沢という存在を失い、上条は行動指針を失ったように見えた。

一度はトレジャーハンターになることを夢見て、完全に悪行から足を洗ったはずの上条。大沢と出会い、大沢が持て余していた〝悪意〟や〝失望〟を上条が全部引き受けて肥大化していったのが、湾岸海洋ヒューマンキャリア社の『上条謙一』という怪物だったのかもしれない。

碇は口をすぼめてふうとため息をつくと、ジャケットの裾をぴんと引っ張った。

「ま、お前の場合、殉職じゃなかったら俺が盛大なパーティを開いてやるよ」

「パーティって」

「だからいまのうちに、俺に見られちゃまずいもんは捨てておけよ」

「別に見られちゃまずいもんなんてないっすよ……。あ、あるかな」

「あるのか。何だよ。上司の悪口を書いたノートか」

「いや。礼子と付き合ってたころのラブラブ写真」

碇は一瞬黙ったのち「お前やっぱり未練あるんだろ」と叫んだ。

「ないっすよ。整理する暇がないだけです。あー、やっぱり碇さん、そろそろ礼子に手を出そうと思ってるでしょう」

「まぁ……いや。いやいやいや」

礼子の話になると必要以上に身構える碇をおもしろく見ていると、エレベーターが到着し、廊下の向こうから警察制服姿の男がやってきた。玉虫署長だった。感情を表に出すまいと、口をぎゅっとすぼめている。

立ち上がり、出迎える。互いに敬礼する。碇が誘導する形で先頭に立ち、霊安室の扉を開けた。廊下以上に寒い部屋だった。線香の煙が充満している。

大沢が白布に包まれ、眠っていた。

船が転覆した際に左舷板に強打したらしい額の傷はぱっくり割れたままだった。犯罪に関与した人物の変死ということで、一昨日まで大沢の遺体は監察医務院で司法解剖を受けていた。

礼子は当日のうちに監察医務院で大沢と対面し、泣き崩れていたという。

頭部外傷による意識消失のまま、海で溺水したということがはっきりしたが、遺体の引き取り手が見つからなかった。手を挙げたのは、玉虫だった。五臨署には霊安室がないため、湾岸署の部屋を借りているのだ。

玉虫はかつての大先輩の最期を、微動だにせず見下ろしていた。

「我々は席を外しましょうか」

碇が声を掛ける。玉虫はおもむろに懐からクリアファイルを取り出し、言った。

「碇君。これなんだけどさ」

碇が先日あげたばかりの、大沢の送検書類だった。被疑者が死亡しているため、立件できるものは少ないが、上条の供述があればできないことはない。上条はベッド上で取り調べに応じてはいるが、余罪がありすぎてまだまだ時間がかかる。

「彼を送検する必要、あるのかな」

碇は静かに、玉虫の丸い、人懐っこい瞳を見返している。

「――彼は確かに、上条と結託していくつかの犯罪に関与していたのかもしれない。でもさ、最期は海技職員だったと思うんだ」

玉虫の瞳から、涙が零れた。

「海技職員として、立派に職務を果たして死んだんだ。殉職だよ。犯罪者として送検なんて、そんな――」

玉虫は慌てて制服のポケットからハンカチを出すと、両目を順番に押さえた。玉虫の気持ちは痛いほどよくわかる。しかし碇は思案顔で、突き返された送検書類を受け取ろうとしない。日下部が代わりに受け取ろうとして、碇の腕が阻止した。

碇は日下部を澄んだ瞳で見た後、静かに玉虫に切り出した。

「――台風直撃当日、竜水丸デッキで起こった山崎殺害事件の調書は読まれましたか」

玉虫は目を細めただけだった。

「自分は、ドラム缶詰めにされた山崎を助けようとして、溺れていました。どうしても手を放せなかった。たぶん、上条が山崎にとどめを刺さなかったら、ドラム缶ともども海底に沈んでいまここにいなかったと思います。上条は、明らかに狙っていた。俺じゃなくて山崎の頭を狙って撃った。俺を助けた」

「——何が言いたいんだ」

「上条の選択を聞いた大沢は、激怒したそうです」

「…………」

「海に生きる男として、失格だと。自分の価値観だけで命を選別するなと。海を前に、人はみんな平等なんだと説教したかったんでしょう」

玉虫の瞳から、とどめなく涙があふれていく。

「——俺たちは、刑事です」

碇はきっぱりと言った。

「法の下に、平等に犯罪者を逮捕し、送検しなくてはなりません。こっちの価値観で犯罪者を選別することは絶対にしません」

玉虫は静かにうなずくと、ふと大沢の死に顔を見やった。ちょっと笑った。

「なんかいま、先輩……。怒ったような顔に見えた」

「——そうですか。僕には安らかに見えます」

日下部は静かに答えた。

「いまの話を聞かれたら、先輩にゲンコツで怒られただろうな。コラ玉虫、何考えてんだ、ってな具合にさ」

玉虫はそこでわっと男泣きした。

「――死んでからも、先輩には教わりっぱなしだ」


八月二十五日、木曜日。

東京都知事の辞任は午後十時過ぎ、唐突に発表された。

そのとき高橋は、強行犯係の面々を飲みに連れ出していた。いつもの芝浦の居酒屋『月路』。まだ上条の取り調べの真っ最中で送検が済んでいないが、強行犯係は台風警備から生還したのに休む間もなく裏取り捜査に走っている。たまには酒でも飲ませて奮い立たせてやる必要があった。

最年少の遠藤が酌をして回りながら言った。

「そういえば、全然オリンピック見れなかったなぁ」

「あたしもよ～。もう台風のせい」と、由起子。

「開会式ですら見れませんでしたしね」日下部が言う。

「今晩あたり、何か競技やっててんじゃねえの」

碇がスマホを出して言うと、全員がそれぞれに「もうオリンピックは終わった！」と突っ込んだ。碇は目を丸くした。

「えーっ。終わったのか。いつだよ！」

二十二日が閉会式だったんだと高橋が言い、酒の場は碇を揶揄して盛り上がった。普段、碇はこんな調子だが、いざ事件や凶悪犯に直面すると絶対的なリーダーシップを発揮して捜査を引っ張る。そしてその悪運の強さで、今回も何度も嵐の海に投げ出されたようだが、無事、生きて戻ってきた。

沖で礼子と何かがあったことを、高橋は感づいていた。舟艇課が入る別館の非常階段で、二人で何か深刻そうに話し込んでいる姿を数日前にちらりと見かけた。のぞき見趣味はないし、部下のプライベートに口出しをするつもりもないので、すぐにその場から立ち去ったが、あの深刻そうな強張った二人の顔に、初期の恋人同士らしい雰囲気は一切なかった。

母を失い、婚約者を失った日下部を、碇が必要以上に気遣っている。日下部も碇を頼っているように見えた。台風以前からよく二人で行動していたが、台風以降、より碇と日下部は親密になって、毎晩のように二人で酒を飲みにいっている。全く奇妙な三角関係だった。二人の男が美女を巡って争うどころか、美女を放置して男同士の絆《きずな》を深めている。

スマホでリオオリンピック関連のまとめサイトを見ていた碇が「へーえ」と歓声を上げた。

「すげぇな、日本。史上最多のメダル数、四十一個か」

日下部は口出しせずに黙って聞いていたが、酒のペースは遅く、あまり食べていないようだった。東京オリンピックさえなかったら、水門があれほど長時間閉鎖されることもなかった。経験する必要もなかった恐怖を味わった上、母の死に際にも会えなかった。

高橋の目論見通り、台風が通過した翌朝に、毎朝新聞が江東区の水門閉鎖問題をスッパ抜いた。江東区内での死者は最終的に三十七名に及んだ。ほとんどが逃げ遅れた住民たちで、特にマンションの三・四階に住居を持つ者が半数を超えていた。まさか三・四階が水没するとは思わなかったのだろう。

水門を開けていたら、辰巳や夢の島の競技場は壊滅的なダメージを受けただろう。だが、江東区を水地獄にすることもなかったはずだ。

水門を開ける判断を最後までしなかった都知事への批判や追及が始まったころ、とんでもない事実が出てきた。都知事はあの台風七号が襲った八月十八日木曜日、東京にいなかったことが判明したのだ。

　都知事は飛行機の中にいた。二十二日のリオオリンピック閉会式に出席し、リオ市長からオリンピック旗を受け取るためだ。都民が水責めにあっていたころ、都知事は飛行機のファーストクラスで優雅に太平洋上空を飛んでいたことになる。

　水門を絶対に開けさせなかったのも、世界中が注目する五輪旗受け渡しのセレモニーの陰で、実は台風でオリンピック会場が水没しているなんて報道されることを避けたかったからだろう。

　だが、オリンピックと都民の命を天秤《てんびん》にかけ、オリンピックを優先させたことはもはや周知の事実となった。都知事は猛バッシングを受けることになった。

　都議連の辞任要求や、市民団体の署名。無所属の都知事の支持母体でもあった与党民自党、その重鎮たちからの相次ぐ辞任要求もあり、ここ数日はいわゆるレームダック状態で、都政が立ちゆかなくなっていた。

　午後十時過ぎ、カウンターの天井脇に設置され、誰からも注目を浴びていなかったテレビが、都知事辞任のニュース速報を流した。

　水上警察署を復活させた東京都知事が、表舞台から去ることになった。

　翌朝、どの新聞も一面は都知事の辞任をトップで扱ったが、毎朝新聞のライバル紙である毎夕新聞が、一面にこんな記事を掲載した。

『都知事の無駄遣いナンバーワン　警視庁〝オリンピック署〟は本当に必要か』


八月二十七日、土曜日。午後六時。

五港臨時署三階の刑事防犯課フロアは、お葬式状態だった。

フロアにはまだ半数以上の捜査員が残って仕事をしているが、どの顔も覇気がない。強行犯係は由起子だけが五時半ごろ退庁したのみで、あとは全員残っていた。

電話だけが活気を持って、鳴り続けていた。碇は、退社直前の由起子から不意打ちで喰らった腹へのパンチが効いていて、まだ何となく腹が痛かった。

ワイシャツの上から腹を触りながら、時計を見た。午後六時三分。どっちにしたってもう間に合わないさと、碇はため息をついた。

隣のデスクに座る日下部は、調書の仕上げに入っていた。今朝、上条を十一の罪で起訴、送検した。仲井の送検もとっくに終わっていて、宗谷事件もクローズ。華絵の逮捕・送検は隣の盗犯係がやっている。ほかのWの下っ端は湾岸署に任せてあり、あと数日で、裏取り捜査も終了。

湾岸ウォリアーズは壊滅。ピリオドだった。

なんでこんなにすっきりしないんだ。

碇は腹をさすりながら、もう一度ため息をついた。そして、時刻を見上げた。午後六時四分。日下部がとうとうパソコンの手を止めて、碇を見返した。

「さっきからどうしたんです、碇さん。腹痛ですか」

碇はぱっと腹をさするのをやめた。

「いや。何でもない」

「俺もうすぐ終わりますけど。飯、行きます？」

「——いや。今日はやめとこうかな」

日下部は不思議そうに碇を見た。強行犯係の電話が鳴った。藤沢も遠藤も、うんざりしたように天を仰ぐ。「俺が出る」と、碇は受話器に手を伸ばした。

「五臨署強行犯係」

「あの〜、碇拓真係長は？」

「どちら様で？」

「わたくし、東西スポーツ新聞の」

「碇はただいま外出中です」

ガチャンと電話を切った。誰も、どこからの電話か尋ねなかった。都知事辞任後、突如一紙がスッパ抜いた五臨署不要論が昨日から、世の中を席巻《せっけん》していた。

わざわざ予算をかけて、オリンピック期間中だけの所轄署を立ち上げる必要があったのか。記事は、碇らが命がけで成し遂げた湾岸ウォリアーズ壊滅という大きなニュースを簡単に霧散させてしまった。

豪華な水上観閲式やそこでのチェイスで警備艇ふじをだめにし、今回は警備艇だいばをズタボロにしたことなど、職務上致し方なかったことまでやり玉にあげられるようになり、捜査の最前線にいた碇に対して、批判を兼ねた取材が殺到していた。四月のヒーローが一転、大物を逮捕した八月はもはや東京都の予算を喰い潰す悪人に仕立て上げられたというわけだ。

次の都知事選へ向けて、次々と立候補を名乗る声が上がっていた。マスコミは水門問題をすっかり忘れ、次は誰がいい誰はだめと連日報道しはじめている。政治は空気だ。都民が心地よいそれを作り出した者が勝利する。立候補を口にする者の中に、五港臨時署の廃止を公約に掲げる者まで現れていた。

そもそも江東区の水門問題が発端だったはずが、この件を毎朝新聞記者に垂れ込んだ高橋は、自分を責めている様子だった。ずっと「まさかこんな結果になるなんて」と頭を抱えている。

また電話が鳴った。碇が手を伸ばそうとして、日下部が先に取った。受話器が割れるほどの罵声が聞こえてきた。日下部はしかめっ面で電話を叩き切ると、チェアの背もたれに伸びをするように大きくもたれ、ぼそりと呟いた。

「俺、何のために警官やってんのかな……」

碇が見やる。目が合った。日下部は口角を上げて自嘲するように言った。

「――てなこと言って、四月は碇さんに運河へ投げ込まれそうになったんでしたっけ」

「あのときとは状況が違う」

碇は静かに答え、日下部の気持ちに寄り添った。母が危篤と知らされても、日下部は現場を離れず、仲井の命を助け、そして偶然立ち寄ったエスポワール扇橋のマンション住民を全員無事、避難させたのだ。命がけで警察官としての任務を全うした。本来なら災害警備を乗り切った五臨署は警視総監賞級の扱いを受けてもよかったが、〝五臨署不要論〟が世間をにぎわすいま、わざわざそんな所轄署を表彰対象にして自ら火の粉を浴びる警察官僚などいない。

「俺、碇さんが署長と話していた言葉で、引っかかったのがあって。命を自分の価値観で選別するな、って――大沢さんの言葉でしたっけ」

「ああ」

「でも俺、思い切り選別したなと思って。エスポワール扇橋で」

「それは仕方がないことだ。お前がしたことは間違いじゃない」

「でも、恨まれてると思うんですよ。命に優先順位をつけたわけですから」

碇はチェアごと日下部の横に移動し、肩を強く叩いた。

「――俺は、峰岸華絵のもとに、山崎を生きて帰してやれなかった」

日下部が潤んだ瞳で碇を見つめた。

「でもお前は、家族のもとに仲井を生きて帰してやったじゃないか」

「そうっすよ」

遠藤も言って、日下部の横にいすを滑らせて肩を叩く。藤沢が立ち上がったところで、日下部は「いいっすよ」と肩を振って碇や遠藤の手を振り払った。

「身内同士慰め合ったって、なんか白けます」

強行犯係の男たちがまた、深いため息をついた。藤沢が言う。

「なんかだめっすね。ここは細野さんがいないと、何というか盛り上がらない」

「確かに。あれでも一応、華があるというか。場をうまく盛り上げてくれてるようなところありましたからね」

大きくうなずいた遠藤が言うと、日下部が一同に尋ねた。

「由起子さん、そそくさと帰っていきましたけど。どこ行ったんです？」

「なんか横浜のほうで花火大会があるんだって。船から鑑賞だってさ」

藤沢が答えると、遠藤がため息まじりに言った。

「いいなぁ女性は。こんなときに男みたいにうじうじせず、すっぱり仕事を忘れてプライベートを楽しめる」

「いや、なんか、すごい怒ってたけどね。私が行ってやらないとかなんとかって言って」

藤沢は言い、ちろりと碇を見た。碇は気まずくなってつと目を逸らした。刺すような視線を、右の日下部から感じた。本当は碇が行くべき花火鑑賞だったと、感づいた顔をしていた。

碇は「ちょっと煙草」と立ち上がり非常階段の喫煙所に逃げた。赤のマールボロを咥えて火をつけ、ため息と共に煙を吐き出す。

海で決意できたのに、陸へ生きて戻った途端に碇はまた周囲のしがらみにがんじがらめになってしまった。親しい人を次々と失い、仕事への熱意も失いつつある日下部を差しおいて、礼子とにゃんにゃんする気力はない。まずは日下部だという意識が、どうしても勝ってしまう。

何も決断できない碇を、礼子は別館の非常階段で責めた。

「結局碇さんは、私よりも日下部さんのほうが大事なんですよね。つまり、仕事です。何よりも仕事仲間や部下が大事」

次元が違う、比べるものじゃないと、これまでいろんな女に言ってきたが、理解した女はいなかった。碇がため息を返事とすると、礼子はぼそりと続けた。

「で、一緒に花火、行きたいです」

碇は思わず「は？」と聞き返した。礼子の言葉には脈絡がないときがあり、碇を混乱させた。

首都圏での花火大会はもうほとんど終わっていて、今週末、横浜で行われる金沢まつり花火大会が最後のチャンスだと礼子は続けた。海上から打ち上がる花火らしい。近くに横浜ベイマリーナがあるので、プレジャーボートを予約しておくから来てほしいと訴えた。来るのか来ないのか。結局また、イエスなのかノーなのか丸投げされたわけだ。

女同士よくつるんでいて、由起子は礼子の誘いを碇が保留していることを把握していた。ついさっき、はっきりしなさいよと腹にパンチを喰らったのだった。

行かない、とはっきり答えると、由起子は深いため息の後、言った。

「ちゃんと自分の口から断ってくださいよ。でもプレジャーボート予約しちゃって、礼ちゃんたぶんもう出航準備してますよ。たった一人で船の上で花火なんてかわいそうすぎます。——私が行こうかしら」

本当は自分が行きたかったんじゃないかと、その軽やかな足取りにふと思ったが、由起子は顔だけはしっかり怒って、退社したのだった。

碇は、礼子から届いたメールをスクロールしながら、「行けるわけねぇじゃん」とひとりごちた。

『横浜ベイマリーナで待ってます』

表の通りに、品川駅港南口行きの路線バスがやってきて停車したのが見えた。続々と人が降りてくる。この界隈は商業施設も住宅もほとんどない。あのバス停に人だかりができることはまずあり得なかった。マスコミなら社用車で来る。碇は人々の姿を、不思議な気持ちで目で追った。老若男女いて、全く何の団体だか判別がつかなかった。小学生くらいの少女と少年、その母親らしき人、中年の男にタイ語を話す二人連れ、腰の曲がった老婆。そして、新生児らしき赤ん坊を抱く若い夫婦の姿も見えた。

決して深刻な様子はなく、みなでわいわいがやがや観光にやってきたような顔をして、ぞろぞろと五臨署の受付ロビーに入っていった。

碇は煙草の火を消し、屋内に戻った。

受付と庶務係が入る一階ロビーは二階まで吹き抜けになっている。碇は、警務課フロアが入る二階廊下をそれとなく歩きながら、団体の様子を見守った。

受付に呼ばれてエレベーターで降りてきたのは、日下部だった。

何かトラブルならすぐに守ってやらねばと身構えていると、わっと団体から歓声が上がった。

「よお、五港臨時署刑事課、日下部様のご登場だぁ！」

中年男が言うと、どっとその場が沸いた。まるで飲み屋の団体客のようだ。

「どうしたんすか、みなさんおそろいで」

「そりゃあんた、お礼を言いに来たに決まってんじゃないの！」

腰の曲がった老婆が言って、手提げ袋の中からせんべいやらゼリーやら、次々と日下部に菓子折りを渡していく。

「いや、収賄になっちゃうから受け取れないよ益恵さん」

「堅いこと言わないの！　あたしにこれ持って帰れっていうのかい」

小学生の母親が前に出て、深々と頭を下げた。小学校低学年くらいの男の子が、日下部の太腿に甘えるように絡みついた。その姉らしき少女がスマホ画面を見せて「見て見て、お巡りさんの画像、今日の時点で三百以上もいいねついてるんだよ」

「わー。本当だ。すごい」

一緒にスマホをのぞき込んだ日下部の目が、やっとほころんだ。

気が付くと、藤沢と遠藤、そして高橋も様子を見に二階の吹き抜けの廊下にやってきていた。

「あの団体ってもしかして」

碇の問いに、高橋が目を細めて言った。

「エスポワール扇橋の住民らしい」

「――日下部が避難させた人たちですか」

「ああ。一言お礼を言いにってさ。わざわざ路線バス乗り継いで……」

高橋の目尻に光るものがあった。いまの五臨署に最も必要なものが、目の前にあった。

腰の曲がった老婆が、心配そうに日下部の顔をのぞき込む。

「それで、あんたの危篤のお母さん、どうなったんだい」

その一言で、盛り上がっていたロビーがシーンと静まり返った。日下部は一瞬沈黙した後、亡くなったことを伝えた。ため息とも何ともつかない空気が包む。ただでさえ体が小さい益恵が、腰を必死に上げて、長身の日下部の腕をさすった。

「でもあんた、立派だったよ。天国のお母さんもそりゃ、誇りに思ってるさ。大丈夫だよ。これからはさ、私が母親代わりになってやるからさ」

「何いってんの。年取りすぎてるよ」

日下部は笑って、涙を堪えようとしていた。

「失礼な、まだピンピンしてるよ。さみしくなったらいつでもうちへおいでよ。お腹すいたらさ、あたしの手料理食べていきな。ね？」

日下部は言葉もなく、何度もうなずいた。泣く寸前だった。天を仰ぎ、必死に涙を堪えている。吹き抜けに並ぶ仲間たちに気が付き、なんで見てるんだと目を丸くする。あっちいけと顎を振ってみせた。

誰もその場を離れなかった。日下部はあんなに堪えているのに、碇の横で遠藤が号泣していた。「お前が泣いてどうすんだ、ばか」と碇が笑う。

「それにしても、なんで住民が日下部の母さんのことを知ってるんだ」

碇の問いに、藤沢が肩をすくめて答えた。

「細野さんによると、避難の際に言うこと聞かない住民に逆ギレして、自分でそう叫んだらしいですよ」

「大人げないなァ、相変わらず……」

遠藤が言い、思わずみなで失笑した。そして揃って、住民たちを救った大人げないヒーローを、温かく見下ろした。

日下部は、新生児を抱っこした若い夫婦に声を掛けていた。

「生まれたんですね……！」

「はい、あのときは本当に、ありがとうございました。元気な女の子です」

母親が、小さな赤ん坊を日下部に見せて言った。日下部はくうくう眠る新生児の顔を見て、途端に顔をほころばせた。続いて、赤ん坊の父親と目を合わせた。父親は日下部と向かい合った途端、感極まったように泣き出した。日下部は父親を長瀬さんと呼び、互いに強く握手をし、生き残ったことを称え合った。

——どれほどの現場だったのか。日下部は「碇さんにはかなわない」と詳しく語ろうとしなかった。文字通り、死と隣り合わせだったのだろう。

「本当に、日下部さんのおかげで、父親になれました……！」

「そんな——。長瀬さんが最後に耐えてくれて、本当にかっこよかったですよ」

互いの健闘を称賛したのち、長瀬は静かに尋ねた。

「日下部さん。亡くなったお母さん、下のお名前はなんていうんですか」

「――涼子《りょうこ》ですが。日下部涼子です」

長瀬は「涼子さん」と嚙みしめるように呟いた後、日下部に言った。

「実は、まだ娘の名前、決まってないんです。日下部さんのお母さんから、一字もらおうって。妻と話し合っていて」

日下部はぎゅっと唇を結び、感極まるのを必死に抑えている。

「涼子さんか――なら、涼香《りょうか》とか。どうだろう」

長瀬の妻が「いいわ、すごくかわいい」と何度もうなずいた。人々がわっと赤ん坊と日下部を囲み、涼香ちゃん、いい名前だと称賛した。

長瀬は改めて、日下部の手を両手で握った。

「日下部さん。日下部さんは、涼香の命の恩人です。本当に、本当にありがとう……！」

日下部は耐え切れず、その場で嗚咽を漏らして号泣した。母を一人で死なせてしまったと自責の念にかられていた日下部にとって、これ以上の救いの言葉はなかったはずだ。涙が止まらない日下部を、マンションの住民たちが肩を叩き、背中を撫で、取り囲んで慰めている。

母の死を知らされてから一週間、碇も通夜と葬式に顔を出したが、喪主を務めた日下部は最後まで淡々としていて目尻に涙をためる程度だった。あんなに全部さらけ出して泣いている姿を見たのは、初めてのことだった。

高橋ももらい泣きでハンカチを目頭に当てながら、ごまかすように笑って言った。

「あいつ、ずいぶん本部に戻りたがっていたが――」

「ええ。この一件で、ずっと所轄にいたいって言い出すんじゃないですか」

藤沢と遠藤が涙をぬぐいながらも、わっと笑った。下にいた日下部が気づいて、ちろりとこちらを睨みあげた。涙の奥の瞳は、充実したいい色をしていた。

高橋に促され、藤沢と遠藤が刑事部屋に戻った。碇は一人残り、住民に囲まれて記念撮影に応えたり、新生児をおっかなびっくり抱っこしたりする日下部を眺めた。

出会ってまだ四ヵ月だが、本当にいい刑事になった――。

碇が嚙みしめていると、また不意に日下部が吹き抜けの二階にいる碇に視線をよこした。顎を何度も、外のほうに振る。

何を意味しているのかは、わかっていた。

碇はすぐに署を出た。品川駅へのバスは出たばかりでしばらく来ない。碇はコンビニまで歩いた。アイスコーヒーを買いながら、礼子に電話をかける。レジ横に、手持ち花火の袋がずらりと並んでいた。二割引きで叩き売りされている。

夏が終わろうとしていた。

「はい」と、礼子が電話に出た。

「俺だ、碇だ。いまから行く」

「はい。待ってます」

感動する様子もなく、礼子は淡々と答えた。

「細野が来てるだろ。なんとか追い出せないか」

「いえ。一人です」

「来てないのか？」

「断りました。碇さんが来るから」

礼子は当たり前のように答えた。そこに、碇の迷いも苦しみも全部受け止めようとする彼女の強い覚悟が、垣間見《かいまみ》えた気がした。

碇は電話を切ると、レジ先に出ていた手持ち花火を全部買い占めて、コンビニを出た。ちょうど、品川駅港南口行きのバスがやってきた。飛び乗る。

礼子のあの脈絡のなさは、言葉の欠落から来るものだとようやく気が付いた。仕事人間の碇を糾弾した直後に、花火に行きたいと誘う。それでも自分は碇が好きなのだという言葉を、礼子は口にすることができなかったのだろう。サムライみたいな女だから。

いまも、花火客でにぎわっているはずのプレジャーボートのドックで、カラフルな浴衣姿の男女のカップルやにぎやかな家族連れ、楽しそうな友人連れの波にもまれながら、彼女は一人拳を握りしめて、碇をじっと待っていたはずだ。由起子のフォローや慰めも断って。

バスが五港大橋を渡った。警備艇が並ぶ五臨署のドックが見える。最大警備艇ふじを先頭にして、三番目の列に青いビニールシートでキャビンを覆われた警備艇だいばが係留されていた。修理を待つ身のボロボロになった船体は、運河の緩やかな波に翻弄されながら、じっと何かを堪えるように浮かんでいる。

誰かさんみたいだと思った瞬間、また胸に突きあげる感情があった。もうこれを持て余す必要はない。碇は、コンビニで買った手持ち花火の袋を大事に胸の前に抱え、日が落ちたばかりの薄紫色の空を見上げた。

参考文献

『みなとと百年　東京水上警察署のあゆみ』　東京水上警察署史編集委員会　警視庁東京水上警察署創立百周年五団体行事実行委員会
『小型船舶操縦士　学科教本Ⅰ』　ＪＥＩＳ（一般財団法人　日本船舶職員養成協会）編著　舵社
『国際海図　京浜港東京 Keihin ko Tokyo：日本・本州南岸・東京湾　第13版』　海上保安庁
『台風と闘った観測船』　饒村曜　成山堂書店
『図解　台風の科学』　上野充・山口宗彦　講談社
『最新図解　特別警報と自然災害がわかる本』　饒村曜　オーム社
『船舶知識のＡＢＣ　９訂版』　池田宗雄　成山堂書店
『船舶通信の基礎知識　改訂版』　鈴木治　成山堂書店
『南極観測船宗谷　船の科学館資料ガイド３』　公益財団法人　日本海事科学振興財団　船の科学館編
『図説　銃器用語事典』　小林宏明　早川書房
『「談合業務課」　現場から見た官民癒着』　鬼島紘一　光文社
『日本で見られる艦船・船艇完全ガイド　最新版』　イカロス出版
『首都水没』　土屋信行　文藝春秋
『東京都地域防災計画　風水害編（平成26年修正）』　東京都防災会議

本書は講談社文庫のために書き下ろされました。

この物語はフィクションです。登場する個人・団体等はフィクションであり、現実とは一切関係がありません。

|著者|吉川英梨　1977年、埼玉県生まれ。2008年に『私の結婚に関する予言38』で第3回日本ラブストーリー大賞エンタテインメント特別賞を受賞し作家デビュー。著書には、「原麻希」シリーズ（既刊12冊）、「警視庁53教場」シリーズ（既刊4冊）、「十三階」シリーズ（既刊3冊）、『ダナスの幻影』『葬送学者 鬼木場あまねの事件簿』『海蝶』『新宿特別区警察署 Lの捜査官』などがある。旺盛な取材力とエンタメ魂に溢れる期待のミステリー作家。本書は「新東京水上警察」シリーズの第2作。

烈渦《れつか》　新東京水上警察《しんとうきょうすいじょうけいさつ》

吉川英梨《よしかわえり》

© Eri Yoshikawa 2017

2017年1月13日第1刷発行
2021年6月2日第4刷発行

講談社文庫
定価はカバーに
表示してあります

発行者――鈴木章一
発行所――株式会社　講談社
東京都文京区音羽2-12-21　〒112-8001
電話　出版（03）5395-3510
　　　販売（03）5395-5817
　　　業務（03）5395-3615

KODANSHA

Printed in Japan

デザイン――菊地信義
本文データ制作―講談社デジタル製作
表紙印刷――豊国印刷株式会社
カバー印刷―大日本印刷株式会社
本文印刷・製本―株式会社講談社

落丁本・乱丁本は購入書店名を明記のうえ、小社業務あてにお送りください。送料は小社負担にてお取替えします。なお、この本の内容についてのお問い合わせは講談社文庫あてにお願いいたします。

本書のコピー、スキャン、デジタル化等の無断複製は著作権法上での例外を除き禁じられています。本書を代行業者等の第三者に依頼してスキャンやデジタル化することはたとえ個人や家庭内の利用でも著作権法違反です。

ISBN978-4-06-293580-7

講談社文庫刊行の辞

二十一世紀の到来を目睫に望みながら、われわれはいま、人類史上かつて例を見ない巨大な転換期をむかえようとしている。

世界も、日本も、激動の予兆に対する期待とおののきを内に蔵して、未知の時代に歩み入ろうとしている。このときにあたり、創業の人野間清治の「ナショナル・エデュケイター」への志を現代に甦らせようと意図して、われわれはここに古今の文芸作品はいうまでもなく、ひろく人文・社会・自然の諸科学から東西の名著を網羅する、新しい綜合文庫の発刊を決意した。

激動の転換期はまた断絶の時代である。われわれは戦後二十五年間の出版文化のありかたへの深い反省をこめて、この断絶の時代にあえて人間的な持続を求めようとする。いたずらに浮薄な商業主義のあだ花を追い求めることなく、長期にわたって良書に生命をあたえようとつとめるところにしか、今後の出版文化の真の繁栄はあり得ないと信じるからである。

同時にわれわれはこの綜合文庫の刊行を通じて、人文・社会・自然の諸科学が、結局人間の学にほかならないことを立証しようと願っている。かつて知識とは、「汝自身を知る」ことにつきていた。現代社会の瑣末な情報の氾濫のなかから、力強い知識の源泉を掘り起し、技術文明のただなかに、生きた人間の姿を復活させること。それこそわれわれの切なる希求である。

われわれは権威に盲従せず、俗流に媚びることなく、渾然一体となって日本の「草の根」をかたちづくる若く新しい世代の人々に、心をこめてこの新しい綜合文庫をおくり届けたい。それは知識の泉であるとともに感受性のふるさとであり、もっとも有機的に組織され、社会に開かれた万人のための大学をめざしている。大方の支援と協力を衷心より切望してやまない。

一九七一年七月

野間省一